中 短 篇 小 说 选 第 一 辑

主编：郑润良
符浩勇

鞋子去找鞋子的朋友

张浩文◎著

黄河出版传媒集团
宁夏人民出版社

图书在版编目（CIP）数据

鞋子去找鞋子的朋友 / 张浩文著．—银川：宁夏人民出版社，2017.11
（中短篇小说选 / 郑润良，符浩勇主编．第一辑）
ISBN 978-7-227-06778-8

Ⅰ．①鞋… Ⅱ．①张… Ⅲ．①中篇小说—小说集—中国—当代②短篇小说—小说集—中国—当代
Ⅳ．①I247.7

中国版本图书馆 CIP 数据核字（2017）第 290276 号

中短篇小说选（第一辑） 郑润良 符浩勇 主编
鞋子去找鞋子的朋友 张浩文 著

责任编辑 李彦斌
责任校对 王 艳
封面设计 格 林
责任印制 肖 艳

黄河出版传媒集团 宁夏人民出版社 出版发行

出 版 人 王杨宝
地 址 宁夏银川市北京东路 139 号出版大厦（750001）
网 址 http://www.nxpph.com http://www.yrpubm.com
网上书店 http://shop126547358.taobao.com http://www.hh-book.com
电子信箱 nxrmcbs@126.com renminshe@yrpubm.com
邮购电话 0951-5019391 5052104
经 销 全国新华书店
印刷装订 泰安市恒彩印务有限公司
印刷委托书号 （宁）0007197

开 本 690 mm × 960 mm 1/16
印 张 18
字 数 220 千字
版 次 2018 年 1 月第 1 版
印 次 2018 年 1 月第 1 次印刷
书 号 ISBN 978-7-227-06778-8
定 价 42.00 元

目录

鞋子去找鞋子的朋友

阿兵的身后拖着叮当叮当的回声，回声清脆而悠长，搅扰了礼士胡同午后的寂静。这种响声跟寺庙里和尚敲磬差不多，谁会想到它是脚步声呢？然而礼士胡同的人知道这是瘸子出动了——多少年来礼士胡同的青石板路面总是在这个时候被阿兵的拐杖撞疼，拐杖的顶端为了耐磨镶嵌着钢垫子，它们在地面上叩出像花瓣一样美丽的伤痕，如果在晚上，肯定还会吐出一朵一朵的火星儿。胡同里的人已经习惯了这种声音，这是他们午休时的一种伴奏。

就连胡同的狗也被这种声音磨厚了耳茧。阿兵路过大墩家时，大墩的红毛狗就横卧在路心上，对阿兵的到来不理不睬，根本没有让路的意思。其实这条狗是很怕人的，地处交通路口，人见人打，早就被打得没了狗性，即使一声粗壮的咳嗽，也会吓得它夹紧尾巴开溜。阿兵用拐杖戳戳它，它竟然连头都懒得抬，只翻开白眼瞟了一下，很不屑的样子。这狗也不肥，别人一脚就跨越了，但阿兵不行。他只得费劲地从它身边绕过去。过去之后阿兵有些窝火，回过头朝它呸了一口，没想到这狗应声跳将起来，呼呼往前扑，生气地汪汪狂吠，似乎受了莫大的侮辱。

吓得阿兵往后连跳几步，险乎摔倒。看见瘸子可怜见的，红毛狗似乎有点不忍，呜里乌拉地抗议了两句，又躺倒睡觉了。狗的气消了，这才轮到阿兵生气：难道我就活成了这样，连狗都瞧不起我？

人瞧不起他可以容忍，谁叫自己少一条腿，跟别人不一样呢？胡同里的人明里暗里把他当怪物，水莲看他的眼神就跟看她家的那只三脚猫一样，那只猫早几年不知怎么被老鼠夹子夹断了一条腿，一直半死不活的。有人怜悯这算好的，阿兵最怕像大墩那样的衰人当面羞辱他，大墩经常模仿他走路的样子，边学边嬉皮笑脸地嚷嚷，嘿，像不像鸭子划水！他们都瞧不起他，整个胡同的人，这他知道。正因为这样，阿兵每次要出门都选择午后，这时整个胡同都沉入了酣梦，基本上没有人影（阿兵也曾尝试过在深夜出门，结果没走几步就摔破了膝盖，没有路灯的胡同充满了陷阱）。

然而他躲过了人，却没想到碰上了狗。一只瘦巴吧唧的癞皮狗，也敢不把他当回事！

阿兵的气愤是可想而知的，这样，下面发生的事就顺理成章了。

买鞋。阿兵对柜台后面正在打盹的女售货员说。他现在是在街道上的一家鞋店里，趴在他对面的售货员睡得很实腾，口水窜了出来，把猩红的唇膏冲开了一道豁儿，在腮帮的脂粉上犁下几条不规则的深沟。售货员动也不动，就像刚才的红毛狗一样不理他。阿兵有些来气，他提高声音吆喝了一遍，售货员一个激灵吓醒了，瞪着他说，喊什么喊，随便从货架上摸出了一只鞋，扔在阿兵面前。阿兵说我不要这种，他用手指着一种棕色的皮鞋，那种鞋的帮儿上钉着一颗黄铜五角星，煞是好看。鞋被抛了过来，阿兵试了一下，太大了。

要35码的，阿兵说。大概是这样的小脚男人太少了，售货员翻遍了好几个货架，都没有找到合适的，最后她撅着屁股，挪开了货架下面的几只废纸箱，好歹掏出一只35码的，扔给阿兵。阿兵立刻推回去，说我要左脚的。这下一直觉得自己很能忍耐的售货员终于发火了，她说，你这人有病吧？左脚右脚还不一样试！到现在为止，售货员还没有发现阿兵是个残疾人，因为柜台遮住了阿兵的下半身。

我就要左脚的，你听好了！阿兵瞪着售货员，硬邦邦地回应道，你不就是一个卖货的吗？售货员还从来没有遇见过这样横的顾客，她在国营商店当太岁可是习惯了的，这倒激起了她的好奇心，她重新打量着，并且是认真地打量着阿兵，把头探出柜台，似乎是要看看阿兵是不是三头六臂。

哈哈！她兴奋地叫了起来：你是个瘸子，哈，瘸子！

瘸子瘸子瘸子！这称呼像锥子一样连续扎在阿兵的心上，他鬓角的脉搏蹦蹦跳，右腿的断茬口像被撒上了辣椒面一样尖锐地刺疼。阿兵正想发作，但他最终没有发作，作为残疾人，阿兵知道自己是弱者，他经常得靠智力而非蛮劲来维护尊严。在那天的午后，阿兵很快地就想到了一个报复的恶作剧，他觉得设一个圈套让这个胖女人钻比臭骂她一顿更有趣也更痛快。

阿兵问这鞋多少钱，售货员说八十四块。给，他把四十二块钱甩在柜台上。售货员数了一下，说，你有没有搞错？阿兵说怎么啦，售货员说什么怎么啦？钱不够！阿兵说，你是白痴，不会算账吗？阿兵这一骂，把那个售货员骂愣了，她当下还真不知道自己错在哪里。阿兵笑着说，一双皮鞋八十四块，一只皮鞋是多少？

售货员醒悟过来了，便说我看你才是白痴，皮鞋有单卖的吗？

你刚才叫我什么来着？阿兵问。

瘸子！售货员说。

瘸子是几只脚？阿兵问。

一只。售货员答。

那就对了。你知道我只有一只脚，你也同意卖给我皮鞋，那你肯定是卖一只皮鞋给我喽！阿兵说。

售货员被问得张口结舌，真不知道怎么被这个瘸子给套住了。天下明明没有鞋子单卖的道理，可她却理屈词穷。

阿兵笑了，他说，谁让你骂我瘸子的？骂人不能白骂，另外的四十二块钱你贴上吧。

售货员急了，她一把拽住那只皮鞋说，我不卖了！

说得容易，阿兵不放手，屁放出来你能一口吞回去？

争吵声引来了不少街上的闲人，他们围在鞋店门口。这时，从鞋店后面走出来三个男人，他们是库房送货的。售货员急忙向他们嚷嚷，把事情的原委讲了一遍。三个男人中的一个大胡子看着阿兵轻蔑地笑了，嘿嘿，臭虫也成精了，快掏钱！

那个男人像狗熊一样壮实，整整高过阿兵半个身子，阿兵心里有点怯，再说他也确实不占理。但阿兵当着这么多人的面，不愿轻易示弱。我已经掏过钱了。阿兵说。

那是一只鞋的钱！那男人说。

我就买一只鞋。阿兵说。

行！那个男人说。他抓住阿兵的手，只轻轻一拧，阿兵拿鞋的手就松了，大胡子把那只左脚鞋没收了，塞给阿兵一只右脚的。笑着说，瘸子，满意了吧。另外两个男人也一脸坏笑，快试试吧，他们说，你的右脚呢？

阿兵无可奈何地盯着这只右脚鞋，他不能说不要，因为他说了要买一只鞋的。大胡子是在耍他。然而阿兵一想，也行，右脚我不能穿，可左脚那只鞋你们不也得贴钱吗？他暗自得意，这起码是打了个平手。可是很快大胡子又反悔了，他在把那只左脚鞋放回货架时发现了上面的脏手印子，就将它往阿兵的怀里一塞，说，你的爪子印，全归你了，掏钱吧！

我不要！阿兵说。

你掏不掏？大胡子一把抢过了阿兵的拐杖，阿兵摇摇晃晃地差点摔倒了。另外两个男人上来左右一夹，把阿兵夹在了中间。

阿兵害怕了，他的手哆哆嗦嗦地伸进口袋摸索着钱包，然而就在这时，不知道怎么地，他忽然发现了围观人群中的一双熟悉的水泡眼，那双水泡眼由于高兴，鼓凸凸地都快要弹出来了。那是大墩。大墩后面那个露了半个鸡窝头的女孩好像是水莲吧，她是不是又抱着那只三脚猫到兽医站去看病？阿兵忽然硬起来了。他知道这会儿不能熊，熊了以后在礼士胡同他就连红毛狗都不如了。

我不掏！他再次强硬地说。

算你嘴硬，大胡子说，你别仗着是个残疾人我就不敢打你，我有的是治你的法子。他说着就把阿兵的拐杖斜戳在地上，一抬脚就准备往上踩。他那大象一样粗的腿足足有三百斤吧。

阿兵没有办法了，他知道硬撑下去的结果是今天自己从这里爬回去。大胡子男人扎足了势等着阿兵告饶，但没有反应，最后他只好狠了心往下踩。就在他的脚快要落下的一瞬间，忽然，“呱！呱！”两声清脆的竹板声在人群里响起，紧接着是快板书：

哎，哎，叫大哥，您别发火，

那只皮鞋卖给我！

大家伙都回头朝后瞧，人堆里挤出了一个人：嘿，又一个瘸子！

瘸子继续说着快板书：

嘿，您说得对，说得好，

我是瘸子没有错。

两条腿的人满地跑，

一条腿的才是宝！

哟，这瘸子的嘴！大家都给逗乐了，连大胡子也不知不觉地松开了阿兵的拐杖。瘸子蹦跶蹦跶地跳到阿兵身边，拍拍他的肩膀说：

叫兄弟，您受难为，

瘸子买鞋得配对儿，

您左腿，我右腿，

合作起来是绝配。

这时候大伙儿才注意到，这两个瘸子果真是一左一右。天底下竟有如此凑巧的事！

不过，大胡子有点怀疑。这瘸子拄着两根竹竿做拐杖，竹竿的一头劈开撑成“丫”字形夹在胳肢窝，比起阿兵从商店里买来的那种，它们只能叫劈柴棒。他的衣服已经分不清颜色了，因为斑斑点点的什么颜色都有。以这种颜色为背景，映衬着他脖子上拴着的一面小锣、左肩斜挎的一只海碗大的腰鼓和右肩斜挎着的一支毛瑟枪一样的二胡。他是流浪艺人？靠卖唱混个半饥不饱的人还能买得起皮鞋？

不过瘸子的鞋确实烂得不像话了，鞋帮像张开的牛嘴。大胡子看他时，他故意让脚指头在烂茬口里探头探脑，仿佛牛伸出舌头舔嘴唇。

大胡子有些迟疑地把那只右脚鞋从阿兵怀里抽回来，塞给了瘸子，他也乐得有人给他台阶下，不然欺负残疾人怎么说也不算光彩的事，是要落人话柄的。瘸子分三次从兜里掏出皱皱巴巴的一大堆钱，全是角角分分的零票子。售货员厌恶地捏着鼻子，用圆珠笔拨拉着数钱。

围观的人们不高兴了，他们好不容易等来的一场戏让这多事的瘸子给搅黄了，大墩吆喝道，不要卖给他，乡巴佬！就在这会儿，数钱的售货员叫道，嗨，瘸子，你的钱不够，差五块！

不会的，不会的，我刚才在外面数过了。

难道老娘昧你的钱了？你自己过来数！

瘸子老老实实地自己过去数了一遍，数完了结结巴巴地说，怎么……会……怎么？他的脸涨得通红，汗水都急出来了。

看热闹的叫道，打这个东西，敢到咱们地界来骗人！阿兵从兜里掏出了一张崭新的五元票子，拍在售货员的面前。够了吧？

事情就这样结束了，按说阿兵应该感谢瘸子给他解围。阿兵也是这样想的，但他却做不来。瘸子口口声声自称“瘸子”，让他反感，别人轻蔑倒也罢了，为什么还要自虐？阿兵庆幸刚才有五块钱的机会，让他还了瘸子的人情。他宁愿相信瘸子是真的要买鞋，与他配对是事出凑巧，谁也不欠谁的。

观众们带着没有尽兴的遗憾骂骂咧咧地散出鞋店，阿兵也随在人后。可是瘸子却拽住了他，他说大哥，您别走，我还没有还您的钱呢。阿兵想这瘸子搞什么鬼，有钱为什么刚才不拿出来？正琢磨着呢，瘸子又“呱，呱”敲响了竹板：

嗨嗨，叫大伙，都别走，

还有好戏在后头。

瘸子武艺十八般，

样样都让您开眼。

大伙还真的让瘸子给拉住了，反正这小镇上也没有什么娱乐，他们正发愁如何打发这星期天午睡之后的无聊。大家就地围成一个圆圈，像观看耍猴一样把阿兵和瘸子围在中间。鞋店的那个大胡子男人不干了，他吆喝道，喂喂，出去，出去，都出去，我们还营业不？但女售货员乐意，她说别价别价，我还想看呢。

阿兵真觉得自己成了猴子，他甩开瘸子的手，叮当叮当从圆心走到了圆边，围观的人哄笑着说，嗨，不要走，一左一右，天下绝配！阿兵生气地从人堆中挤了出去。可是，不知为什么，他并没有离开，远远地站在敞开的鞋店门外看着瘸子的表演。

瘸子向大胡子男人讨一张椅子，大胡子不给，他只好把一半屁股搁在鞋店的门槛上坐下来。瘸子先操起锣当当当敲几声，然后说，各位老少爷们，大家有钱的帮一个钱场，没钱的帮一个圆场，兄弟我献丑了。随着一阵急促的颤音，瘸子演奏起了二胡名曲《江河水》，然而他还没拉两句，就被大墩粗暴的声音打断了：停了停了，什么声音呀，锯木头一样难听！瘸子换了一首通俗歌曲《涛声依旧》，仍然是刚拉了几下，那个女售货员撇撇嘴，说糟蹋毛宁哩，帅哥的歌怎么能让瘸子拉？大胡子男人朝瘸子吆喝道，喂，瘸子，你还有没有别的把戏，光拉锯我可要赶人了！

这时候阿兵看见瘸子扶着拐杖缓缓地站了起来，猛地吸了一口气，忽然松开两支拐杖，在身体即将栽倒的一刹那间，双手撑在地面上，人整个倒立起来。瘸子的面色憋得紫红，好像一只熟过头的茄子，宽大的衣服褪下来拥在脖子上，亮出瘦骨嶙峋的胸膛，汗水一疙瘩一疙瘩地在那里翻山越岭往下滚。就这样，仍然没有人施舍，哪怕一分钱。瘸子气喘吁吁地说，各位爷们，还不……过……瘾？那我就再来一个绝的：倒立……舞蹈。

瘸子真的用手支撑着身体在地上跳起舞来。

这是伦巴……

这是探戈……

这是恰恰……

…………

瘸子声嘶力竭地报着曲目。

阿兵觉得自己全身的肌肉抽得紧紧的，骨头也发出了嘎巴嘎巴的响声。他不能再看下去了，再看下去他准会疯。

阿兵挤进人堆里，把五块钱狠狠地摔在瘸子的面前，然后含着眼泪离开了。

他听见瘸子在后面喊，大哥，大哥，借你的钱还没还呢，怎么还能要你的钱？但他没有回头。一个人怎么能这么没有尊严呢，哪怕是残疾人！

接下来的一个礼拜里阿兵一直在寻找工作。他原来是玉器加工厂的工艺师，现在下岗了，厂里效益不好，裁了十二个人，名单上排在第二的就是他。阿兵之所以要买新皮鞋，就是为了在应聘时让人家看着精神一点。其实阿兵平时是不穿皮鞋的，收入不高手头拮据是一方面，另一方面，更让阿兵伤心的是，一旦到鞋店买鞋，新鞋拿到你手里时，对于别人，马上就会急不可待地穿在脚上去享受新鞋的快感，而对于他来说，却是当即给你一个打击：提醒你是一个残疾人，是一个缺少零件的残次品！

新鞋并没有给阿兵带来好运。现在肢体健全的人都纷纷失业，谁愿意要一个残疾人呢？哪怕他是一个精神抖擞的残疾人。今天，阿兵就去参加了一次招聘会，那是这座小城的另一条街道招聘公共厕所管理员，所谓管理员是客气的叫法，干的活实际上就是坐在茅房外面收屎尿钱，时不时进去冲一下茅坑。阿兵想这下贱的事该不会有人抢吧，稍微看得起自己的人谁愿意戳在厕所门口闻臭气呢？然而到现场一看，嗬，人山人海，他挤都挤不进去，只好打道回府。

现在阿兵就垂头丧气地走在礼士胡同里。午后的蝉鸣黏涩而沉闷，一群灰色的鸽子扑棱棱低空从阿兵的头顶飞过去，落在不远处一道长满芨芨草的同样是灰色的房脊上。阿兵的眼神是茫然的，他的心里就像现在的礼士胡同一样空空荡荡。所以，他不可能看见就在自己眼前的大槐树下面席地而坐的瘸子，或者说他可能看见了，但却毫无反应。瘸子"大哥、大哥"叫了两声，阿兵仍直愣愣地往前走。瘸子就"呱、呱"地打起竹板来：

叫大哥，你听我言，

小弟就在你面前。

你走路，别犯愣，

小心碰得头面肿。

竹板的声音在寂静的胡同里像爆竹一样响亮，阿兵“哦哦”了两声，反应了过来。瘸子说，大哥，我找了你好几天了，光在这棵树下，我就坐了两天。找我干什么？阿兵淡淡地说。他不愿意和瘸子打交道，有点瞧不起他。瘸子说，给你还钱呀。我不要了，阿兵说。本来这钱也是他送给瘸子的，没打算让他还。可是瘸子不答应，他说，我不能背着债过日子，你看，我背上的东西够多的了，要压死人的。他耸耸肩，铜锣腰鼓二胡咣当咣当响。瘸子把十块钱塞给阿兵，阿兵又把钱塞了回去，他们之间推来挡去的。

你拿回去！不知怎么的，阿兵忽然发火了，他猛地把钱摔在地上，声音和手指都是颤巍巍的，你……你是在糟蹋我……

瘸子被骂晕了，他不知所措，呆呆地看着阿兵，阿兵也呆呆地看着他。足足有几分钟吧，瘸子开口了，他说，大哥，我知道你心里不好受，你失业了，找不着工作，烦着哩，你骂我出出气吧。

阿兵无言以对。

大哥，瘸子接着说，我给你拉几支曲子听听吧？听曲子能败火。在家里，我爸发脾气，我就给他拉曲子，他听着听着就气顺了。

阿兵鼻子一酸，他觉得自己刚才过分了，不该给一个无辜的人发火，而且同样是一个可怜的人，甚至比自己还惨。阿兵把那张谁也不要的十块钱从地上捡了起来，最后决定去喝茶，两个人共同把它花掉。顺便也听听你的曲子，阿兵说。

他们来到了街上的悦来茶馆。这是一个老式茶馆，新的都叫“茶道”或“茶艺馆”，里面有一些很刺激的玩意儿，当然也很贵，阿兵只听人说过，从没有去过。阿兵是悦来茶馆的常客，以前他经常在这里消磨下班之后的孤寂和无聊。他们到的时候正是悦来茶馆的老顾客们在家午睡的当口，店里冷冷清清的，就连老板也趴在油光瓦亮的樟木桌上打瞌睡。

茶沏好之后，阿兵首先问了瘸子的身世，瘸子告诉阿兵他叫阿水，老家就在离小镇不远的那个有着一条大河的县。那个县是非常有名的，阿兵经常在电视里看到它，那里正在修一座很大很大的水库。阿兵奇怪为什么阿水对他的情况这么了解，阿水笑着说，我是卖唱的，我得不断地找故事，这样才能有说辞呀。

阿兵想到了那天买鞋的事，他见识了阿水的一张嘴，那确实是一张出口成章、饶有趣味的嘴。你的新鞋呢，阿兵问。他看到阿水脚上仍然穿着那只裂口子的破布鞋。

穿不上，阿水笑着说，小了一码。

……你……阿兵不知说什么好了。

阿兵的话渐渐地多了起来，多少天了，不，应该说是很多年了，阿兵都没有说过这么多的话。他没有一个可以倾诉的朋友。现在他把阿水当作知心朋友，而且，不知怎么的，阿兵竟然不能把持住自己，倾诉中越来越流露出深重的无助和悲愁。

你说怎么办，我找不到工作以后怎么活？阿兵说。

没事的。阿水笑着说，总会有办法的。

会有什么办法呢？谁会把一个残疾人当回事！阿兵说。

大哥，阿水说，别指望别人，我们得靠自己。

可我们是残疾人啊。阿兵感慨道。

谁又不是残疾呢？阿水反问道，我们的残疾是肢体上的，看得见，有的人残疾在灵魂上，看不见，这世上有完美的人吗？

阿兵想一想确实是，连毛主席都犯错误呢。

阿水说，所以你不要太在意残疾，我们不妨换个角度看问题，不要把残疾看成是上天对人的惩罚，而看作是老天爷对我们的钟爱，他选中了我们，特别要考验我们的毅力和品质。古人说过，天将降大任于斯人也，必先苦其心志，劳其筋骨，饿其体肤……就是这个意思。

我们是要担当大任的人！大哥，阿水乐呵呵地拍着阿兵的肩膀说，我们都是杰出的人，一定要有这样的心理优势。

阿水像一个哲学家，说话云里雾里的，阿兵似懂非懂。但最后的几句他逮住了：这不是在自我麻醉吗？阿兵想。可是看着阿水乐观洒脱的样子，阿兵觉得阿水这样做也有道理，像自己这样整天忧心忡忡的，又能怎么样？

不要让残疾成为疮疤，一揭就疼。阿水说，那天你在鞋店里发火，我就觉得不值。第一，瘸子是一种称谓，它指的是单腿行走的状态，你不要把它理解成贬义的，别人这样叫我们，如果不是捏造，我们就不必生气；第二，即使别人是恶意的，我们也不必计较，因为我们是杰出的，不跟他们一般见识，甚至可以这样认为，他们正是出于嫉妒才这样叫我们。

阿水的话正中阿兵的隐衷，他最恼火的就是别人拿残疾取笑他。现在经阿水这么一说，他多少有点脱敏了。为了彻底解除阿兵的条件反射，阿水连续地叫阿兵瘸子，瘸子瘸子瘸子！阿兵起先有些别扭，接着慢慢可以小声应答了。阿水鼓励他大声些，最后他终于可以痛痛快快地面对瘸子的称谓了。

瘸子！阿水叫。

哎——阿兵应。

茶馆里响彻着他们欢快的笑声。茶馆老板有时被吵醒了，他就有些纳闷，这两个瘸子在搞什么鬼，互相谩骂却都不生气。

你现在不自卑了吧？阿水说，瘸子也是人，而且是特殊的人，坚强的人！你想想，我们战胜了多少常人难以战胜的困难，所以谁叫我们瘸子就是对我们的赞美和尊敬。

阿水的拳头不自觉地向上举了举，这个少先队时期的动作早就被他忘记了。阿兵的自信被阿水鼓动了起来，他真的觉得自己很了不起。

后来他们就谈到了工作。阿水说我有一个主意，有一样活儿很适合你干。阿兵急切地问什么活儿，阿水说是刻印章。阿兵说他不会。阿水说你不是在玉器厂当过工艺师吗？刻印章比在玉石上雕花简单多了。阿兵说街上已经有好几家刻印章的店了。可你有绝活呀，阿水说，你能刻这个，他用手比画了个圆坨坨。公章？阿兵惊讶地问。对，阿水点头。

不敢不敢，阿兵连连摇头，那是犯法的事。阿水说现在犯法的事儿多了，不犯法你等着饿死吧。玉器厂把你炒了犯法不犯法？《残疾人保障法》规定了不能随便解雇残疾人，还规定每个单位都得按比例招收残疾人就业，可人家就把你给开了，而且你再找工作没有一个地方要你，你能把人家怎么样？

那……那是他们干的……阿兵嗫嚅着。

他们能干咱们为什么就不能干？大哥，阿水说，你还是让残疾的事把自己给罩住了，他们能干的我们都能干，而且我们更有理由干，因为残疾人的生活更艰难。

阿兵觉得这里好像有些逻辑上的混乱，但他一时半会儿理不出个头绪来。他不断地揉搓着双手，好像手心手背都痒得不行。阿水看出阿兵还拿不定主意，就接着说，你不要有负疚感，好像我们真干了什么坏事似的，你知道那些拿着假公章的人去骗谁吗？他肯定是去骗一些有钱的人、有权的人、贪心的人、想往上爬的人，这叫以毒攻毒，黑吃黑，他们之间掐得越厉害越好，最好都掐到监狱里去，我们算是为民除害。

那……你说我们……不会出事吧？阿兵问。

不会！阿水说，我们是谁呀？我们是杰出的人！

那就……干！阿兵把拐杖在地上顿了顿。

不过，阿兵的心里仍不是很踏实，他觉得阿水这个人很……厉害，阿兵最终只找到了这么一个形容词。

都是让他们给逼的！阿水狠狠地说，我考上过大学，但没有一个学校愿意录取我！我当过一段时间的小学老师，但他们以有损学校形象的借口赶走了我！我到城里去谋生，因为没有城市户口，一次又一次被他们强制遣返！

可我从来没有屈服过。阿兵说，大哥，你也应该这样！

在这次聚会的最后，阿水拉响了二胡。他说，为了庆贺我们的合作，我做最后的告别演出。阿兵说为什么是告别演出呢？阿水说从今往后咱们要干大事了，谁还拉这个？

小镇的午后仍在睡梦中沉迷着，胡同里的微风溜进茶馆，轻轻地撩起人们的衣襟。音乐像潮水一样漫了过来，一丝一厘地浸润着人的肌体。它渐渐地湮没了桌椅，湮没了茶壶，也湮没了阿兵微弱的意识。阿兵觉得自己好像置身于一叶顺流而下的扁舟上，水是那样的清浅，舟是那样的缓慢，晃晃悠悠地仿佛是坐在梦里的秋千上。

阿兵的脚下有一坨圆圆的光，它是老店后壁上一户花窗的投影，光影在幽暗的堂房里浮游着，亮得刺眼，亮得孤单，亮得有一股白晃晃的寒意。她是秋风中倒映在无锡惠山瞎子阿炳心中的那轮冷月吗？她是所有残疾人凄凉心境的映照吗？

阿兵的眼睛湿润润的，好半天说不出一句话。

忽然，茶馆的一角里传出噼里啪啦的掌声。好！好！茶馆老板拍着手走了过来。真好！他激动得赞不绝口。好琴好琴，巍巍乎若高山，荡荡乎若流水，激越而不狂躁，凄婉而不哀痛。先生是拜过名师的吧？或者有家学渊源？

阿水笑而不答。

阿兵奇怪茶馆老板竟然对音乐这么在行，平时真没看出来。老板说，我是音乐学院毕业的，以前在省城的芭蕾舞团工作过，后来芭蕾舞没人看了，团垮了，就回来接替父亲守这个百年老店。不过，老板叹口气说，现在这个老店也眼看守不住了。

我想在店里搞民乐演奏，看能不能从那些茶艺馆的小姐身边拉回客人。他朝着阿水说，就算是发扬民族文化吧，总会有一些品味高雅的茶客。

您在我这里干吧。老板对阿水说。

阿水摇摇头。

报酬可以商量，每月两百怎么样？

阿水没吭声。

三百！

三百！阿兵惊讶得差点叫出声来，这比他在玉器厂的工资整整高了一倍。他捅捅阿水。

还嫌少啊？那……三百五！

四……

老板的话还没有说完，阿水猛地举起他的二胡，朝面前的桌子摔下去，“咔嚓”一声，胡琴断成了两截。

阿兵和老板都愣住了。

你不愿意干就算了，发什么脾气！老板有些生气。

阿水说，对不起，我怕我经受不住考验。

在那年闷热的夏季和接下来仍旧有些闷热的秋季里，小镇的大街小巷里出现了许多巴掌大的广告，它们被贴在电线杆子上、汽车站牌上，甚至公共厕所茅坑的隔板墙上。广告上承诺镌刻各种印章，括号里注明包括圆形印章。“圆形印章”的称呼十分暧昧，但对某些心有灵犀的人，他们当然知道是指什么。在这里你不能不佩服广告设计者的精明，他既给你传达了某种特别的信息，又让你无把柄可抓。在广告的最后，有一串数字，它是某台传呼机的号码。

这台传呼机就别在阿水的裤带上，它是阿兵和阿水倾其所有为他们的事业添置的基础设施。这时阿水已经搬到了阿兵的家里，阿兵是孤儿，一个人一间房。每当传呼机响起来的时候，阿水就匆匆出门，找某个僻静角落的公用电话回机，然后鬼鬼祟祟地与一些鬼鬼祟祟的人接头。联系业务、送交成品永远由阿水出面，阿兵只需躲在家里搞加工，并且阿水严禁阿兵与客户有任何交往。阿兵问为什么，阿水总是笑着说，我长得比你漂亮，你没有看出来吗？开始的时候生意自然不好，可谁也没有想到后来会有这样一个历史机遇：小镇以及周围的几十平方公里被圈定为经济开发区。其实小镇根本没有什么资源值得开发，但那一阵全国到处都搞开发区，这里不搞一搞似乎也说不过去。

在那一段时间里阿水他们的生意好得出奇，传呼机的嗓子都喊哑了。再到后来，他们还扩大了经营范围，证件也做，什么身份证、毕业证、驾驶证、结婚证、警官证、护照，样样都做，而且样样都做得几乎以假乱真。

这样的好时光一直持续到这一年的冬季。冬季的一天早晨，阿水被一阵尖锐的传呼机铃声叫醒了，他出去到街上回机，从此就再也没有回来。阿兵清楚地记得那天早晨的情景，他当时也被吵醒了，阿水打开屋门，惊喜地叫了一声：哈，下雪了！阿兵借着阿水打开的屋门缝，看见院子里白茫茫的一片。阿水走出屋子，立刻又折了回来，手里端着几块煤饼，他给炉子里加了煤，把炉火拨得旺旺的。当他再一次走出去时，还隔着门对阿兵说，别扫院子的雪，等我回来咱们堆雪人！

可是，他没有回来。直到院子里的雪融化了结成冰，冰融化了又粘成泥。

阿水到底去了哪里呢？

阿兵打了无数次的传呼机，他不回。阿兵那个急呀，在那十几天里，阿兵找遍了小镇的角角落落，小镇就这么大，就是一只蚂蚁也该找到了。阿兵那时的第一个直觉就是阿水被警察抓去了，可是他想到了阿水曾经给过他的保证，以阿水的老到，差不多可以排除这种可能。那么，会不会是他遇到了不测？这么一想阿兵就心惊肉跳，可是谁会这么干呢？杀一个残疾人再去偿命值不值得？再说，残疾人一般都是社会的弱者，他们会跟谁结仇呢？

剩下的只有一种可能，这是阿兵最不愿意设想的，那就是——阿水自己跑了。什么事会让他不辞而别呢？种种的缘由都被阿兵排除了，唯独除了钱。因为别的事阿水都可以开口对他讲，就这件事他不好意思，或者，他本来就打算独吞。阿水从来不让他跟客户来往，他只做一个傻干活的，这其中收了多少钱，用了多少钱，攒了多少钱，都是凭阿水一张嘴。他不是从一开始就糊弄我吗？

起先这么推测的时候，阿兵自己都有点想不通，情理上有点障碍：我是不是以小人之心度君子之腹？可是，平心而论，他又对阿水了解多少呢？一个萍水相逢的人，他为什么会对他这么热情，这么尽力相助？而且，把他的身世、处境打听得那么清楚。仅仅是同病相怜吗？似乎是怜得过度了些，以至超过了骨肉之情。骨肉之情又怎么样？阿兵的母亲在他五岁时带他上街不小心被汽车撞了他的腿，父亲跟她打架她负气离婚再嫁，父亲出工伤死后奶奶把他带到了叔叔家，奶奶一过世叔叔立即就把他赶了出来。他的亲妈现在还在另一个城市跟另一家人过得有滋有味，她从来就没有回家看过他！

顺着这个思路越往下想，阿兵就越觉得阿水是在给他设套，利用他的手艺赚钱：想一想阿水在鞋店里拿大顶的可怜情景吧，以那种方式他即使真变成猴子也养活不了自己！一个久违了的名词这时忽然从阿兵的脑袋里跳了出来：寄生虫。对，寄生虫！再没有比这个词能更恰当地形容他们之间的关系的了。

阿水可是老江湖，什么事他干不出来！

如果真是这样，阿兵也就释然了。在后来的一段时间里，阿兵不再挂记阿水的事，偶尔想起来的时候，他就以毛主席的语录解嘲：天要下雨，娘要嫁人，由他去吧。

可是，阿兵根本没有想到，不久以后的某一天，忽然有一位警察找到了他。阿兵当时吓得要死，毕竟在刻图章的事上他有点做贼心虚。警察问他是不是有一个名叫阿水的朋友，阿兵开始咬死了说没有，警察说你是不是心里有鬼，然后就拿出了一张纸条，上面写着这么一句话：大哥，把我的行李交给他。那是阿水的笔迹，阿兵只得认了。

阿兵反复地看那张纸条，希望能看出些言外之意，然而纸条太简单了，不能解答阿兵的悬念。他……他……怎么啦？阿兵小心翼翼地问。私刻公章、制造假证件，抓起来了！警察这么说的时候一直盯着阿兵的眼睛，足足有两分钟，盯得阿兵心里毛乎乎的。

还有你！

阿兵慌神了。是阿水出卖了他！这事情到这一步，警察手里可是铁证如山啊，我……坦白吧，阿水都坦白了。再差一点就要崩溃的当儿，阿兵挺住了，他想即使如此，我也不能轻易认账，何况，阿兵多了一个心眼，要是真的全在警察的掌握之中，他们就直接抓人了，还会跟我啰唆吗？

没有！阿兵很硬气。请拿出证据来，说这句话时候阿兵又很不争气地变软了。

警察没有吭声，盯着他的眼光也有些虚。有证据吗？不能诬陷人！阿水冒险又硬气了一句。

没想到警察嘿嘿笑了，说这瘸子，还蛮厉害的。

阿兵长长地吁了一口气。警察拿着行李，临走时说，你不看看你的朋友？明天他就要遣送原籍了。

我现在就跟你去。警察说现在不行，探视要提前申请的，明天吧，明天上午到遣送现场。

第二天早晨八点钟阿兵来到了小镇的长途汽车站，这是城边上一块儿像猪圈一样破烂的开阔地。在车站一角矮矮的土墙下面，蹲着一堆剃着光头的人，旁边站着五六个穿着黄色棉大衣的警察，他们就像菜农守着自己的冬瓜。

如果不是阿水及时站起来，而且加上他的拐杖，阿兵肯定是认不出来了。阿水也被剃了光头，锃亮锃亮。你看我酷不酷，阿水笑嘻嘻地摸着光头说，是不是特像葛优？他还是那么轻松，跟没事儿似的。可是阿兵的心里不轻松，他紧紧地握住阿水的手，阿水忽然一咧嘴，滋溜了一口气。阿兵急忙撩开阿水的袖子，只见他的两只手腕上各有一条青紫的痕道。

刚卸了铐子，阿水瞄了一眼身边的警察说。

兄弟！阿兵鼻子酸了，你说过不会出事的。

没事的没事的，你看这些人，阿水指着那一堆冬瓜说，都是劳教，只有我遣回原籍。政府也高看我们残疾人，阿水笑着说，我们是杰出的嘛。

身旁的警察脸色不好看了，他把一尺多长的警棍在另一只手的掌心里拍得噼啪地响。他们不敢说出格的话了，只是相互关心着分别之后的一些生活琐事。

过了一会儿，窗子上焊着铁栅栏的警车拉着刺耳的警笛开过来了。警察把光头们往车上轰。身边的警察看见阿水和阿兵还在说话，就黑着脸吆喝道：找揍是吧，还不快点！

大哥，阿水最后拍了拍阿兵的肩膀，记着我们兄弟一场，我再也不会有像你这样忠厚的大哥了！这个时候阿兵看见阿水的眼圈泛红，一滴亮晶晶的东西在他眼睛里打转转。咱们换一根拐杖吧，就算是做个留念。阿兵还没有反应过来，阿水就把自己的一根拐杖塞给他，然后一使劲，把他的那根抽走了。

阿兵没有防备，差点摔在地上。等他重新站稳的时候，阿水已经快走到车跟前了，他向阿水招着手，阿水把自己的另一根竹拐杖使劲地往地下顿，顿出咣咣的响声，阿兵不明白他这是干什么。

阿水是最后一个登上汽车的，在车门即将关闭的一瞬间，他好像忽然记起了什么，用拐杖别住车门，把唯一的一条瘦腿伸了出来。大哥你看，我穿上新皮鞋了！

在一瞥之中，阿兵看见阿水脚上的那只崭新崭新的皮凉鞋。在寒冬腊月的冰天雪地里，他把皮鞋的前头剪开了，让脚指头露了出来。

去办个营业执照吧！这是阿水留下的最后一句话。这句话被寒风中的汽车拽得很长很长，直到警灯的红光从阿兵的视野里消失了，余音的这一端仍旧紧紧地握在他的手中。

在从车站回家的路上，阿兵的心情沉重而迷蒙，他在为阿水担忧：阿水回家以后这么办？习惯了城市生活的他还能在穷乡僻壤待下去吗？如果有机会，他还能再回来吗？这样的机会何年何月才能出现呢？此时此刻，阿兵觉得他特别地怀念阿水，体会到了一句被大家说烂了的套话其实是真情流露：一件东西当你拥有它时并不怎么珍惜，而一旦失去了你才倍感痛惜。是的，阿兵很痛惜他和阿水友情的流逝，那是多么纯真的兄弟之情呀！还痛惜——阿兵觉得有一种东西像苍蝇一样讨厌地追逐着他——还痛惜——它赶也赶不走——那笔钱。那些钱……阿水怎么没有提及呢？

阿兵有些遗憾，也有些生气，因此他走路时拐杖戳地的声音就分外响亮。在这咣咣的拐杖声音中，有一种哗啦哗啦的响声渐渐被阿兵分辨了出来，它来自阿水的那只竹拐杖。

阿兵忽然想起了刚才阿水使劲用拐杖顿地的动作，他是在暗示什么？竹拐杖里有什么秘密吗？阿兵把阿水给他的那只竹拐杖从头检查到尾，最后在底端发现了异常：那里的竹节被打通了，堵着一片圆形的木头块。

阿兵的心激动得咚咚跳，他根本等不及回家去揭开这个秘密，就拐进路旁一个无人的废旧工地，从地上捡来一根钉子，用力撬那个木片。

随着梆一声那个木塞子的飞出，哗——，一大堆硬币和纸币倒了出来。钱——，阿兵压抑不住地惊叫了一声，然后赶紧捂住嘴。

第二年初夏的一天下午，一个瘸子叮当叮当地穿过礼士胡同，来到街上的一家鞋店。鞋店的女售货员热情地接待了他。噢……她好像忽然醒悟过来似的，我认识您，您还是要买一只鞋？

不，西装革履的瘸子说，一双。

还要35码的？

不，36码。

瘸子和女售货员对对方的变化都有些惊讶。一年之后，瘸子成了彩虹镌刻社的总经理，女售货员也已经承包了这家鞋店。

彩虹镌刻社总经理阿兵把一只鞋登在自己的脚上，另一只让女售货员包在礼品盒里。36码的是大了些，走起路来踢踏踢踏的，但并不很碍事。阿兵就这样踢踏着鞋子来到了长途汽车站，坐上了开往郊县的班车。

这是皮鞋提的醒儿。整整一年了，阿兵一直忙于自己的业务，直到有一天脚上的皮鞋开了帮，他才猛然醒悟到他把一件重要的事情给忘记了——应该去看看老朋友。在大河岸边的那个县城，阿兵下了车，他打听着去下洋乡的路。每个指路的人都好奇地看着他，阿兵把这理解为他们对瘸子的稀罕和好奇。

终于爬上那座巨大的水库了，以前阿兵常在电视上看见这里热烈的劳动场面，现在大坝已经竣工了。他在坝堤上碰见了水库管理员。

你问下洋乡，水库管理员说，没有人告诉你吗，它已经被淹在水底了。

阿兵心里一紧，他顺着管理员手指的方向看过去，万里水面，无边无涯。在那里，你看，管理员说，现在它是这里一个著名的景观：水底村庄。

阿兵看见了，在清澈得近乎透明的水底下，隐约可见星星点点的房屋、树木和像蜘蛛网一样的乡间道路。微风拂过水面，水底村庄像画卷一样抖动起来，恍然如同龙宫。

乡里的人呢，有一个叫阿水的？阿兵急切地问。

移民了，管理员说，全国都有，谁会记得他在哪里。

阿兵颓然坐在大坝上。他看着远处的太阳忽悠忽悠地往下落，最后訇的一声砸到了山崖上，惊得一大群鸟儿盘旋而起，箭一般射向水面，它们好像衔来了一大片红布，天地间骤然包裹在浓酽的酡红中。

阿兵打开礼品盒，把那只鞋放在橙色的水面上，看着它慢慢地漂向库心，就像一艘失舵的小船。

就在这时，阿兵听见了叮咣叮咣清脆的击石声，他抬眼望去，不远的岸边上，有几个光屁股的孩子正在戏水，他们嘻嘻哈哈地看着阿兵，敲打着鹅卵石伴着节奏，嘴里呜哩哇啦地说着快板：

两条腿的人满地跑，
一条腿的才是宝！

阿兵也嘿嘿嘿地对着他们傻笑，笑着笑着，就笑出了一脸的泪水……

三天谋杀一位乡村作家

刚走出车站我就闻到了亲切的粪臭味。我惊讶自己味觉的记忆力。已经离家十五年了吧，十五年一只嗅觉灵敏的狗也该老态龙钟了，可我的鼻子竟然还这么好用。这得感谢我与众不同的鼻子。之所以与众不同，在于比之西方人的鹰钩鼻子，它要圆润一些；可比之东方人的蒜头鼻子，它又修长挺拔得多。这是那种被称为悬胆形的鼻子，有这种鼻子的人据说很有福。也可能这种说法有道理吧，由于这个鼻子，我从小就被认为是有出息的人，他们都说，看人家刘罗圈家的二小子，鼻子大得跟驴屌一样，将来一定干大事！

家乡人所谓的干大事，就是进城吃皇粮，不再被大粪的臭味呛得栽跟头。按这种标准，我可是大大地有出息了：我读了大学，又读了研究生，有高级职称，在半衙门化的作家协会任职，还出了几本不咸不淡的书，时不时地在报纸电视上露露脸，怎么说也算是挤进了社会贤达的行列。这些名望当然都是在远离家乡的异地传扬着，家乡人并不清楚我是干什么的，但我是“公家人”这一点已经足够让他们对我和我的家人崇敬得无以复加了，因为自从乾隆年间我们村出了一个秀才到我后来考上大学，这中间没有一个人能通过读书进入仕途。我后来在家乡的名声大振是因为我父亲写来的一封信，他顽强地要弄清楚二级作家这个“官”

究竟有多大？我无法给半文盲的父亲解释清楚职称和职务的区别（恐怕也还有下意识的虚荣心吧），只好简单地在两者之间画一个等号，说二级作家相当于正处级（这可是通行的换算模式），也就是县委书记或县长吧。这一下不得了，老家的人见了我父亲都诚惶诚恐的，天啊，在他们可怜的阅历中，县长可是天大的官啦！

其实在他们中间，也有人是不相信这些可笑传言的，他就是我高中时期的同学马高明。马高明说，什么县长？他是作家，搞文学创作的！文学创作，你们懂不懂？不懂吧，就是写书的。并且拿出了我去年寄给他的我的那本小说集做证。他鄙夷那些人的庸俗无知，怎么能把作家与官员画等号呢？他把我引为同道，并以此自豪。他不知道那些话其实是从我嘴里传出去的，如果知道了，他一定会觉得我辱没了文学的神圣和清白。别人无法理解他的意思，以为他是不服气，就嘲笑他：呸，还瞧不起人呢，算了吧，你和人家大鼻子一起喝墨水的，人家都是县长了，你还在捅牛屁股！

当然，这些都是我的想象，可我的想象并非没有依据。因为马高明是一个蜗居山村痴心不改的乡村作家，封闭的交往以及对文坛现状的毫不知情，使得他并不了解现在作家的行情已经发生了天翻地覆的变化，也根本没有听说过一个叫王朔的人说过的名言：现在想害一个人，你就撺掇他当作家吧。

从车站到我老家原本是有三五里路的，现在它们竟然紧挨在一起了。这个小小的三等车站现在也扩大了规模，在它的周边星罗棋布地建起了不少印刷厂、造纸厂、皮革厂、制衣厂、面粉厂等杂七杂八的小企业。一个忽然膨胀起来的小城镇毫无规划意识，奇形怪状的建筑东一堆西一堆，感觉就像是牛很随意地拉出的屎。道路两边当然都是店铺，时不时有一些打扮妖娆的年轻女子在发廊和饭店的门口拦截我。虽然这些我在南方已经司空见惯了，可现在它冷不丁地出现在曾经民风淳朴的我的家乡，还是让我吃了一惊。

走在这样的地方，我的心情是复杂的，就像我现在对气味的感觉。久违了的亲切感让我陶醉之后，很快，温馨的粪臭味中夹杂着的刺鼻的异味就使我紧蹙眉头。不用费力，我就辨别出了这是工业废水废气的污染，这一切我在南方是再熟悉不过的，我的鼻子对此已经有了本能的反应。我之所以说我家乡的粪臭味是温馨的，是因为相对于南方恶劣的环境污染，它是一种能使人想起土地、庄稼、绿色和丰收的富饶之气。然而现在，行进在家乡道路上的我不仅闻到了工业制造的恶毒，而且还呼吸到了另一种更让人窒息的异味。我猜测它是人制造的恶毒。这种猜测很快就被证实了，越接近我们的村子，这种恶臭就越浓。臭源就是人的排泄物。在以前，这种臭味是根本不可能存留的，因为那时候我们家乡的人排泄都是在猪圈里，人的排泄物直接成了猪的食物，而猪的排泄物，包括牛马骡驴等家畜的粪便，都被及时地覆盖以草木灰和黄土，然后它们就转化成了有机肥。这种有机肥虽然臭，可它却是庄稼香喷喷的饲料呢。当它的臭味混合了泥土的清香、庄稼枝叶的苦涩和花朵果实的甜腥时，它就在金色的田野上酿造出了一派喧腾热烈的丰收氛围。在干旱的北方无法实行水厕化，这实在是一种卫生且高效的自然环保法。

可是今天不行了。在城镇近郊的农村，或者是由于土地被占用，或者是由于土地被抛荒，大家早就不需要肥料了，因而也就不愿意养猪了。没有猪的转化，所有的人粪尿都直接暴露在光天化日之下，千百人累积的排泄物酿造出了怎么一个铺天盖地的恶臭啊！

就在这样的恶臭劫持下，我终于回到了家门口。

回家的感觉真好。当然，我这里首先指的是温暖人心的亲情。这自不必说，因为这是相隔太久的一次团聚，十五年啦，父母亲只是在照片上看见他们的儿子站在异乡的椰子树下逐渐发福并逐渐中年，而我也只能从侄子稚嫩的来信中得知他的爷爷奶奶身体健康或偶感风寒。并不是我不想回家，而是作为国家公务员的我，每年有限的几天假期都是集中在春节前后，此时的北方已经冰天雪地，可我早就习惯了南方的温暖，怎么也不敢贸然踏上归程。这次我是趁了出差的机会顺便回家，现在是北方最好的金秋季节。

感觉更好的是乡亲们见了我的那种崇敬和艳羡，他们一拨一拨地来到我们家，就像我小时候看到全村人去庙里朝拜菩萨一样。还是古人说得好啊，富贵不还乡，好比锦衣夜行。我现在根本谈不上富贵，在城里撑死也就是一个中产阶级，可回家的感觉还是让我得意且陶醉。

在马拉松的应酬当中，我一直在等着一个人，他就是马高明。我想他应该是第一个来看我的，可是直到天都快黑了，还是不见他的踪影。是不是他觉得自己混得不好因而不好意思见老同学？或者，他是要拿拿架子，你吃皇粮了又怎么样，我就是不稀罕！无论怎么，我觉得还是我先去看看他比较合适，可我就是无法分身，陆陆续续地还有人到我家来串门。

好不容易到了吃晚饭的时间，乡亲们这才不好打扰了，纷纷告退。父母做了很丰盛的一顿饭，可刚端上饭碗，就听见了外面传来了激烈的争吵声，我闻声出了家门。远远的斜对面那里有手电光晃动，隐隐约约地看到围了不少人。我走到跟前，月光下看见一辆大卡车，里面全装的是苹果，人堆当中，有一个司机模样的人正阻挡着另一个人登车，这人最抢眼的特点是长长的头发在脑后绾一个马尾巴，吵起架来脑袋晃动的幅度很大，头发被甩得哗啦哗啦的，就像古装戏中生角耍辫子功。这种长发男人我在城里见多了，流浪诗人、自由撰稿人、落魄画家、过气演员、草台班子野鸡摄制组的导演等等，他们把留长发看着是很艺术、很先锋——时髦的说法是很酷的标志。一个长发飘飘的男人在街上昂首走过，旁边的人就可能发出惊叹：呀，艺术家！他们要的就是这种效果，长发是艺术家的符号。就像在城市夜晚的某些角落，一旦看见那些穿黑色低胸吊带裙的女人，你的第一个直觉反应是：鸡！黑色吊带裙在我所在的那个城市是某种特殊职业的标志。

不过在农村男人留长发我还是第一次看见，这让我觉得特别滑稽。我小声问身边的人，他是谁啊？尽管我的声音很小，还是被他听见了，他立即停止了与司机的争吵，朝我说，谁呀？你老同学，马高明！（我想肯定已经有人把我回家的消息告诉他了）我在瞬间的愣怔后立即握住了他的手，他很气壮地指着我给对手说，知道他是谁吗？我老同学，特区回来的县委书记、县长（他怎么也用这样的称呼？）！让他评评理。

通过马高明的介绍，我大致知道了他们吵架的缘由。马高明雇了这辆车去长安县贩运苹果，去的时候已经讲好了路线和车价，可是在回来的路上，马高明却要求司机多绕了一段路，去黄埔村给柳青扫墓。司机因此要求多加 50 元路费，否则就不让马高明卸车。

马高明生气地说，你就知道钱，我问你，你晓得柳青是什么人吗？

司机气鼓鼓地说，我管他是什么鸟人！什么人让我多跑路他就得多付路费！

柳青是大作家你知道不？他有一部长篇小说《创业史》，写的就是咱们关中。我一路上给你讲梁生宝和改霞的故事，看来是白讲了。最后，他愤怒地指着那位司机，让你给文化尽尽孝心你都不肯，五十块钱！五十块钱！五十块钱就那么重要吗？

司机说，不重要那你给我好了，省得磨牙！

周围的人都嘻嘻笑了。他们一直就这么笑嘻嘻地围观着，像看耍猴。

我也觉得这里面有些逻辑上的毛病。热不热爱文化、愿不愿意给某位仙逝的作家尽尽孝心那是个人的选择，谁也没有权利为此强迫别人分担情感和费用。在这里道德谴责是勉强的，一个人不知道柳青、不愿意为祭奠柳青支付路费并不必然地构成他的人格污点，他凭自己的劳动获得报酬，多劳就应该多得。

马高明可能真的是对民众的愚昧很气愤，也很可能是，他仅仅以此为借口，想赖掉这笔不菲的路费。对此我有点拿不准，但从周围人的讪笑声中，我猜出起码大多数人认为原因是后者。

我把司机从人群中拽了出来，然后贴着他的耳朵说，跟着我走，我付你的车费。我和司机搂腰搭背朝前走了一阵，然后我把五十元钱偷偷塞到他的手心。

当天晚上马高明和他老婆刘彩娥都在我家吃了晚饭，晚饭后刘彩娥提来了一筐苹果，苹果上落满了苍蝇，一个被臭气包围的村庄没有苍蝇才怪呢。她从井里吊出一桶水，哗地泼在苹果上，苍蝇轰的一声飞起来，我们才可以看见苹果可爱的颜色。大家都捏起一个甩甩水就啃，我心里腻歪着，可不得不小心翼翼地拿起一个装样子，其实那天晚上自始至终我根本没有让嘴巴和苹果接触过。话题自然地从苹果展开，可是一下子就跳到了柳青，原因是这次贩运苹果，马高明满足了他多年来想拜祭柳青的愿望；甚至可以这么说，贩运苹果只不过是一个借口，给他崇拜的作家扫墓才是目的。因为真要买苹果，附近地方有的是，根本没有必要跑那么远。我想这也可能是刚才很多人在围观他吵架时讪笑的原因之一吧。在大家的眼里，马高明是有点痴癫。后来我还听说过他更痴癫的事：去年春播前，马高明专门跑到《创业史》里描写的梁生宝买稻种的地方去买良种麦子，他把梁生宝在那里的所有行为都模仿了一遍，包括在那个秦岭小车站喝五分钱一碗的面汤（现在改五毛钱了）、在车站候车室的地板上铺麻袋盖麻袋露宿过夜。麦种当然没有买到，因为那里是出良种水稻的地方，路费却花了一堆。这事儿当然是刘彩娥私下告诉我的，她说她没给别人讲过，怕人笑话。

对这些我可以理解。我知道柳青在马高明心中的位置。还是在上小学的时候，马高明就大段大段地抄录《创业史》中的精妙句段，早读时间别人读课文，他读这些妙词佳句，甚至在“文化大革命”期间，别人雷打不动地背诵毛主席语录，他也敢旁若无人地背诵这些。他之所以这么喜欢柳青，纯粹是因为非常偶然的原因：有一次，他父亲到县城去给生产队拉肥料，路过废品收购站时忽然屎憋了，要上厕所又没有带手纸（顺便说一句，那时在我们乡下根本就没有手纸这一说，我们在野地里解决问题，完了后用土坷垃蹭巴蹭巴就行了。马高明他爹上街时不可能在兜里装几颗土疙瘩），情急之下他趁人不注意，从停放在废品站门口的一辆垃圾车上抽出了一本书，本来准备撕两页就给人放回去，没想到这时收购站里有人出来倒茶脚，倒了茶脚又站在那里东张西望，马高明他爹被屎憋得快拉裤裆了，他不可能再等下去，只得把那本书揣在怀里急急忙忙钻进厕所。那本书马高明他爹没舍得扔，因为他觉得它纸张不错，是卷大炮烟的好材料。事实上他确实也用它卷了好一阵子大炮，等马高明发现这本书时，它前十五页后二十一页已经没有了（封面本来就没有。要补充说明的是，这本书后来在马高明上高中时被补齐了：他在学校图书室借了一本《创业史》，照着它给自己那本画了一张封面，然后把所有缺页的内容工工整整地抄下来，用糨糊粘上）。就这样一本残缺不全的书使马高明如获至宝，他给它用牛皮纸包上封面，然后把它小心翼翼地夹在两块木板中间，用他家捣蒜的石臼压上，直到压得平平展展的才拿出来。当时在我们那样的偏僻乡村，成年人差不多都是文盲，要找一张带字儿的纸片简直比登天还难，像马高明这样拥有一本砖头厚的写满字儿的书简直要算是奇迹了。马高明如饥似渴地读这本书，翻来覆去地读，反正除此之外也没有别的书可读。马高明越读越觉得有味道，越读越喜欢这个这本书的作者柳青，因为他在书中描写的就是我们生于斯长于斯的这个关中平原，书中的人物就像是我们的左邻右舍，书中的故事在我们村里差不多都有影子。在马高明的想象里，柳青就像是我们村里的五保户董拐子，穿着棒棒棉袄、连裆裤子，袖着手眯着眼，整天满世界瞎转悠，把村里藏在旮旮旯旯角角落落的拉杂事儿都抖搂了出来。这些事情很新鲜，人们都很熟悉，因而也觉得很亲切。不知有多少时候，少年马高明放学之后不回家，藏在打谷场上的麦草垛中或者半原腰的破窑洞中，手捧《创业史》如醉如痴，恍惚间他就走进了终南山下渭水岸边的蛤蟆滩，成了黄埔村的放羊娃或者揽工汉。可以这么说吧，在一个少年最初的文学饥渴中，他邂逅了农民作家柳青，柳青把我们的生活镜像化在我们的眼前，让我们幼小的心灵对文学的魔力惊叹不已。在这里，关键是“我们的生活”。可以这样设想一下，假如当初马高明他爹从垃圾车中随便抽出的那本书不是《创业史》，而是别的（这太有可能了），比如是《上海的早晨》，马高明会不会像崇拜柳青那样去崇拜周而复？我想是不会的。因为那里面没有“我们的生活”。事实上后来马高明陆陆续续还读过不少别的小说，但几乎没有一本可以入他的法眼，这其中的原因一方面是由于马高明狭窄的生活经历决定的，他只对农村题材的文学作品感兴趣，除此之外的别人的生活对他来说遥远而隔膜，他不想也不愿去了解他们；另一方面，即使是农村题材的小说，那也得看它描写的是哪里的农民，马高明只关心他脚下的一方土地头顶的一片蓝天。其实后来以关中农村为描写对象的长篇小说也不少，包括后来获过茅盾文学奖的那个，但在马高明眼里它们统统都不行，“太虚假，都是编出来的”（马高明曾在一封给我的来信中这么评价那部当时好评如潮的获奖作品）。在这里，我们除了感叹马高明文学观念的落伍之外（比如说什么是“真实”——对此我们可以理解，因为由于闭塞，他对后来文坛上发生的一系列思潮和观念的流变一无所知），同时也知道了马高明之所以唯独喜欢柳青的原因：与其说只有柳青的农村生活才是真实的，不如说是柳青对农民的真诚态度感动了他——柳青是至今为止唯一一个为了描写农民而举家迁居农村当农民的作家。马高明一直固执地认为只有柳青才是“自己人”。

话题一粘在柳青身上，就再也跳不过去。按我的想法，我根本不想在此滞延。并不是说我对柳青有什么意见，而是我现在太不愿意谈文学。说实话，即使在城里，在我们那一大堆以文学为事业的所谓专业作家中，我们也几乎不谈文学，如果现在大家伙聚在一块，你还喋喋不休地谈论什么文学，别人肯定认为你是傻子。谈什么都比谈文学有趣，比如谈小姐、谈股票、谈泡妞、讲段子……当然，肯定也有例外的情况，偶尔你也可能在咖啡馆、卡拉 OK 包厢或者宾馆客房里看见两个人很投入、很诚恳、很忘情地谈文学，一个男人与一个女人，一个中年男人或老年男人与一个总是年轻漂亮的女人，一般情况下这是男作家或男编辑在辅导文学女青年。这种情况另当别论。

马高明好像没有注意到我脸上的敷衍之色和我哼哼哈哈的言不及义，或者他感觉到了，却不管不顾。他顽强地把这个话题延伸着。他忽然问了我一个问题：你看会不会再搞第二次农业合作化？我觉得有点好笑，这家伙读《创业史》读出瘾头来了，那里面的什么他都想模仿着搞一下！我说不可能了，除非谁脑袋有毛病。马高明并不在意我话里话外的嘲讽意味，他有些激动地问我，那现在农村越来越大的贫富差别怎么办？我看咱们村现在的情况跟《创业史》描写的合作化以前的情景没有什么两样，富人肥得流油，穷的连养家糊口都难！

我想马高明这家伙是得了红眼病了，他肯定是属于那些养家糊口都不容易的人，以他这样一个身为农民却一直想当作家的不务正业的人，身陷贫困实在是不该埋怨别人的。我说你大概夸大事实了吧，不要忘了我也是农民子弟。马高明哼了一声，然后扳着指头给我数说现在村里哪些哪些人发了，他们是怎么发的，发了以后如何如何为富不仁；哪些哪些人陷入了困顿，他们怎么挣扎也无法改变现状。最后他毫不客气地指责我说，你还好意思说你是农民的子弟，你根本就不了解现在农村的状况，你看你写的那些小说（他当然指的是我寄给他的那本小说集），农村现在还有你写的那种绿色的田野、嘹亮的歌声和在责任田里像蜜蜂一样勤劳的农民吗？

我有些吃惊。在此之前还没有人这么评价我的小说，评论家一直对我好评如潮，我的书在书店卖得也还算可以，我一直把自己定位为新乡土作家，看来大家也都认可。我再也不敢敷衍马高明了。的确，我的小说是我凭印象虚构的，而我的那些印象全部建立在十五年前我在家乡的生活经验上，那时正是中国农村改革的黄金时期，后来农村的变化在我的头脑中逐渐是概念化而且影像化了。所谓概念化就是，我总认为农村是发展的、变化的、进步的，只会越来越好，而且，为我佐证的，是我经常从电视屏幕和摄影图片中看到的活生生的新农村的美好图景。当然我也不至于幼稚到完全相信主流媒体的粉饰性宣传，相反，以我以前在农村的生活经验，我一直认为像《焦点访谈》这样的担负着舆论引导重任的电视栏目所揭发的农民负担过重、乡村干部作风粗暴等问题肯定是有所过滤的，其结果也总是有意被抹上一些亮色，实际情况肯定比见诸媒体的要糟糕得多，因为农村一向是媒体的盲区，事情不闹到足够大，是不会引起记者先生的垂顾的。但有一点我始终是不会质疑的，即农村的出路只能系于改革，目前所有一切的问题都是改革中必然要付出的代价，是前进中总得跨越的门槛，农村改革的前景是可以预期的。我自认为我的作品是把握住了农村的前进方向，可是，马高明却给我提供了与我的想象完全不同的另外一幅图景，在这样的图景中，我们似乎又回到了二十世纪五十年代初，甚至是新中国成立前。

对此我当然不会苟同，我要通过我的眼睛认真地看一看。我有三天时间。

马高明对我说，你不是自称是新乡土作家吗，你应该直面农村的现实！我说，对现实的看法，我未必跟你相同，你也是作家嘛，你为什么不写？

我当然写了！马高明说。我觉得自己责无旁贷，我虽然只是一介平民，不能参政议政，不能制定政策，但我有一支笔，我想我还能做一些事，比如，像柳青那样，把农村生活的真相描绘出来，唤醒大家对农民的关注，或许这会有利于问题的解决。他显得很激动，有种天降大任于斯人的样子。

我说，怎么个写法，像柳青那样，写农村两条路线、两种思想的斗争?

马高明说，为什么不能呢?

我笑了。我觉得马高明真是有些疯癫。我不得不给他讲一讲小说写法在这些年的发展，意识形态话语、宏大叙述早就被抛弃到爪哇岛去了，现在时兴的是私人写作、肉体写作，是个体而不是集体、是欲望而不是道德、是城市而不是乡村成为小说的关注点和兴奋点。谁会看你的阶级斗争的小说!

第二天天刚麻麻亮，我尚在迷迷糊糊中，就被一阵嘹亮的唢呐声吵醒了。多少年没有听见这种质朴而野性的乡村音乐了，我赶忙起床，母亲说是马胜利娶媳妇，请的自乐班。我问马胜利是谁，母亲说，噢，那是下一辈人了，你不认识。马元宝你知道吧，他的孙子。马元宝我当然知道，我们村唯一的地主，“文化大革命”时差点被斗死。

我走出家门，循声来到了街东头，那里人山人海，音乐鼓点比在远处更加热烈。印象中这里原先是生产队的饲养室，一溜排的房子，里面拴的全是牛马骡驴；同时这里也是全村人的公共场所，凡是开会学习之类，都在这里举行，大家坐在牲口棚里，刮风下雨烈日曝晒全不怕。可现在这里根本没有原先的青砖大瓦房了，突兀在我眼前的是一座足有半亩地大的用红砖墙围起来的大院子，院子中拔地而起一栋八层楼，窗户是铝合金镶天蓝色玻璃，楼的外墙贴着白色面砖，在朝阳中熠熠闪光。这样的楼房在城里当然不算什么，但在大多数人都还住着青砖瓦房的我的家乡，它确实有鹤立鸡群之感。我忽然觉得它有点像电影中鬼子的炮楼。周围是开阔的平原，平原上是低矮的房屋，冷不丁地冒出这样一个四棱体的直桶桶建筑，你说它不像炮楼像什么？

如果说这栋楼在样式和用料上都力图靠近城里的所谓现代化的话，那么这座院子的大门就是另外一种风格了。它有一个庞大的仿古建筑的门楼，飞檐斗壁，雕梁画栋，门楼下一左一右两只威风凛凛的青石狮子。这栋楼和这座院门，分别看都没有什么毛病，而且主人竭力让它们各自都尽善尽美；可如果你把它们作为一个整体来看，不伦不类的滑稽感就立即使你哑然失笑，这好像是穿长袍马褂的人偏要打上领带，或者是西装革履的人偏要在脖子上吊一个水烟袋。我当时只觉得这是一种典型的土财主心态，在南方很多人发了财就去修祖坟，在北方就是拼命盖房子，而且都是不惜财力不惜工本。他们不知道什么是最美的，却知道什么是最阔的。

事实很快证明我当时的猜想是肤浅的，这座豪院表面的不和谐其实蕴含着主人深刻的用意：门楼的仿古代表过去，高楼的现代象征现在，它告诉人们：我们过去富，现在依然富，而且会越来越富（上楼是步步登高，一直到八楼——一路“发”）。这些都是马高明后来告诉我的，他当时气愤地说，你知道吗，生产队饲养室的那些房子新中国成立前是他们家的私产，土地改革以后充公了，喽，前几年他们又买了回去，而且建了高楼大厦，这不是明摆着示威吗！马高明还告诉了一个让我惊讶不已的消息：仿古门楼下的那两只青石狮子是他们家旧社会的镇家之宝，土改前它们被偷偷埋了起来，现在又明目张胆地挖出来竖在街道上！

这家人当然是马元宝家了。

现在门楼下吊着两桶大红宫灯，两座青石狮子的脖子上也挽着碌碡粗的大红花，门楣门框到处贴着红对联，其中的一副相当抢眼：富贵如水流来流去仍入我家里，好运似云飘东飘西总在咱当头。横批是：服也不服。

一条红地毯从门口一直铺出去，铺到了村头的大路口，少说也有三百米吧。虽说地毯一看就是化纤的，可这气势也够得上迎接外宾的了。在城里现在结婚也有给新人铺地毯道的，但那是几十米的两截前后来回接济，哪有这么一路铺到底的。这时村口的鞭炮噼里啪啦地响了起来，其中还夹杂着一阵一阵惊天动地的巨响，震得人耳朵发麻。这意味着娶亲的队伍快要进村了，这里的自乐班立即出动，吹吹打打地踩着地毯迎了上去。看热闹的人群也像潮水一样涌了出来。

我捂着耳朵问身边的人，什么声音呀，这么响亮？他说人家这是放铳哩，是铳，你知道吧？我当然知道。铳是我们这里一种很古老的打猎工具，主要是打鸟，像大雁、野鸡之类。之所以把它叫着工具不叫武器，是因为它的射程比较短，几十米吧，猎人用它主要是仰仗它的声音，它的声音有强烈的爆炸感，宏壮、张扬、尖锐、余音悠长，在近距离内一般能把猎物震昏。第一次听见这种铳的声音是在“文化大革命”中，那时候是庆祝大队革命委员会成立。噢，我记起来了，当时在庆祝会场的主席台下，跪着一排地富反坏右，他们都被剃了光头，胸前挂着大木牌。当时的逻辑是“人民群众开心之日，就是反革命分子难受之时”，在这样一个革命群众欢欣鼓舞的日子里，地富反坏右免不了要被拉出来示众一番。那些人当中就有马元宝。

我奇怪铳这种东西现在还允许公开使用，它即使不算是武器，起码也是一种亚武器，毕竟能伤人啊。这两年农村不是一直在开展“打村霸，缴黑枪”的治安运动吗？

娶亲的队伍终于进了村子，这真让我大开眼界了。新郎骑一匹高头大马，穿长袍马褂。马是银白色的，浑身上下没有一根杂毛，乍一看，就像是冰雕银铸似的；长袍马褂一色的黑缎子，就连皮鞋也黑得锃亮。黑人白马，这样的色彩搭配简洁明快，陡添了马背上新郎官的精神和气势。紧跟在马后一路小跑的是一台八抬大轿，这种轿子绝不是张艺谋《红高粱》中的那种小里小气的四人轿，那种轿子据老人说在过去是很普通的，嫁女娶亲谁家都可以用的；而这种轿子就不同了，它像一座活动的亭子，正面有门，其余三面是雕花镂空的窗子，进了门里面八仙桌太师椅卧龙床一应俱全。这样的轿子四个人是抬不动的，非得八个人才行。即使八个人现在也抬得满头大汗，轿夫们口里喘出的粗气和头上蒸出的热汗在他们的头顶上结成一团团白雾。即使这样，他们也只能勉强跟上前面的高头大马。

啧啧，你看人家这威风！马元宝当年结婚就这阵势，现在又轮到孙子了。一位老人在我身边咋舌。

我也羡慕这种排场，现在城里人结婚也时兴复古之风，租一套长袍马褂，在影楼的花轿道具跟前摆摆样子是可以的，但真正想在结婚那天让人用轿子抬抬，还基本上是梦想。要说时髦，人家这才是真正的时髦。不过，我猜想马元宝未必把这视为时髦，依他的经历和见识，他也未必理解这就是时髦。他恐怕另有用意。

当天上午，马家大宴宾客，除了亲戚朋友之外，他们还给全村每户人家都发了喜帖，按家乡的习俗，这天每家都会备一份贺礼，由当家人送到马家，并在主人家享受筵席款待。我是轻易不回家的人，爹让我去，说趁那里人多可以跟乡亲们再熟络熟络。我到了马家院子，三十桌筵席差不多已经坐满了，我到处找马高明，想和他坐在一起，可怎么也找不着，最后还是他媳妇看见我了，问我是不是找他，我说是的。她说马高明不愿意来，不愿意走进马家大院，只好她来了，乡里乡亲的，不好得罪人的。

刘彩娥最后气呼呼地说，自己懒，挣不到钱，还特别眼气人家有钱的，他就是这个德行！

你不能说马高明懒吧，我笑着说，他是没有找到自己爱干的事，如果是他爱干的事，他肯定是不惜力气的。你看看周围，有几个当农民的爱看书？马高明不但是爱看，而且还想写书哩。

算你说着了，刘彩娥说，昨天晚上从你家回来已经是后半夜了，我说赶紧睡吧，明天早晨还得把苹果批发给小贩，可人家还是拿出了笔和纸写写画画的，我催得紧了，他就发火，说你不知道我的习惯吗，每天不写一点我就睡不着！我说今天太晚了，他说再晚也要写，刚才跟老同学聊天，有感想，更要写。结果今天早晨我怎么叫他都叫不醒，苹果堆在那里没人管，你说跟这样的人怎么过日子？

这让我想起了马高明小的时候背诵柳青《创业史》的劲头，什么也挡不住什么也拦不住的。那时候是小孩，任性是可以的，可现在就不行了，毕竟四十多岁了，早已经为人父为人夫了，总得有一点责任心吧？我只好不置可否地对刘彩娥笑笑。

筵席结束后，我刚想回家，被马元宝挡住了，他很高兴我能到他家做客，一再地对我说谢谢，然后让家人把今天的酒菜打了一个包，一定要让我带回家给我父亲。我一看别人都没有这个待遇，就坚决推辞。马元宝把新郎官喊了过来，说给你平山叔送到家里去。我说算了，还是我自己来吧。

我提了酒菜没有回家，而是拐到了马高明家。马高明因为媳妇去了马元宝家，他现在还没有做饭哩，我就拉了他喝酒。他开始还扭扭捏捏的，我笑着这酒现在已经不是地主家的了，咱暂且把它当作是胜利果实吧。我知道马高明是嗜酒如命的，果然他慢慢就端起了酒杯，刘彩娥扑哧一声笑了。

几杯酒下肚，马高明的话就多了。当然这时候的话题肯定是围绕着马元宝的，马高明告诉了我有关生产队饲养室以及青石狮子的事，他意思是马家在有意识地向大家示威，套用过去的一句话，那就是地主阶级“人还在，心不死”。我有点想笑，马高明说你别笑，还有更严重的呢，他们总是千方百计地搞破坏，破坏集体经济。我说现在哪里还有什么集体经济，他说怎么没有，那些没有办法分配到私人家里的大型机械和设施，就是集体的，像北原上的那眼机井，就是。那眼机井就是给马元宝家破坏了。

刘彩娥说别听他胡说了，他整天就疑神疑鬼的，人家那是买走的！

什么是他们买走的？为什么他偏偏看中了那里的钢管？马高明告诉我，那眼机井多年来一直好好的（刘彩娥插话：一直闲置着），去年马胜利找到村主任，要买井筒里二百多米长的抽水管，去用作建筑工地的脚手架。村里人根本就不同意，马胜利给村主任塞了一些好处，结果村主任就把水管卖了，现在那眼机井就废了，成了干窟窿。

我说那要怪村主任，村主任不卖，马家就没有办法。马高明说马家现在有钱了，没有他们办不到的事，他们就是专瞅集体的财产，铁了心要把它整坏。当然，村主任也不是什么好东西，现在农村什么人都发了？一是有权的，二是不务正业的。

我又想笑，马高明还说别人不务正业！他所谓的不务正业，这里当然说的是马家，马家这些年是靠当包工头发起来的。关于这点，我觉得马高明的指责有些不太讲道理，他们的不务正业，与其说是他们自己选择的，不如说是历史逼迫的。这我还是清楚的，“文化大革命”期间和“文化大革命”之后相当长一段时间里，在农村，出身不好的人被剥夺了一切政治权利，地富家庭的子女没有任何政治前途，招工、参军、提干、上大学等当时农村青年跳出农门的途径全都没有他们的份，他们只能无望地在土地上耗掉一生。在此过程中，可能是不甘心平庸，也可能为了排遣空虚和无聊，更可能是为了混一口好饭吃，他们中的很多人学起了小手艺，比如木匠、铁匠、漆匠、泥瓦匠、小炉匠等，这些人在后来农村改革中成了最早的能人和乡镇企业家，最先发起来的是他们。即使没有学手艺，由于这些家庭劳动力多（子女全部滞留农村），在实行联产承包责任制以后，也是他们的土地产出高，效益好。更多的情况是，在农忙季节，这些家庭众多的强壮劳动力都集中在土地上，保证了农业有可靠的收入，在农闲季节，他们又各自凭借手艺，各显其能去搞副业，这样，他们的收入很快就和一般的农户拉开了距离。

马家就是典型。而且，马家后来在家庭成员中有了明确的分工，马元宝带领一帮老弱妇孺和若干雇工负责家里的农业生产，他的儿子和孙子都外出当包工头、搞运输、开铺面商店等。他们现在确实主要是不务正业了，可是这种结果却是当年的歪打正着。

可是马高明却不愿正视这点，他说，照你的逻辑，所有的地主都是勤劳发家的了，那我们当年还搞什么土地改革？他们都是靠剥削发家的！就说马元宝吧，他们家现在终年雇着五个长工，还不算农忙季节临时雇佣的十几名短工，你说这不叫剥削叫什么？过去我们划定阶级成分时，就是根据有无雇工、雇工的多少来确定成分档次的。马家现在不光是剥削，还千方百计地腐蚀干部，他们拿下了那么多的工程，你知道他们行贿有多少？一群农村的泥瓦匠，竟然把市里的一座转圈圈餐厅给承包下来了（我知道他说的是旋转餐厅），这不是开玩笑吗？后来听说那个单位的头头出事了，马胜利也给逮了起来，要他交代行贿的事，据说有一百多万元呢，可那龟儿子硬是咬着牙扛住了，最后他们都没事了。

说实话，马高明接着说，马胜利被逮起来的那些日子，我真高兴，可是不久他就神气活现地出来了，马家摆酒庆贺，还放出风来，说他们被冤枉了，幸亏他们上面有人。马高明气愤地说，就凭他们给县电影公司建的那座影剧院不出三年就漏水的事，你说别人冤枉他们了吗？他们上面有人？有人就可以无法无天吗？

对于马家的事，我因为不了解实情不便表态，但建筑市场这些年的混乱我还是风闻一些。至于马家上面有人之说，我觉得吹牛的成分大一些，马胜利之所以被放出来，一是真的没事，一是他和受贿方都咬死了不松口，因为行贿受贿这事儿没有第三者看见，俩人都咬死了别人就没办法，谁如果开口揭发了别人，最终自己也得栽——现在包工头都学聪明了。当然，也不排除马家这些年用钱铺了道，关键时候真有人为他们说了话。

马高明越是气愤，酒就越喝得快，大概他觉得这酒是地主家的，喝得越多越解恨。一瓶快见底的时候，两个孩子放学回家吃午饭来了。老大是个女孩，今年十五岁，上初三；老二是个男孩，今年十一岁，上小学六年级。他们见了我都很腼腆，女儿赶紧扎进灶间帮妈妈拉风箱去了；儿子刚想溜，被马高明喝住了，他摇晃着空酒瓶说，打酒去……到你五叔的……小卖铺。刘彩娥生气地说还喝，见了酒就没命了！马高明说我就还喝，今……今天要跟老同学喝个痛……痛快。马高明的舌头都大了，我知道他离醉不远了，就给刘彩娥使了个眼色，刘彩娥一把夺过瓶子，塞给儿子，然后给他耳语几声，儿子提着瓶子笑着跑出去了。我问两个孩子的学习怎样，还没等刘彩娥说话，已经歪在椅子上的马高明忽然嘿嘿嘿地傻笑了起来，我……我的孩子还有什么好说的……他们是谁的儿子，咹！酒气中喷出的全是自豪。刘彩娥对女儿说，快给你叔叔拿那些奖状去。女儿还在忸怩着，刘彩娥催促着，快去呀，还有弟弟的。

女儿拿出了一个用纱巾包着的包袱，打开纱巾，里面一层是青色的印花包袱皮，打开这层包袱皮，还有一层透明的塑料纸，揭开这张纸，才可以看到被码得整整齐齐的一摞奖状。在孩子打开这一层又一层的包袱皮的过程中，我忽然想起了《创业史》，想起了梁生宝买稻种，想起了他在终南山火车站喝五分钱一碗面汤给人付账的情景……看着这些红彤彤的奖状证书，我真为这一对乡间少年感到自豪。这其中还有一份参加全省少年奥林匹克数学竞赛二等奖的荣誉证书，是女孩的；一份《中国少年报》发起的少年作文大赛的作品入选通知书，是男孩的。刘彩娥说我真发愁，今年他们俩都要考学，要是都考上了，拿什么供他们啊。我安慰她说总会有办法的，马高明不是已经贩运苹果了吗？

没想到马高明高声叫道，谁也别打我的主意，我的钱……我还要上学呢！这家伙真是醉沉了，开始说胡话了。我要上学……我要到北京上学……他嘟嘟囔囔不停。这时候男孩提着酒瓶回来了，马高明说给我……喝，刘彩娥立即给他斟了一杯，是刚才泡茶的大杯子，马高明端起来咕咚咕咚就喝完了。我大吃一惊，怎么还给他喝呀，我刚才使眼色的意思是让他们把酒瓶拿走就别回来，反正马高明已经醉了，什么都不知道了。刘彩娥又给他倒了一杯，我赶紧接了过来，放到鼻子下一闻，她和儿子都笑了，我也笑了，是水。看来他们经常这样糊弄马高明，已经默契了。马高明接过杯子又是几口牛饮，然后趴在桌子上呼噜呼噜睡着了。

他是要上学，刘彩娥说，不是开玩笑的。我笑着说他还上什么学嘛，男孩噔噔噔跑到另一个屋里，很快又跑回来，给我拿来了一张纸，我打开一看，是北京某杂志社举办函授学员短期培训班的通知书。通知上说马高明（除了这三个字是手写的之外，其余全是电脑打印，标准的格式化文稿，人名字可以随时签上）同志这些年文学创作成就斐然，已被我刊函授部择优录取，作为中国跨世纪文学新人即将成为我刊的主力作家，为迅速提高该同志的创作水平并与我刊编辑建立友好关系，现决定某年某月某日至某月某日在北京某地举办函授学员面授班，交通食宿自理，另交材料费、授课费 1500 元。我哑然失笑，这种文学骗局现在多了，包括我所服务的那个作协所办的文学刊物也玩过这种把戏。从报纸杂志上找一些陌生的名字（稍有名气的人不要，人家会识破骗局），然后给他们发通知，把他们吹嘘成文学新秀，甚至未来的诺贝尔奖获得者，诱骗他们参加各种名目的函授班、改稿会、文学交流会等，赚他们的昧心钱。很多人像马高明一样，被高帽子一捂就发晕，真以为自己是个人物，生怕被埋没了，就高高兴兴地钻进套。

马高明发过多少作品？我问刘彩娥。刘彩娥说就一篇吧，然后对男孩子说，去，把那本书，那本你爹经常教育你的书拿来。男孩噔噔噔地过去，很快就噔噔噔地回来了，那本书的封面被牛皮纸包得严严实实的，可见主人对它的爱惜。我翻开扉页一看，原来是一家内部刊物《物业管理通讯》，再看看马高明的大作，是一首短诗《生产队的记忆》，夹在一篇探讨小区管理收费的文章的角落里，一本行业管理的刊物上开了一个文学的豆腐块天窗，显得不伦不类。

我正奇怪这种不伦不类呢，刘彩娥说他去年到省城参加过一次培训班，就是这个刊物办的，一共花了800元。

这时我笑不出来了。我感到心痛。我问她马高明参加了培训班之后有什么收获，刘彩娥想了想说，以前是一张纸一张纸地写，后来就一个本子一个本子地写。我想刘彩娥的意思可能是说马高明以前是单篇单篇地写，培训之后就写长篇了。果然如此，刘彩娥说现在他已经写了有这么一摞了，她比画了一下，我一看，好家伙，足足有一尺厚了。她说着和儿子一起搬出了一口小箱子，不大，两尺见方左右，刷着红漆，有些地方已经剥落了，还有蝴蝶花朵之类的图案，一看就是刘彩娥当年陪嫁过来的梳妆盒。她在醉卧中的马高明身上摸了一阵，摸出了一把钥匙，打开箱子。平时他根本不让我们动一动的，她笑着说。箱子里面是一个蛇皮袋，解开蛇皮袋的封口，一叠一叠的稿纸露了出来。

你给看一看吧，刘彩娥说，你看这些东西到底能不能变成书？我数了数，一共有100叠稿子，每叠按50张、每张按300字计算，总共有30万字！他以前……没有找别人看过吗？我的意思是马高明在刚开始写这样的东西时就应该找一些懂行人，让人家看看他是否具备写长篇的能力，否则很可能是在瞎用劲。由于我工作的职责所在，经常有不少业余作者抱来长篇让我看，大多写得一塌糊涂，根本就不具备写长篇的能力和实力，可他们就是长年累月地写呀写，结果呕心沥血搞出来的全是垃圾。这样的业余作者太不容易了，我经常建议他们在开始创作长篇的时候就拿出一些片段让专业的编辑、评论家看看，省得白劳神。相比于那些城里的业余作者，马高明就更不容易了，他根本就没有节假日和八小时内外的区分，只能在每天晚上挤出时间；城里的作家现在基本都用上电脑了，而马高明还是一笔一画的手写体。我真感慨马高明的毅力。

更让我感慨的事还在后面呢。刘彩娥说让人看过，他把稿子全背到了省城里，找到了作家协会，人家让把稿子先放在他们那里，说有时间了再找人看，结果半年过去了没有回音，马高明隔三岔五地写信去催，后来人家回信说稿子丢了。好可怜啊，你不知道，刘彩娥说着说着眼圈红了起来，那一段时间我真担心他疯了，那是他整整写了五年的东西啊，说没了就没有一点影子了。还算好，刘彩娥接着说，他就是头发和眉毛全部脱落了，人倒是没有怎么闹病，后来他又开始写，凭着记忆硬是把丢了的东西全部补了回来。就半年时间，说来也怪，刘彩娥笑了，文章补回来了，他的头发眉毛也长回来了。

我一时无语。我真的说不出话来，我想起了我自己以及我的同事们，我们都是专业干这行的，可我们这些年来到底都做了些什么呢？面对一位乡村的业余作者，我们是不是应该脸红？在我们已经以文学为耻的时候，在一个偏僻的乡下，在远离文坛的边缘之再边缘的一个农民身上，他却把文学化入了自己的血肉！

这样的人真该让他成为专业作家。这在我们那里是有先例的，我们邻村曾经有一位名叫麦田的人（这当然是他后来的笔名，原先他叫麦牛；麦牛在我们那里是麦子中生出的黑色虫子），因为在报刊上发表过几篇小小说，后来被县文化馆招为干部，专职写作，成为本地有名的农民作家，我和马高明那时一直把他当作偶像。当然这都是人民公社时期的事情了，在今天，这样一个从基层直接遴选作家的体制已经崩溃了，随着市场经济的深入，不能直接产生经济效益的文化单位日益穷途末路，文化馆原有的人员都养不活，怎么可能再增加新的负担？眼下在农村，一个热爱文学的人根本就别指望得到体制上的扶植，一个产生麦田、高玉宝等“草根”作家的时代已经落幕了。

正因为马高明把文学化为了自己的血肉，这使得我的心情变得沉重起来，我当如何对待这坨显然是他心血熔铸的结晶呢？刘彩娥下面的话把我逼上了绝境。她说，你给看看吧，我们都相信你。你别看马高明当面和你抬杠，私下里他就服你一个人，他经常给我说，我那个同学可是大作家，他是识货的，等他回来了他一定说这是好东西。刘彩娥说，是不是好东西你一看就知道，我的意思是，它要真是好东西，咱就全家人支持他写完，砸锅卖铁也让它出版了，他联系过几家出版社，人家都要收钱，两万元三万元的。咱花钱出了，卖书再赚回来，听说一个也是写农村的小说，叫《白兔原》的，卖了好几十万元呢（我知道她说的是《白鹿原》）。如果不行，根本就不能出书，他没有那个能耐，那咱就彻底死心了，从此之后就让他老老实实当农民吧。

我真的累死了。刘彩娥长长地叹了一口气。你看，它指着自己的房子和院子给我看，全村还有哪家现在还住着偏厦房？谁家的院墙现在还是土夯的？我就是累死也不行啊，马高明根本就不操这个心。

我看了看他们家的房，真的，村里别人基本都是青砖大瓦房了，甚至还有小洋楼，院墙也都是用红砖砌起来的，严严实实。只有马高明家的土坯院墙年久失修，剥落得豁豁缝缝的，就像老人漏气的牙齿。这样的住宅在村里差不多是最差的了，怪不得别人看不起他们。在农村，住房最能显示一个人的财富和身份了，所以农民大凡有了钱，第一件事就是盖房子。马高明盖不起房子，别人就瞧不起他，别人越是瞧不起，他就越对有钱人充满怨恨，这就造成了心态失衡的恶性循环。在这种情况下，你不让马高明怀念人民公社时期的平均主义是不可能的，也的确，人民公社时期那种借助集体力量的帮穷济困，以及它所具有的最低限度的社会保障和社会福利，比如五保户、乡村学校的免费教育等，今天都已荡然无存了。当然，对于已经发了财的一些人来说，这些制度已经完全没有必要了；不但是没有必要，而且这种制度如果继续运行，肯定是需要大家提供无偿的劳力和资金支持，他们才不愿意放自己的血呢。可是对于另一部分人来说，这种制度的存在将可以保证他们最低水平的生存需要，然而今天有谁还会顾及这些呢？天灾人祸、生老病死完全成了个人独立面对的东西，在某种意义上这真是生死有命富贵在天了。

我们不能把一部分人的贫困完全归之于懒惰，就像我们不能轻易把另一部分人的富贵完全归之于勤劳一样。在这里，先天的后天的，能力品德机遇缘分等等因素都在起着作用。就像马高明吧，从小让小说给迷住了，农活技巧他肯定学得不够精湛，而且他也不屑于在农活上用心，一门心思奔作家，作为职业农民，他肯定不合格。这样的人你不能说他懒，他只是不上心而已。像他这样的混混农民，在人民公社的大锅饭里蹭饱肚子绝无问题，可是一旦分田到户，他就傻了，农业收入落人之后是自然而然的。这就使得他失去了最初的启动优势，当别人拿出农业的收入投入到其他的副业生产上时，他只能干瞪眼，眼睁睁地看着别人超过自己。然而即使有钱，马高明也未必去搞什么副业，比如到镇上租铺面开个小店、买辆小四轮拖拉机跑运输、组织一帮人成立包工队等，他固执地认为这是不务正业，且是投机倒把（人民公社给他的烙印），后来一些凭此发起来的人，包括马元宝等在副业活动中的行贿受贿、短斤少两、以次充好、欺行霸市等腐败和不法行为更加深了他对农民进入市场的偏见。我想如果不是为了给自己去北京上学筹措路费，马高明绝对是不会去贩运什么苹果的。可是别人就是这样赚钱了，而且是大把大把地赚，把他远远地甩在了身后。

马高明也不是没想过改变自己的生活现状。想过上幸福生活几乎是每个人的本能，马高明也是如此。关键是如何行动，马高明比较他和别人的优劣形势，劣势自不必说，优势却是他人无法比拟的，那就是：我可以当作家。马高明的所谓当作家，当然不是指像麦田那样成为一个文化馆干部，他知道现在这是不可能的；他的目的首先是在名声上盖过别人（在乡村，名望是受人尊敬的本钱），其次，更重要的是在经济上翻身解放——要不，他老婆怎么会提到《白鹿原》卖了多少万元之类的话题。在这里我是不是以小人之心度君子之腹了？马高明或者根本就没有这么想，他绝对不会把他视为神圣的文学变成赚钱的工具，他这一辈子就是想写出一部像《创业史》那样的不朽之作，而现在的农村现实正给他提供了千载难逢的机会：土地又分散到了各个农户，贫富差距迅速拉大，一部分村干部腐化堕落……

在这里我一时分不清头绪。马高明越睡越深沉，竟然扯起了鼾声，刘彩娥在一番激动的述说之后也归于平静。我起身告辞了。刘彩娥把那一摞稿子赶快包好，喊过儿子说，给叔叔背到家里去。我笑着说没有必要，我只拿一本就行了。她有点疑惑地望着我，我说，这就像你到街上买粮食种子一样，没必要把一麻袋都背回来，你只要抓出一把看看就知道它能不能发芽。再说了，我一个晚上也看不了一蛇皮袋的稿子嘛。

出了马高明家，我径直朝北原走去。我惦记着北原的那口机井，当年开掘它时我还在家乡，而且，我当时还是井场青年突击队的一员呢。记得那年是由于遭遇了百年不遇的大旱，公社拨下来抗旱专款，生产队自己拿出了一部分公积金，县农机局无偿提供钻井机并派来了技术员免费指导。所有的力气活，包括抬钻杆、拉积土、排废水、和水泥、砌井台、架电线……都是我们干的。回想起来那既是一段非常劳累的时光，又是一段十分快活的日子。因为旱情严重，我们与老天爷争时间，所以当时所有的青年突击队员三班轮换，日夜不休，食宿都在工地上。这样高密度定时超量的体力劳动我们以前是从来没有遇到过的。作为农民，我们虽然没有节假日，但平时的劳动却没有什么时间限制，上工下工全凭队长的一张嘴，而且集体劳动中出工不出力也是常有的事；但在机井工地上不同，三班倒有严格的时间规定，谁迟到也不行，每个人都被安排在机器的某一个岗位上，一个萝卜一个坑，谁也没办法耍奸溜滑，所以大家感到空前的累。然而，正是这种规律化的生活却使我们感到了难得的兴奋和快乐，因为它使我们忽然觉得自己很像是工人阶级——严格的集体生活、准时的上下班制度、全身上下是农机局提供的工作服，那时候一个农村青年最大的理想莫过于进城去当一名工人。那一段时间我们甚至不愿意回我们近在咫尺的乱七八糟的家，实在要回去时我们一定要穿上工作服，即使工作服上到处是油迹和污泥，走在村里我们感觉好极了，昂着头，把高筒防水靴子踩得啪啪响，尽管高温天旱，脚丫子在里面捂得臭烘烘的。有些人还偷偷地模仿技术员的普通话（我们叫洋话），回家后一不留神冒出一两句，招来父母的一顿臭骂。我们还跟着那个漂亮的女技师学会了一大堆的歌曲:《公社是棵常青藤》《毛主席来到咱农庄》《咱们工人有力量》《我为祖国献石油》《我们走在大路上》等。马高明和我还在工地上办起了壁报，钻井机是比较贵重的机器，它被安置在很大的一顶帆布帐篷里，机器和操作它的技师都是风吹不着雨下不着，马高明和我就在帐篷的里侧贴上废报纸，这就成了简易的壁报。我们在上面写了不少激动人心的标语口号，比如，“一颗红心两只手，扎根农村干革命！”“把火红的青春献给家乡！”“苦干加巧干，誓夺抗旱斗争全面胜利！”等，壁报上还有光荣榜，每天刊登劳动竞赛中的优胜者。我记得马高明那一段时间诗兴大发，简直跟闹痢疾的人拉肚子一样，一写起来就止也止不住，每天都能在壁报上读到马高明气势磅礴的马雅可夫斯基体。

想到这些，我就急于想看看北原机井现在的状况。登上北原时已经是下午五点钟左右了，太阳西斜，四野寂静，除了我和远处几只在荒地里觅食的大雁，几乎看不到任何活物。原野袒露着贫瘠的胸膛，眼前是大片大片的黄褐色。很显然，这里的土地基本上是抛荒了。这也难怪，北原全是旱田，后来打了机井水源基本有了保证，现在机井被破坏了，谁还愿意在这里耗费力气？在我右侧的原坡上，原先是一层一层平展展的梯田，农业学大寨时大会战的产物，全村老少苦战一个寒冬，连春节都革命化了。由于有机井水灌溉，我们硬是让昔日寸草不生的荒坡长出了绿油油的水稻，省报曾经在头版头条报道过这件事，我至今还记得那篇文章的题目《谁说鸡毛不能上天？谁说水稻不能上山？》可我现在看到的却是另外一番景象：梯田仍在，上面却长出了一个个大土包。父亲昨天已经告诉我了，这是一个半途而废的公墓：万寿山公墓。我们村的这座土原真有一个好听的名字：万寿山。正是这吉祥的名字吸引了一家外地的公司，他们愿意和我们村合作开发陵园，我们出土地，他们出资金，我们的村干部竟然就同意了，有关部门竟然也就批准了。于是全村人出动轰轰烈烈撮墓堆，一个墓堆一万元，公司和村里七三分成，大家都高兴疯了，这真是黄土变成金啊，可谁也没有想到那家公司后来破产了，一切的美梦都成了画饼，可大家已经出了力，墓堆已经撮起来了，于是都跟村干部闹，村干部也没办法，最后说既然墓堆是你们撮起来的，那就分给你们吧，反正这东西谁家都需要的。父亲给我说这些时一脸苦笑，咱家也分了两座，正好够我和你娘的。

不久我就看见机井房了。严格地说我是在机井房所在的地方看见了四面断墙残壁，房子早没有了顶盖，椽和檩条已经被人拆光了，连门窗也一个不剩。原先机井打成之后，由于水泵、变压器、配电盘等设备需要保护，就在这里盖一间漂亮的房子，把它们装在里面。可后来这些大型的集体设备由于没有办法分配到农户个人名下，实际上就变成了无主财产。既然无主，那就是谁都可以拿的，不拿白不拿。走进机井房废墟，一股刺鼻的臭味迎面扑来，墙脚下是一堆一堆干枯和新鲜的人粪尿，显然这里已经变成临时厕所了。原先挂配电盘的墙壁上只剩下一颗硕大而孤独的铁钉，安置变压器的水泥基座上只留下四角的四根被撬歪了的螺柱，电线零乱地耷拉在墙壁上，像无精打采的蛇；所幸水泵还在，我攀上井口的台基，水泵就竖在井口上，我抓住水泵朝井筒里看，一股透心的凉意袭上身来，果然那些水管没有了，它们被人从水泵的入口处截断了，然后抽出井筒拿走了。我当时的感觉就像我的肠子被人从咽喉处残暴地割断并且从腹腔中抽走了。

我站在井口久久无言。我能体会出马高明当时的愤怒。不管怎么说，我已经离开了家乡，我的气愤仅仅是因为我过去的劳动成果遭到了毁坏，一段艰苦而快乐的时光被人粗暴地抹杀了；对马高明而言就不仅仅是这些，更严重的是对他、对大家伙现实利益的侵害，所有人在北原上的土地从此以后就没有了水源保障，等于变成荒田了。对于人均土地本来就很少得可怜的村民们来说，这是特别令人心痛的事，他们肯定抗争过，以马高明的性格，他一定闹得最凶，可最后毫无结果。父亲说现在村里的大事，几个村干部底下一捏弄就决定了，根本不征求村民的意见，他们的借口是现在没办法开村民大会，什么时候人都到不齐。这也确是事实，村里许多人都外出打工了，剩下的都是老弱病残，在家里做不了主，叫他们开会也是白搭。不像人民公社那阵子，父亲说，大小事都开社员会，真正是叫咱们当家做主！事情真是这样的吗？我离家多年，不敢对这些贸然下结论，父亲一定是有情绪在里边，因为他在人民公社时期当过好多年的生产队队长，那时候是受人尊敬的人物，很是风光过一阵子，现在他老了，江山易主了，赋闲在家，失落总是有的，牢骚也要发点。可是马高明呢？他可是比父亲更恼火的人。

走出机井房时已经是黄昏了，外面的电线杆被夕阳拉出长长的影子，杆上早就没有电线了，显然已经被人盗割了。我一个一个地摸了它们一把，就像摸我瘦骨嶙峋的兄弟。就在我意绪沉沉的当儿，一抬头，眼前的情景吓了我一大跳：我怎么不知不觉地来到了机井一侧的柿林里，柿子早已过了摘果的季节，可是在树顶的高枝上，还有个把漏网的果子，这些侥幸的果子都已经熟过头了，红得跟灯笼一样；一个人，一个头发蓬乱像疯子一样的男人，正在疯狂地对付那些残余的果子。我之所以说他是疯狂的，是因为他用两只脚使劲地踹树干，有时还要借助跑动加强冲劲，树干底部有地方已经被他蹭掉皮了；一旦树干被撼动了，树上的果子就摇摇晃晃地掉了下来，这时他就像狗一样张着嘴在树下接吞那些从天而降的软柿子。确实是像狗一样，有时候接准了，他就三口两口咽下去，像要被噎死一样满脸涨红打着嗝；一旦接不准，柿子就会在他的脸上或头顶开花，鲜红的柿汁涂得他的脑袋像一个鲜血淋漓的首级。他为什么要这样做？要吃这些柿子其实是很简单的，你既可以爬上树把它们摘下来，也可以更省事，从下面往树上投土块，把它们一一击打下来——小时候我们经常这样干。面对一个完全采取狗的方式行事的人，你是不是有点害怕？到了最后我终于发现，这个人没有手，对！他甚至没有胳膊，因为他上衣的两条臂筒在他的蹦蹦跳跳中也蹦蹦跳跳！

我本来应该制止他的疯狂行为，因为这片柿林就是打机井那年我们栽的。记得机井要出水的那一天，马高明的母亲提了一大篮的红柿子来慰劳我们，我们吃出了一堆的柿核，马高明忽然说我们把这些柿核种下来吧，现在有水了，说不定它们真能成活，长成一片柿林呢。当时这里是一条塄坎，干干的寸草不生，我们把那些柿核种了下去，每天给它们浇水，机井修好后青年突击队解散了，我们仍然轮流值班，后来它们真的蔚然成林。我奇怪自己怎么会下意识地走到这里来呢，原来这是老马识途。可是面对这样一个近乎疯狂的人，我几次想吆喝他都没有张开口，他后来也发现了我，我指了指他，他怔怔地看着我，眼睛红红的，最后是我胆怯了，匆匆地离开他奔到原下。

我把看到的情景给母亲说了。是牛牛，你不认识吗？母亲告诉我。我简直无法相信，就是那个“公儿子”吗？母亲说你还记得他的外号。我当然记得，他和我是同龄人，早早死了父母，小时候是全村人养活他，因此有一个“公儿子”的绰号，“公”在我们这里是大家的意思。当年打机井时他也是青年突击队员，他怎么忍心破坏自己的劳动果实！

这是轻的。母亲说，你知道他的两只胳膊是怎么断的吗？偷机井变压器上的鸭子嘴（一种铜质的接触器，我们俗名就这么叫它），高压电打的！

我的天啊，他真是命大。

我问现在谁管他，他已经是残疾人了。母亲叹一口气说，谁管？谁都不管！有人管他能活得跟狗一样？

我半晌无话。

乡村的夜晚并不寂静，村里电视机的喧哗此起彼伏，更闹人的是远处传来的高分贝噪音，真有点鬼哭狼嚎的味道，我知道这是车站沿途的路边店、发廊、歌舞厅在招揽顾客，好像是淫荡的女人在比赛呻吟一样。我印象当中的那种宁静悠然的乡村夜晚一去不复返了。所幸月光还差强人意，它们从房檐的瓦片和院中梧桐树肥大的叶子上悄无声息地滑落下来，白朗朗地蓄满一地。已经很久没有看见月亮了，在城里。我不是指天上的月亮，我指的是地下的月光。在城里，我们偶尔也会在高楼的夹缝或阳台防盗网的栅栏中一睹月亮或圆或缺的倩影，但我们绝对看不见月光在地面上的流淌了，因为街灯路灯霓虹灯，月光被逼得无处存身了，它们永远永远地被城市放逐了，所谓“月光如水”只能是我们想象中的浪漫了。然而在农村，在我的家乡，由于根本没有人顾及路灯街灯这些公益事业，歪打正着地留给了我一泓灿烂的月光。

我在月光中陷入沉思。马高明的作品我翻看了一部分，这部名叫《马家沟村史》的文稿是一种奇怪的文体集成，首先当然是小说，里面有虚构的人物和场景，明显地可以看出来他是在模仿《创业史》，甚至主人公的名字也是从《创业史》里翻转来的，“梁宝生”不就是“梁生宝”的调包吗？除此之外，让我惊奇的是它里面又杂糅了很多真实的材料，像马家沟就是我们村真实的名字，许多真实的人物，包括曾经当过生产队干部的我父亲也出现在作品里，在叙述的过程中，不时有一些真实的原始文字材料跑出来。我要强调的是它们不是被引用，而是绝对以原始的面貌被剪贴进文章里，这些材料包括生产队的工分手册、年终分配榜、某次村民会议的记录、揭发信、上访信、白条（宴请、误工补贴等）、某家结婚或丧葬的人情登记簿、某家出让土地的合同等。

我不知道该怎么来读它。看到我父亲在作品中和“梁宝生”为了改良小麦种子的事情吵吵闹闹以至于最后他们在村口大打出手的情节，我就想笑，在这里你只能把它当小说读；可是它里面提到的一些事，特别是那些轰轰烈烈的大事，比如土改时枪毙马元宝的三弟马大胡子（他曾任伪保安团团长，有血债）、抗美援朝时送十位青年当自愿军、农业学大寨时修水库累死马平良、1994 年村干部私分十万元土地款、1996 年华光皮革厂在被征用土地上建成并开始排出污水污气、1998 年北原机井被破坏时，你好像又必须把它当历史著作对待。

像这样一个大杂烩，就我的阅读经历而言，根本无法给它定性。当然，如果你把它当小说读，它应该是很不错的小说：它有史诗的构架（尽管我只看到了整个作品很小的一部分，但它已经铺开了宏大的场面、酝酿了磅礴的气势）、动荡起伏的情节（这些发生在马家沟生产队的历史事件已经在我看到的序言部分被梗概性地预告了），最起码，比起那些毫无激情的偷情小说、无病呻吟的白领小说和除了脱衣服就没有招数的下半身写作，作者在作品里所展示的严酷而真实的生活现实以及所表现出来的高调的道义立场，足以让一切关注农村问题的读者警觉和深思。然而，问题是，像这样把大量的生活实料直接引入作品的写法，哪个出版社会认定它是“小说”？出版这样的小说，由于夹杂其间的真实的人物事件（而且大多是负面评价的），在公民法律意识日渐增强的今天，出版社愿意把自己拖进烦琐而漫长的法庭诉讼中吗？当然，也有出版社是不怕打官司的，甚至希望惹上官司的，那是因为对方是名人，有名人效应，与名人打官司就等于为自己做广告，为名人控告的那本书做广告，这本书赚了大钱官司输了我也认；可马高明书中描写的都是一些寂寂无闻的平头百姓，说是平头百姓也高抬他们了，在很多人眼里，生活在社会最底层的农民压根就是一堆蚂蚁，蚂蚁打官司会有人注意吗？没人注意出版社赔上工夫赔上钱最后书也卖不动，它图什么？

那么，把这些招惹麻烦的东西改过或者删除怎么样？应该承认，正是因为真实，所以它才刺心，如果把事实全部弄成虚构，那它还有震撼力吗？删节就更不用说了，把一本书的三分之二去掉了，这本书就变成了一个故事纲要。

我不知道该把手上的文稿怎么办。月光依旧那么白，一阵秋风袭来，阔大的梧桐叶像蒲扇一样摇动，在头顶发出哗哗的响声。毫无来由地，鲁迅先生的两句诗忽然涌上我的心头：

吟罢低眉无写处，

月光如水照缁衣。

……

第三天早晨我就要离开家乡返回单位了，我仅仅是利用出差的空隙回家的，不能多待。母亲早早起来为我张罗早饭，我说我就想吃一碗新玉米做的苞谷粥。小时候一入秋就盼望着新玉米快点长，拔节孕穗，扬花结棒，等着吃金秋的第一锅苞谷粥，那个香啊，它还带着阳光的焦煳和露水的甘甜呢。母亲叹口气说这孩子真是穷命，那时候是饿的，现在谁还稀罕这个？她老人家边做饭边唠叨，很过意不去。父亲也在忙碌着，他出来进去地踅摸着，嘴里不停地念叨说，送点什么呢，给老二？后来他在门口的椿树上砍下一截一米多长的胳膊粗细的枝条，然后把它刮得光光的。南方蛇多，父亲说，用椿木打蛇最灵，其实不是打，臭椿味道冲，把蛇就熏跑了。他继续说，我当年去过南方，很灵的。父亲所说的去南方其实是去终南山给生产队买牛，跟我所在南方是没法比的。父亲得意地问，你们南方没有椿树吧？我点点头。父亲不知道我所在那个比终南山更南方的地方现在基本上已经见不到蛇了，那里的人吃蛇比我家乡的人吃面条还厉害。但这根棍我还得带上，这是父亲的心意，可我知道一旦背过他们，我肯定就把它扔了。

马高明夫妻俩也来了，他们是来为我送行的。可他们刚到我家，他们的小儿子就跟来了，小孩子像糨糊一样黏着他妈，刘彩娥走到哪里他就跟在哪里，嘴里嘟嘟囔囔的。我还发现他们的大女儿好像躲在我们家门外，时不时地歪着头朝里面探看。我觉得奇怪，今天又不是星期天，他们不上学吗？

刘彩娥终于被孩子缠烦了，她把他拽到马高明面前说，找你爹去！孩子怯怯地往他妈身后缩，马高明脸色有些不大好看，他把孩子拉过来，然后几乎是提溜着他往外走。我问刘彩娥怎么回事，她说没什么。等马高明走出门了，她低声问我，那个书……你看行吗？我说，等一会儿我说，我当着他的面，当着大家伙的面说。刘彩娥犹犹豫豫地还想说什么，这时我听见外面传来了小孩的哭声，是女孩的。我问到底是怎么回事，我的语气有些生气。刘彩娥说，女娃快要考学了，学校要学生买复习资料。我知道是怎么回事了，可我还是奇怪，姐姐要钱怎么是弟弟出面？她胆小，她知道弟弟得宠，刘彩娥说。这时外面男孩也哭了，我忍不住要到外面去，刘彩娥拦住我说，你不要管，常有的事。我问马高明会给孩子钱吗？刘彩娥苦笑着摇摇头。

我一时无话。大约是马高明快要进来时，我从包里翻出了一千五百元，这是我买了火车票之后的所有剩余了。我把钱塞给刘彩娥，刘彩娥坚决不要，我说这不是给你们的，是给孩子念书的，他们是我的侄儿。刘彩娥还要推辞，马高明已经进来了，我压低声音对她说，收好，不要让马高明看见！

我终于要上路了，父母要把我送到车站，车站不远，我没有阻拦。马高明夫妻俩也相跟着。出了门，还有不少乡亲也自发地给我送行，包括颤颤巍巍的马元宝，队伍浩浩荡荡地一溜溜长。当年我考上大学离家时，也是这么多人给我送行。多少年过去了，世事变化之大有时让我瞠目，包括这次回来在家乡的所见所闻，但还有一些美好的东西幸存在人们的心底，就像我脚下这深秋的枯草，叶子干了，枝条烂了，但根还在，明年春天它们照样会发芽开花。我的眼睛不由得一阵滋润。

刘彩娥一直跟在我身边，时不时地瞅瞅我，越来越面露焦急之色。我知道她的意思，我也一直在矛盾着，我本来可以悄悄告诉她的，但我没有。有些事我做起来实在不忍，可我最终还是硬了心肠。

到了车站，离开车还有一段时间，乡亲们都不愿意回去，一定要等着把我送上火车。大家围在月台上说着送别的话，这时我把马高明的稿子拿了出来，马高明和他媳妇都有点意外，在这种稠人广众的场合。

我说，高明，稿子我已经看完了，我佩服你的精神，你真能写啊。马高明嘿嘿地笑着，这笑既有受了夸奖后的不好意思，可更多的似乎是自豪，他扫视了大家伙一眼，眼神里有一些睥睨众生的味道。

我接着说，你想知道我的评价吗？马高明依然微笑着，一副胜券在握的样子。旁边的人督促我，你说，你说，马高明到底是骡子是马？我问是说真话还是说假话？刘彩娥赶紧说真话，当然是真话！

马高明看起来是有点紧张了，可他的表情并不能阻止我说出下面的话。我说，马高明，你写的这些东西简直狗屁不是！

马高明显然没有思想准备，他当时就愣怔在那里。我没有给他喘息的机会，我说你不要老是觉得众人皆醉你独醒，你是大伙的救世主，其实你也就是一个再普通不过的庄稼汉，而且是一个比别人都差劲的庄稼汉，你连老婆孩子都养不好，连一间像样的房子都盖不起，你说你还整天有脸写字！你想当柳青我不反对，可你也不瞧瞧你写的是什么东西，你那东西给柳青擦屁股人家也不要!

我把那叠稿子塞到马高明的怀里。我依然毫不留情，你死了这条心吧，我说，你根本就没有当作家的水平，这一辈子也别想：我如果是你，老同学，我就把这劳什子烧了，从此好好安心养家糊口过日子!

我一口气说完这些话，赶紧跳上火车，我怕慢一点我的眼泪就会流出来。我惊讶我怎么这样苛刻，这样刻薄，这样狠毒，这样伤人不眨眼。可如果不这样，我又能怎么样呢?我必须这么做，而且是要当着大伙的面，彻底挫败他的自信心，我觉得这才是真正地拯救他，拯救他的家庭。只有这么做了，我觉得才对得起他，对得起小学时那年冰天雪地的冬天里他送给我的那个滚烫的小手炉，对得起中学时我们一起吃过的那一瓶瓶自家腌制的酸野菜，对得起生产队雨季里他抛给我的一顶破草帽，对得起我们几十年来默默在心念念不忘的纯真友谊。

火车慢慢地启动了，隔着窗户我向父母和乡亲们挥手告别，忽然，我看见马高明点着了那叠稿纸，火光映照着他苍白的脸，他的脸上好像一点表情也没有。萧瑟的秋风浩荡而来，卷起了一片片的凌乱的灰烬，像乌鸦一样漫天飞舞。

我不忍心再看下去，把头沉沉地伏在茶几上。火车轮子发出沉闷的响声，哐当当，哐当当，我觉得好像有无数把大锤轮番敲击我的脑袋。我的脑袋撕裂般地疼。

不久火车来到了一个道岔口。这是一个我非常熟悉的道岔口，小时候我们去镇上的中学上学时每天都要穿越这里。远远地我看见一个人坐在铁轨上，他的面前是一堆火光，我奇怪他怎么不躲避火车呢。火车风驰电掣，这时候我已经看清楚了，这个人就是马高明，他正在悠闲地焚烧他的文稿。身边是我见过的那个蛇皮袋，他拿出一本翻一翻，然后就毅然地丢进火堆里。他怎么又跑到这里来了？

他好像根本就没有意识到一个庞然大物正逼近他。我着急的是火车怎么不鸣笛呢？我从座位上跳起来就往前面跑，车厢里的人塞得满满的，我在人堆焦急地往前挤，一边挤一边大声喊叫：列车长，停车！司机，停车！

可没有人理会我，身边的人依然堵着我的路，列车员，一位胖嘟嘟的中年妇女正依靠在车窗边专心致志地修理自己涂着蔻丹的鲜艳的指甲，大檐帽的列车长就在不远处与一名戴眼镜的旅客争吵，好像是关于车票的事。

火车已经飞到了马高明的脚跟前，在我发疯般的呐喊声中，我眼睁睁地看着火车的气浪吞没了马高明……

我颓然地瘫坐在走道上。火车疾驰过道岔口，箭一般逃离肇事现场。我回头向后看去，马高明当然没有了，可李彩娥却追了上来。她手里依然提着那条蛇皮袋，蛇皮袋空瘪瘪的，她一块一块地捡拾着铁轨上血淋淋的尸骨疙瘩，把它们装进蛇皮袋里，蛇皮袋的底部滴滴答答地往下淋着血水……

我放声痛哭，眼泪哗哗地往下流。

正在这时，一只手粗暴地推醒了我。查票了，查票了，拿出车票！我睁开眼睛，一位叼着香烟的乘警站在我跟前。嘿，梦见什么伤心事了，还眼泪兮兮的，他一副嘲弄的神色。我茫然地摸摸脸，果然摸出了一把泪水。

周围的乘客都望着我笑。

白玉灯

1

第一次听说白玉灯是在我五岁那年的万灯节上。万灯节就是元宵节，可在我们这里不这么叫，元宵那是江南水乡的食品，我们黄土高原根本吃不上。可吃不上元宵并不影响我们过年的兴致，正月十五这天我们男女老少玩花灯，漫山遍野灯火通明，这样的万灯节是我们小孩子最向往的日子了。

五岁那年的万灯节，我挑着一盏灯笼出了门，去参加全村孩子的走灯游戏。那是一种很有趣也很壮观的情景，漆黑的四野里次第亮起一盏又一盏灯笼，让你觉得这寒冷的冬夜不再凛然，而是热气腾腾地燃烧着，全身不时地迸射火星。如果全村的孩子们都挑着灯笼聚在一起，那真像黑夜里撒下的一片夜明珠。我们挑着灯笼在田野和村庄疯闹，有时大伙儿都朝一个方向跑，一溜长行的队伍远看就像是一条火龙在奔腾；有时我们四散游动，你就会想起夏夜里飘飘荡荡的萤火虫；有时候我们跑累了会三三两两地站着歇息，这时你肯定会想到天上的牛郎织女星，牛郎三颗，织女一颗，他们隔着一条窄窄的天河深情凝望，默默不语。后来上学我读了郭沫若的诗歌《天上的街市》，觉得他写的就是我们那个万灯节，只不过把地下和天上搞颠倒了。

五岁那年的万灯节是一个飘雪的夜晚，爹在送我出门时琅琅地说了一声，好兆头啊，儿子，瑞雪兆丰年啦！好像是为了应和爹，我一跨出门檐，雪唰地就更大了，晕黄的灯光中雪花欢快地追逐着我，把我罩在茫茫的绒幔里，我看见她们像蝴蝶一样迎着灯笼飞过去，然后在灯笼的纸壁上轻轻地叹息一声，噗地消失了，感觉就像飞蛾投进了火焰中，美丽而忧伤。就在我对空中的雪花着迷的当儿，地下的雪花大概嫌我冷落了它们，吧唧一声，它们生气地滑我一个大跟头。我躺在地上，我的灯笼也躺倒在地上。灯笼可不愿意随便被摔倒，它在地上发了火，呼呼呼地燃烧了起来——我们的灯笼都是纸糊的，见火就着。我也在地上发了火，我发火就是满地打滚，扯着嗓子号哭。因为我刚出门不远，爹闻声从家里奔了出来，把我抱起来，说，甭哭甭哭，明年给你买一盏白玉灯，摔不破烧不着的。爹还作势把那盏已经烧得只剩下铁丝骨架的灯笼残骸一脚踢得远远的，说滚你的蛋吧，明年我娃挑白玉灯，孟长手的！

这是我第一次听说孟长手和白玉灯。后来当我真正见到了白玉灯的时候，我明白了为什么我当时哭闹得那么厉害，要爹明天就给我买，爹却没有松口，只是说万灯节就要过去了，明年吧；可是到了第二年万灯节，爹依然没有给我买，把时间又往后推了一年……年复一年，直到孟长手在我们村落了户。——那白玉灯真的是太华贵了，太美妙了，太别致了……其实这些说法都不甚准确，无法形容我第一次看见白玉灯时那种瞬间眩晕的感觉。这么稀罕的玩意儿怎么可能是我们这些贫穷粗笨的乡下人轻易拥有的！

我见到白玉灯是在石堡镇上，那次是爹带我进城去卖药材。那年我八岁，已经能背起背篓为爹分担重负了。我们到了石堡镇时大汗淋漓，从我们村到这里有二十多里山路，爹尚且可以，我的两腿已经拧麻花了。我们就在北城门楼下的石阶上休息。我那时累得脖子都撑不住脑袋了，爹忽然指着城门楼的檐角给我说，娃娃，你看。顺着爹的手指，我当时看见的是一只鸟，一只张开翅膀的白色大鸟，它静静地悬浮在山城清亮的晨曦中。在我们家乡是有一种那样的鸟，它能平展展地伸开翅膀停在空中纹丝不动，活像贴在天上的一张年画，我们叫它吊水郎——它伸开翅膀的样子就像一个健壮的小伙子稳稳地挑了一担水。我高兴地喊了声："吊水郎！"这可是吉祥的鸟啊，它的出现是天要下雨的预兆。春旱已经持续了三个月，地里的麦子点一把火都能烧荒了。爹疼爱地拨拉了一下我的脑袋，说傻蛋，你看清楚了。我撩起衣襟抹了抹糊住眼睛的汗水，果然看清了那不是吊水郎，吊水郎是灰颜色的，它却是银白色的。那银白色的鸟还有点透明呢，就像是皮影风筝，断了线，被风吹来挂在了楼檐上。这是什么鸟呢？

看清楚了吗？爹见我还是傻傻的，就说，那就是白玉灯。我诧异地问，它不是鸟吗？爹说是鸟啊，凤凰，可它是泥捏的！我还是不信，手在地下摸索着石块，准备向它投掷过去，看它飞不飞。这是什么能工巧匠的杰作，竟然如此以假乱真！爹赶忙制止我，说不敢撒野，城里可不是咱们乡下。爹告诉我这座城楼叫"凤栖楼"，传说每年春天四周山里的凤凰都要到这里来开会（后来我一想起爹所说的"凤凰开会"就忍不住笑），所以楼的四角飞檐上要挂凤凰形的宫灯。爹还指着楼门洞顶头上的一块匾额让我认上面的四个字，我那时刚上小学一年级，累出了一头大汗，也只认出了其中的两个字："有"和"来"。爹又拨拉了一下我的头说，娃娃，以前秀才考中了都要在这个楼上摆酒庆贺的。若干年以后我再次进城，终于认出了所有的字，那是：“有凤来栖、”“凤”和“栖”都是繁体，而且是手舞足蹈的草书，怪不得我当年认不出呢。

那天我们在石堡镇上还看见了许多白玉灯：县政府门口的龙形灯、百货公司门口的财神灯、食品公司门口的胖猪崽灯、医院门口的寿星灯……就连收购我们药材的药材公司的门口也挂着一对葫芦形的灯笼，爹说那是太上老君炼丹的葫芦。收购药材的一个白胡子老头笑着说，不对，那是药王孙思邈的葫芦，“悬壶济世”这个成语你们知道不？就是悬的这个壶。这是一位健谈的老头，趁着他给我爹唠叨，我走到那个葫芦灯跟前，好奇地摸了摸它。硬硬的，像玻璃一样光滑，只是没有玻璃那样透亮，是半透明的，里面盛着煤油，一根用白线绳编织成的灯捻了巧妙地爬出葫芦口，被绾成蒂把的样子，我想晚上它点着了，葫芦喷火的情景一定非常好看。

我非常奇怪泥捏的东西怎么这样硬梆耐用。我不是没有用泥捏过东西，每次天下雨我们一帮小家伙都要用黏糊糊的泥巴捏很多玩具，猪羊鸡狗汽车拖拉机什么的，乡下的小孩只能这么玩，就在前几天，我们还用尿水和泥巴捏过扑克牌里的小丑。这些东西即使晒干了也很脆，尽管我们玩起来小心翼翼地，可它们还是一个一个地破碎了。石堡镇的白玉灯都是挂在露天的，可风吹雨打它们怎么就跟铁铸似的。

我问爹，爹说，里面掺了玻璃了吧，要不就是掺了塑料！爹大概觉得玻璃塑料都是硬的，而且也透明。我笑了，在这些有关科学的问题上，爹永远都是很认真地随口胡说。比如，我们课本上提到了电灯电话，说电灯能照亮，电话能传信，因为有电。我们就问老师电是什么样子的，它是从哪里来的，老师支支吾吾的，问急了就骂我们，你们这些蠢蛋，课本上都说了电是发出来的还要问。然后就罚我们把课文抄写五十遍。我不甘心，就回来问我爹，爹正在给草垛上码麦草，他停下手中的活计说，我看你这书也别念了，学校里都是些狗屁先生嘛，连这么简单的事都解不下。他骂完老师忽然问我，不是有飞机嘛，我莫名其妙，他指着天上给我看，我看见西北角的天空上像潮水一样涌过来一股云，气势汹汹的，翻着跟头打着滚，云头是白色的，越往后越暗，到屁股上就黑压压的。爹说，你不是看见我正在收麦草吗，要下雨了，那就是要下雨的云，这云要是再厚些再黑些，就要打雷闪电了。开飞机上天去把那些云收下来就行了，里面裹着的全是电。爹的电有形状也有颜色，比课本上的形象多了，但开飞机上去怎么把云弄下来，用多大的口袋才能把那些铺天盖地的黑云装进去，他语焉不详。实际上那时候谁也没办法把电的问题讲清楚，因为处在大山褶皱里，我们这里根本不通电，即使县城的所在地石堡镇也一样。正因为如此，石堡镇上才到处挂着白玉灯。

那天在镇上我磨蹭了很久，凡是有白玉灯的地方我都要到跟前去看看，我打算一直拖到晚上，好欣赏满城白玉灯点亮起来的壮观情景。可爹不答应，他拽着我就往城外走，说住店的钱在哪里呢，你就是在街上蹲一夜，我们又到什么地方找饭吃？饿到明天我们怕连走回家的力气都没有了。我当然吞吞吐吐地提到了买一盏白玉灯的事，也暗示了我们刚刚卖得的药钱和他许多年前的那个许诺。爹断然喝道，你想都甭想，买得起吗？那是工艺厂生产的工艺品，我们卖十回药也换不回的！我以前是哄你的，哄娃娃的话也当真？咱们这点钱还要拿回去堵猪屁股的。那几天我们家的大母猪窜稀，爹要用卖药的钱给猪买止泻药。

那次去石堡镇我留下了许多遗憾，比如，没有搞清楚白玉灯到底是怎么做成的，满街的白玉灯点亮后到底是怎样的一番情景；最可惜的是，我没有能得到一盏美轮美奂的白玉灯！不过，后来随着一个名叫孟长手的瞎子在我们村出现，这些遗憾渐次都被弥补了。

孟长手出现在我们村是在很多年以后了，那时候我已经上了六年级，正忙着应考公社的初级中学。有一天我放学回家，在院子里看见一辆架子车，上面装着一些被褥锅碗之类的行李，有一个瘦瘦高高的人扶着车辕静静地站着。当时我并不知道他是瞎子，只觉得在初冬的阴天里还有人戴墨镜太奇怪了，那是一副老式的圆形屈腿眼镜，在农村通常都是老头戴的，现在戴在一个四十多岁文文静静的人脸上好滑稽，很像电影上那些资本家或地主的账房先生。我当然也不知道他叫孟长手，可我当时确实注意到了他那双瘦长白净的手，因为它太刺眼了，我们乡下男人根本不可有这样苗条细嫩的手！进屋后我看见爹正跟一个穿中山装的人说话，爹叹了一口气说，唉，我们又多了一个吃闲饭的人！爹当时正担任着生产队队长，管着一村五百多张嗷嗷待哺的嘴，在粮食短欠的年代里，这是多么沉重的责任啊。中山装说，国家也有困难，你们就多担待一些吧。爹半晌没言语，后来就对那人说，算我们倒霉，你回吧。爹送那人走出院子时，那人拍拍孟长手的肩膀说，长手啊，在这里比厂里好多了，你什么也不用干，就吃五保。孟长手没有吱声，因为戴着墨镜，我也没有看见他有什么表情。

从此孟长手就成了我们村的五保户。从爹的言谈里，我慢慢知道了孟长手的一些情况：他是石堡镇工艺厂的工艺师，后来出了工伤（好像是加工什么东西时砂轮上蹭出的铁屑进入了眼睛），上面对他下放安置，因为他孤身一人，无家无舍，就安置到我们村来了。至于为什么一定要安置在我们村，我想上面必然有他们说得过去的理由，而我爹对此的解释是：还不是看我们好欺负！依爹的逻辑，凡是碰上吃亏的事都是因为我们村从来没有出过一个当官吃皇粮的人——这也是爹一直咬紧牙关供我读书的原因。爹对上面的安置很有意见，社员对他接受这么一个吃闲饭的废人也很不满，可他不敢公开顶撞，只能在家里骂骂娘，骂完了还要瞪我一眼，吓唬我说，别到外面给老子乱传！

因为对孟长手的成见，我们好像都忘记了他与神奇的白玉灯有什么联系，直到我考上了初级中学。因为初级中学离家太远，就得住校，在家人拾掇铺盖送我上学的那一天，孟长手忽然来了，他送给我一件礼物。那件礼物当时可把我乐坏了，它就是我朝思暮想的白玉灯！而且，它还是凶猛的老虎形状的——正是我的生肖！

我永远难忘那盏白玉灯第一次被点亮的情景。我们的学校是关帝庙改建的，我们住的宿舍是当初住道士的偏房，因为寺庙用的都是上好木料，房子倒还结实，可就是墙壁门窗等却破败得不成样子。那时的道士肯定是在里面烧火做饭的，墙壁和顶棚都被熏得乌黑油亮，墙皮现在不时地剥落，一旦哗啦掉下一块来，屋子就刺眼地露出一片黄褐色的伤疤，这些伤疤东一片西一片，四处遍布，让你觉得这屋子就像是一位全身溃烂的麻风病人，随时都可能倒下。大概出于保暖的缘故，窗户开得很小，因此即使在白天，屋里也黑沉沉阴森森的。就在这样的背景中我的白玉灯被点亮了，就像一片污浊的沼泽中忽然盛开出一朵娇艳的莲花。

我哧拉一声点亮我的白玉灯时，屋里的四十多个人全傻呆了。我们那时是大通铺，屋里中间留走道，两边是一长溜的土坯炕，所有人就像码萝卜一样紧紧地挤在一起。在那天晚上我点亮我的白玉灯之前，已经有不少人点亮了他们的煤油灯，可他们那算是什么灯嘛，差不多都是用墨水瓶做的，样子丑陋不说了，光亮也那么小，你只觉得那微弱的焰火就像是一颗颗黄豆在颤颤索索地滚动。这样胆怯的灯火闪烁在巨大的黑暗中不仅不能给人光明和踏实，反而让你有一种抵挡不住黑暗压迫的脆弱和恐慌。我的白玉灯在瞬间改变了这种状况，黑暗抽身而逃，就连那些煤油灯也隐退为背景中的一星光斑。这情景就像月亮忽然破云而出，天空亮堂了，星星也黯淡了。大家不由自主地“啊”了一声，都围过来观看我的白玉灯，白玉灯提在我的手中，我站在炕沿上，他们都在地下仰着头，那样子真像猴子望月。

连我自己也有点傻呆了。白玉灯的神奇和瑰丽是我以前无法想象的。我这盏虎形白玉灯的捻子就藏在老虎仰天长啸的大口里，它被巧妙地拧成虎舌的样子，一旦点着了，你就可以看见老虎猩红色的舌头在向外喷着火，这更增加了老虎的威风。白玉灯妙就妙在它的半透明，如果全透明了，它肚子里面的煤油、捻子等一览无遗，也就没有什么神秘感了。它现在是半透明的，虎口的火光从里面透映出来，这时候你可以看见老虎润泽的身体中隐隐显显的花纹和斑点。它被细致地镌刻在泥壳深处的，只有光源在里面时你才可以欣赏到它，这简直跟过去鼻烟壶上的内画差不多。

2

就是这盏白玉灯的出现，让孟长手的生活发生了根本的改变。这种变化是这样开始的：首先，我的白玉灯让我的同学们羡慕极了，有些同学就向我打听灯的来历，询问是否也可以买一盏；然后是整个学校都知道了，校长希望我给学校办些好事，联系购买一批白玉灯，老师办公要用，每个教室也需要三五盏照明。他们当然可以自己直接去石堡镇的工艺厂买，可他们知道作为工艺品，白玉灯是很贵的，现在他们都以为我在工艺厂有熟人（我吹嘘我和工艺师孟长手的关系，却隐瞒了孟长手已被下放的真相，一个已经被下放了的工艺师还有什么好吹的？），既然如此，就可以买“内部价”。我竟然含含糊糊地答应了。我的想法很简单，就是想通过这个在同学老师当中攒些份儿，这对我在一个新学校立足太重要了。

周末一回家，我立即就去找孟长手。孟长手被安置在生产队保管室隔壁的一间房子里，原先那间屋子是存放农具的，现在被腾了出来。相比我们村绝大多数人都住窑洞，孟长手算是给照顾得很不错了。我去的时候孟长手正在忙碌着，他摸摸索索地往墙上钉钉子，钉好一颗钉子，就往上面挂一件家什，那些东西稀奇古怪的，既像是漆匠的，又像是石匠的，也像是木匠的，还像是篾匠的工具。由于只能靠摸索，孟长手右手的锤子不时地砸在拿钉子的左手上，让我看得不忍心。我帮他叮叮当当地钉好了，他还用手摸摸量量的，看是否一般高，间距匀称不。看来孟长手是一个细心而讲究的人。

在我坐下来和他说话的时候，孟长手也没有闲着，他把那些挂起来的工具又一一拿了下来，用一块蘸了煤油的毛巾擦拭着，就像战士擦拭着他的枪。我问他这些工具都是干什么用的，他说是做白玉灯的。我理解他的心情，一个人做了一辈子白玉灯，现在不能做了，就把这些工具当作珍贵的收藏品，收藏自己人生中的一段美好时光。我趁势赞扬起他送给我的白玉灯，把在学校点亮白玉灯的情景加油添醋地描绘了一番——要让他帮我弄到“内部价”的白玉灯，这样做是非常聪明的。虽然我料到孟长手听了我的夸赞会高兴的，可我仍然没想到他竟是那样的兴奋（在我看来他早就见惯了白玉灯了，不该像我这样大惊小怪），他不断急切地问我，是吧？真的吗？这使得我不得不反复地重复某些场面。我发现他居然流下了眼泪，从厚厚的墨镜后面一颗一颗地漏下来，他也不擦一擦。看到这种情景，我拿不准是不是还要继续讲下去，他催促我，说吧，后来呢？

在我讲完了学校的故事后，孟长手摘下墨镜（我不敢看他裸露出来的眼睛，我不忍心），撩起衣襟擦了擦眼泪，等他的情绪稍微平静了一下，他问我，想不想听听他说说白玉灯。为了讨好他，同时我也确实对这种神奇的东西充满兴趣，就说，想啊，你讲吧。

孟长手讲的是那个“凤栖楼”上发生的故事。某一年春天的雨后初晴之日，整个石堡镇笼罩在和煦的阳光里，人们忽然发现成群结队的凤凰，大概有几千只吧，从县城北面的仙人岭上呼啦啦地飞了过来，落在了凤栖楼上。它们彩色的羽毛把凤栖楼装扮得花枝招展，远远望去，整栋楼就像一个硕大的花环。那天全县城的人都听见了凤凰悠扬婉转的鸣叫，如果真有什么仙乐的话，孟长手说，那就是仙乐！孟长手他们的工艺厂放假了，很多单位都破例放假一天，让人们去凤栖楼观赏这个亘古未见的奇迹——在此之前，“有凤来栖”只是一个传说，一个让石堡镇人自豪了无数年也等待了无数年的美丽传说。

孟长手说，那天石堡镇人扶老携幼，把凤栖楼围了一个水泄不通，连医院里的病人也让护士给背了出来。到了天快黄昏的时候，凤凰还没有离去的意思，有人就说，天黑了怎么办，我们还想看呢，凤凰也需要光亮啊。很多人附和他的话，责备这里怎么没有路灯，工艺厂的厂长坐不住了，县城的路灯都是他们提供的，现在他们责无旁贷。厂长立即抽出几个能工巧匠，其中就包括孟长手，火速回厂赶制。他们紧赶慢赶做出了几盏凤凰形的白玉灯，这时天已经黑定了，当他们马不停蹄地把灯送到凤栖楼下，却遭到了一片责骂声，因为没有光亮，凤凰在天黑之前已经飞走了。孟长手说当时他们觉得真对不起大家，可这毕竟是工艺品嘛，要经过好几道工序的，他们已尽了最大的努力了。他们问厂长，这灯怎么办？厂长说，挂吧，既然做出来了，就挂上去吧。

意想不到的事情发生了！

当白玉灯挂了上去，围观的人四散离开尚在回家的路上时，他们忽然又听见了大合唱一样嘹亮的凤鸣声由远及近，这种声音掠过他们的头顶，拖着袅袅的余音，向凤栖楼那边飘去了。大家都惊喜若狂：凤凰鸟又飞回来了！

孟长手说那些凤凰飞回来后，就绕着凤栖楼四角的白玉灯上上下下地盘旋，一只也不肯落下。它们拖着悠长的鸣叫，就像是深情的呼唤或倾诉。开始大家还为凤凰的翩翩起舞而兴高采烈，慢慢地就发现这好像不大对头，好几个时辰了，它们一直都这样不知疲倦地飞着，中间几次飞离了凤栖楼，当大家以为它们要离开时，它们又扑嗒嗒飞了回来，依旧绕着那几盏白玉灯转圆圈。人们听出来了，凤凰的嗓子已经沙哑了，翅膀拍击的节奏也越来越慢。很显然，它们累了，体力不支了。老这样下去，它们怎么受得了？可它们为什么不回去呢？为什么几次飞走又飞回来了呢？是什么东西让它们割舍不下呢？

终于，有人明白了：是那些白玉灯，那些凤凰形的白玉灯！它们把那些灯误认是自己的同类了。它们是不肯丢下自己的同胞的。

后来是工艺厂的厂长派出了孟长手等几个人，把城楼上的白玉灯摘了下来，然后挑着它们往城外走，立即，那些凤凰也跟着白玉灯往外飞。他们就这样走啊走，一直走到天亮，走到了仙人岭……

知道吧，孟长手最后说，那几盏凤凰形的白玉灯就是我设计的，我画的图案！

是吗？那可是以假乱真了！我表示了一种夸张的惊讶。其实在心里我是不相信这个故事的，哪有什么凤凰？我已经是中学生了，蒙不了我的，要说是锦鸡白鹤什么的还差不多，可孟长手偏偏说是凤凰。在我看来，孟长手编造这么一个浪漫而传奇的故事，无非是为了炫耀他昔日的手艺如何了得而已，这完全可以理解，只有失去的才是最宝贵的嘛；再说了，现在正是他吹牛的好时机，反正他已经不能再做白玉灯了，谁也没办法验证他的手艺到底怎么样。

顺着杆子爬够了，我才说出了我的请求。孟长手疑惑地问我，他们都愿意买白玉灯？乡下不是有土灯吗？我说只要价格便宜，谁不愿意呀，白玉灯既明亮又好看还省油，是土灯没法比的。孟长手沉吟了一会儿说，我试试吧，你下一个星期天回来拿灯，不过你要把买灯的钱拿回来。我终于松了一口气，我唯恐他不答应，那样我在学校的面子就丢大了。我试探性地问了他白玉灯的价格，这也是很关键的，太贵了是没人买得起的。孟长手说四毛钱吧。这是一个令我惊喜的便宜价，县工艺厂的好几块呢，可我觉得还是应该压一压价，越便宜就越能在别人面前显示我的能耐。我说，能不能再少一点呢，乡下农民可比不上城里人有钱。孟长手说，三毛，我说两毛吧，孟长手犹豫了一下，最后说，那就两毛，不能再少了，记住，要把现钱拿回来。

一个星期之后我再次来到了孟长手的小屋，我看到了十盏各种形状的白玉灯一溜排地挂在墙壁的钉子上，就像是爬上架的葫芦瓜。我太高兴了，想不到孟长手虽然已经离开工艺厂了，还有这么大的面子。我交给孟长手两块钱，对他说了一大堆感谢的话。孟长手把那些钱数了一遍又一遍，每数一张都要仔细地抚摩纸币的反正两面。他的眼睛瞎得实实的，我不知道他这样摸有什么意义？能摸出钱的真假吗？数完钱之后孟长手流眼泪了，泪珠又急又密，有些滴在了他手上，沾湿了手里的钱，他赶紧拿钱在衣服上蹭。

见了钱就这么激动吗？我觉得不至于吧，孟长手又不是没见过钱，他以前在工艺厂是挣工资的，每月都是有几十块进项的，不像我们乡下人，钱跟我们有仇，终年不打照面；再说了，这些钱也不是他孟长手的，他不过是一个二传手而已，最终还是要交回工艺厂的，他激动什么？

在我拎了白玉灯要走时，孟长手说领我去你们家吧，我要找你爹。我不知道他找我爹干什么，我爹是不想见他的，为了他的事我爹没少挨社员们的骂。见了我爹，孟长手说，刘队长，我不当五保户了。我爹很惊讶，问他是不是听到别人说闲话了，就是听见了也别往心里去，这事情搁哪里都一样，农民嘛，把自己的饭碗看得比天大。孟长手说，刘队长，我知道我的事难为你了，你是个好人，我在心里记着哩；我现在能劳动了，能自己养活自己了，你也不要为这事作难了。我瞄见我爹的眼睛有些发红，他确实受了不少委屈，现在这些委屈能被当事人体谅到，他当然激动。他说，孟同志，你体谅我的难处我感谢你，可你也不要胡思乱想，黄墚村养得起你的，每人省下一口就有你全年的口粮了，只要我还当队长，你就是五保户！孟长手急了，说我真的能劳动，你看这是我的劳动收入，说着他摸上前来，把我刚才给他的钱塞给了我爹。

我和我爹都愣住了。孟长手说，我能做白玉灯，这是我第一批产品卖的钱！

原来如此！

那天争执到最后，我爹说，行，孟同志，咱就把你五保户的帽子给摘了，那你以后就得靠自己的双手吃饭喽。孟长手说，得，这就好了。他高高兴兴地走了。我有些着急，问我爹，你真的不给孟长手五保了？我爹说哪能呢，我不是哄他嘛，他瞎眼蒙蒙的还不饿死？咱们是明里不保暗里保，换一个法子让他感得自己是自食其力的人。

我理解孟长手死活要退出五保的原因。当时在我们那里，五保户都是一些丧失劳动能力的孤寡老人，由于没有子女赡养，因此就有人把他们称为绝户头；又因为他们是被大家伙集体供养的，所以也有人把他们叫“公儿子”。这些当然都是带有侮辱性的。尽管大多数人对五保户还是满怀同情的，可无论侮辱还是同情，在五保户自己看来，人们都是把他们当成了废物和累赘，稍微有点自尊心的人，除非是万般无奈，也除非是真正的懒汉，他是不会心安理得地接受“五保”待遇的。

从那天开始，孟长手就信心百倍地自食其力了。我终于见到了白玉灯的制作过程，一切以前的疑问都迎刃而解了。白玉灯的原料都是就地取材，首先是土。这种土叫白土，在我们黄土高原地带是一种特殊的土壤，主要是在深沟大崖的底层，传说是过去黄河水的淤积。我们这里以前是不是黄河故道我不知道，反正老人就是这么说的。这种白土接近石灰，但它不是石灰那种刺眼的亮白，而是一种温润而腼腆的灰白。它被碾砸破碎之后粉尘极细，而它重新凝结之后又硬如石头。硬是硬了，但却很脆，为了让白土具有韧性，孟长手给它里面掺入了牛筋胶水。当年我爹在石堡镇上说白玉灯那么结实耐用还是透明的，里面肯定是加了玻璃或塑料，现在总算明白了他加的是牛筋胶水。这种胶水我们当地的木匠都在用，它是把牛皮、牛筋等加水用文火慢慢熬炖，最后熬成稠黏的胶汁，它粘合起来的木头斧子都难以劈开。跟木匠不同的是，孟长手的牛筋胶水是细加工，先要把牛皮牛筋等反复清洗，在熬炖的过程中还要把里面的牛毛、碎骨屑等过滤干净。因此，木匠的牛筋胶水是暗红色的，而孟长手的却几乎是无色而透明的胶汁。

就是用这种胶水调和的白土粉，被孟长手捏成了玲珑剔透的白玉灯，当然，还包括他用各种各样的刀具随物赋形，在白玉灯上雕刻出千姿百态的花纹图案。

千万不要忘记了，孟长手现在是一个瞎子。一个瞎子要完成这一系列繁重而复杂的工序有多难啊！别的不说，就说到沟底去挖白土吧，都是山路，曲里拐弯的，而且很陡峭，让一个瞎子去十有八九是要出危险的，开始是我和我父亲给他挖，反正也不要很多，挑几担子就够他用的了；后来时间长了，我父亲有时顾不上，我也去外地读书了，孟长手竟然自己也能摸着挑回来。熬胶水更是瞎子干不了的，不是他不会烧火，而是说在熬制的过程中要不断地清理胶水里面的牛毛和骨渣，看不见怎么去捞？可这挡不住孟长手会想办法，他后来自制了一把细密的钢网笊篱，用笊篱捞比用筷子夹更干净也更有效率。

在后来的日子里，孟长手就这样一盏盏地制作出精美的白玉灯，然后绊绊磕磕摸摸索索地到县城、到四邻八乡去卖。由于他的白玉灯比县工艺厂垄断经营的价格便宜得多，再加上他的残疾人身份，大家同情他，他的生意很不错，每天拿出去的白玉灯基本都能出手。他把卖得的钱交给了我父亲，我父亲说，好，就用这些钱给你买工分吧。于是就装模作样地在生产队的工分簿上画几下（我爹大字不识几个，可偏偏会写阿拉伯数字），对孟长手说，孟同志，给你记了十分工，全劳力的！孟长手这个时候就像孩子一样高兴，他哼着歌子离开我家，甚至想蹦蹦跳跳地来几下，腿下不小心就有一个趔趄。我想这时候他一定忘记了自己是个瞎子了，觉得他是人民公社的棒劳力，挣十分工的全劳力，跟别人没有什么区别，甚至比他们更能干，他挣的是现金！

那些钱父亲都给他记账攒着，每月又变着法子还给他，比如说是上面发下来的困难补助（残疾人当然是特别困难的），比如说是粮食补贴（那时候粮食特别短缺），比如说是副食补贴（亏我爹想得出来，农民也有副食补贴？），比如说是换季衣物补贴（好像人民公社真的实行了按需分配一样）。这样的名目实际上是很容易被揭穿的，孟长手只要问一问黄壆村的其他人马上就清楚了，可我不知道为什么孟长手一直都被蒙在鼓里，直到他离开这个世界，他一直都以为自己是自食其力，而且以为在人民公社的大家庭里，只要你不是懒汉，你真的可以过上幸福生活的。孟长手因此对黄壆村生产队充满感激。是不是爹利用队长的权力，命令全村人都不要揭穿他这个善良的谎言？或者说，我们黄壆村的所有人（包括起先对接受这个五保户有意见的）逐渐接纳并且喜欢上了这个心灵手巧的瞎子，对这个流落异地的外乡人充满同情之心，他们不愿意伤害他的自尊心？

所谓给孟长手摘去五保户的帽子，这只是我爹和孟长手之间的秘密，孟长手卖灯的钱只交给我爹，那时候我也曾经有过怀疑，我爹会不会在这些钱上做手脚？因为当时作为一个苦做苦受的农民，手头从来都是非常拮据的，生产队也没有多少钱。我倒不是怀疑我爹把孟长手的钱私吞了，而是担心他用这些钱去打发生产队的一些日常开支。特别当我看到我爹返还给孟长手的钱明显的没有他交给他的那么多时，这种疑心就更重了。有一次我借故把我爹给孟长手记的账本拿出来，指着某一月的收支账给我爹看，他立即绷着脸朝我吼，你这兔崽子，老子花钱供你念书算是开眼了，竟然回来算老子的账！我也没有示弱，说咱们什么人的钱都可以赚，就是不能亏瞎子的，瞎子没眼天有眼。没想到我爹忽然乐了，拨拉着我的头说，好小子，比爹的眼睛还不能掺沙子，以后咱家里要出清官了。然后爹解释说，孟长手的钱是要长远打算的，现在他的灯卖得好是因为大家都没有白玉灯，等他这轮卖完了，白玉灯结实着呢，三年五载坏不了，谁还会买第二盏呢？那时候生意淡了，就得把现在的钱匀过去，这叫细水长流！这是我没有想到的，还是我爹精明。在以后漫长的岁月里一直是我爹替孟长手保管着收入，我爹就这样给孟长手当了一辈子的账房先生。

3

若干年之后我考上了省城的大学，在那里我第一次真正地看见了电灯。在电灯强烈的光亮中我发懵了，有一件事让我惊慌失措：我没有了影子（多光源照射下物体是无影的）！无论是在日光灯像檩条一样多的教室里，还是在路灯像苞米秆一样密集的校道上。从家乡老辈子的传说中我就知道，一个人的影子就是他的灵魂，在我的家乡，无论是在日光中还是在灯光中，人都是有影子的，因此大晴天和有灯火的夜晚大家心里是踏实的，而阴雨天或者走在黑咕隆咚的夜路上人的心里总要发慌。虽然我现在差不多已经相信了科学，可科学不能保证一个乡下孩子在踏入城市时面对新奇和陌生不产生一点恐惧。在开始的时候我经常向我的同学提起白玉灯，可他们竟然没有一丝反应，只有一次，一个同学好奇地问，你说的是汉白玉灯吧？天安门广场上的？不过他立刻摇头否定了，不对，天安门广场上的是汉白玉华表，是石柱，不是灯！

可是慢慢地，我喜欢上了这种叫作电灯的照明工具了，它不但没有使我的灵魂出壳，反而让我清楚地看见了自己灵魂褶皱中夹杂着的那些乡野的泥尘和草屑。我是太没见过世面太高粱花子了，太恪守陋习太没有理性太不文明了……走在各种形状各种色彩的灯光编织出来的天堂般的城市里，白玉灯在我的视野里渐行渐远，终于最后我再也不在家书里提起那个名叫孟长手的瞎子了。

虽然我不再提起孟长手了，可爹在家书里却总是不断地唠叨他，好像是顽强地提醒我别忘了在家乡的大山深沟里还有这么一个不幸的外乡人。我给家里的书信本来就不多，原因是在我的家乡，要找一个识字读信的人是很困难的，一般是要到几里外的中心小学里去找教书的先生，还得给人买香烟，所以如果没有特别要紧的事，我是不写信的。家里给我的信就更少了，一般是我去几封信，才能换得他们一封。家里来信不但次数少，文字也少，大概找那些小学教师代写家书的人太多，先生们就尽量地偷工减料。就在这极少的文字里，爹总是要用相当的篇幅谈孟长手，比如：

牛皮越来越难找了，牛筋胶水成了问题……

方圆几十里的村庄都卖过了，孟长手不得不走更远的路，到外县去推销白玉灯……

孟长手的手好像有些毛病了，老发颤，昨天晚上刻刀把拇指划破了，大队医疗站的王小毛给缝了六针……

孟长手走乡串户卖灯笼，裤腿被狗撕得稀巴烂，幸亏没有伤到人，你妈给他新缝了一条棉裤……

孟长手的牙口不行了，他出门带的干粮我让你妈给做得软一点……

五十里铺的包工头郝大鼻子给儿子娶媳妇，让孟长手做一对磨盘大的白玉宫灯，要龙凤呈祥的……

……

我不可能把爹给我的家书全部记住，确切地说，家书的大部分内容我都忘记了。若干年后回想起这些我非常惭愧，因为一些很重要的信息被我漫不经心地忽略了过去，而这些信息对我爹，对孟长手，都是至关重要的，甚至改变了他们后半辈子的生活以及他们对世事人生的看法。爹对一些事情可能很困惑，想让我给他说道说道，那时候他对已经是秀才的我差不多是崇拜了，可我对他的那些鸡零狗杂的事没有兴趣。这些信息包括，爹曾经在一封信里兴高采烈地告诉我，娃娃，咱们这里通电了，电灯真是太神了，捻子那么长，我怎么找不到油壶藏在什么地方（他把电线当成灯捻子了）。然后他又忧郁地给我说，有了电灯，还有人买白玉灯吗？在相隔很长时间的另一封信里，爹告诉我人民公社没有了，生产队解散了，他不知道该到哪里去找集体？他着急地说，没有集体我怎么活啊！

二十世纪八十年代中期我大学毕业了，到新单位报到后领了当月的工资，我请假回了一趟家。大学四年我没有回过家，不是我不想回去，而是我回不起，从老家到省城上千里路，火车汽车的费用是我们全家人一年的劳动所得。我第一次到大学报到的盘缠全部是借来的。从那时候起我就下决心不想家也不回家，所有的寒暑假我都在学校勤工俭学或者在城里的建筑工地打零工。

回到阔别四年的家乡，爹和娘别提有多高兴了，听说我分配在省政府机关里工作，我爹感慨我们刘家祖坟终于冒烟了。我给他解释说我不过是一个普通的工作人员而已，爹说，只要在省城就好，我当生产队队长时见了公社的官腿就软，要是见了省城的官还不给吓死！当天晚上我说我想去看看孟长手，爹说不用了，明天一早就能看到的。第二天早晨我还睡着，爹叫醒了我，给我说，咱父子俩今天上县城吧，我说不是要去看孟长手吗？爹说正是啊。我被爹弄糊涂了，爹说你跟上我走就明白了。我和爹急急忙忙吃了早饭，爹还在怀里揣上几块干粮，我们就来到了村口的大路边，爹说一会儿孟长手就从这里经过，到县城去卖白玉灯，我们俩就在这里等他。我说县城现在已经通电了，还有人要白玉灯吗？爹说正是没人要了，我们才必须跟着他。爹的话有点费解，我正要问爹，他却用胳膊肘悄悄地拐了我一下，做了一个捂嘴巴的姿势，指着远处走过来的一个人，压低声音说，孟长手到了时你千万不要吭声，别让他认出我们来！我不知道爹要干什么，鬼鬼祟祟的。

四年不见，孟长手的变化是惊人的，他已经垂垂暮年了。如果不是我爹指给我看，我都认不出他来。人瘦得像一根柴火，衣服套在身上跟竹竿上扯着旗帜一样，风一吹哗啦啦响，最抢眼的是下巴上飘拂的一丛黄白夹杂的大胡子，旺盛得跟山羊的尾巴似的。可是他依然是那么精神，走起路来脚下生风，他这模样让我不由得想起了《西游记》里的太白金星。他一手拄着一根光溜的木棍，一手扶着扛在肩膀上的另一根木棍，那根木棍上悬挂着十盏各式各样的白玉灯。时隔多年后我再次看见白玉灯，心头不禁一阵激动，差点就喊出声来，爹赶紧使眼色制止了我。

我们就尾随着孟长手，这条路上去县城的人很多，他没有注意到我们。我发现孟长手对这条路熟悉得跟自己的掌纹一样，哪里拐弯，哪里过桥，哪里有水坑，哪里有陡坡，他都自然随意地走了过去，根本看不出来他是瞎子。每逢坎坷的地方我就有点着急，想赶上去扶孟长手一把，都被我爹拽住了，他小声给我说，放心，这路他走了几百遍了，心里有数。爹然后拉着我快走一阵追上孟长手，指着孟长手的嘴巴示意我看，我其实早就注意到了孟长手的嘴里一直在嘟嘟囔囔的，我还以为他是哼曲子解闷呢。爹拉着我站下，等孟长手走远了些，告诉我说，他是在数步子。我问他数步子干吗？爹说，他把一路上的危险地段都丈量在步子里了，从村头开始，多少步跨水沟多少步下低洼他都记住了。我觉得这真不可思议，从我们黄墚村到县城好几十里地呢，一路上的沟沟坎坎梁梁坡坡有多少！爹说这硬是把人逼出来了，起先孟长手到县城卖白玉灯，生产队总要派一个人给他引路，后来他不要了，说这太浪费，就自己摸索着去，结果摔得头青面肿，有几次险乎出人命，可他硬是用这种笨办法把这条路给记熟了。爹最后说，娃啊，这每一处险要的地方，孟长手不知道摔过多少跟头，流过血都是说不定的！

除了惊讶和敬佩，我无话可说！

到了县城已经是十点钟左右了，孟长手选定了凤栖楼前面的十字街口，把那根系挂白玉灯的木棍斜插在街边的铁栅栏上，然后变戏法一样从腰间掏出一副竹板来，噼里啪啦地打起来，嘴里念念有词：

白玉灯，亮晶晶，我在县城望北京，

望见北京天安门，毛主席是咱大救星！

嘿！这瞎子，挺会招人的。他先是说快板书，说了几遍又开始唱，用秦腔的曲调把上面的词儿唱得响遏行云。我从来没有见识过孟长手有这么好的嗓子，简直可以到剧团去当角儿了。爹笑着说，我天天都听他唱，跟喝小酒一样舒畅。

难道说我爹每天跟孟长手跑这么远的路，就是为了听他的小曲吗？

这时候孟长手的身边已经围了一些人了，有在街头找活儿的民工，有从市场买菜回来的老头老太太，还有一些不到上学年龄的小孩子，可这些人都是看热闹的，没有一个买他的灯。我有些着急了，他们这是看耍猴嘛。我爹却不着急，他甚至连孟长手的那个方向看也不看，点着烟锅袋，边吧嗒边瞄身边的路人。我们俩是在凤栖楼旁的树荫里坐着，这里距孟长手有两三百米远。我说爹，你看，没有人买他的灯嘛。爹说，是得让人买灯了，要不孟长手会着急的，我现在就让人买。我有点纳闷，心想：爹你以为你是谁，你叫人家买人家就会买？我正琢磨着呢，爹站起来朝迎面的一个干部模样的人走过去，他拦住那人说着什么，然后那个人退后两步瞅着我爹大声说，你没有毛病吧？一甩手说，我忙着呢，谁管你的闲事。我不知道发生了什么，正要站起来，却发现我爹朝不远处一个打太极拳的老头走过去了，他们咕咕噜噜了一阵子，然后我看见爹给老头手里塞了些什么，那个老头就向孟长手的摊子走了过去，很快他就挑着一盏白玉灯回来了，他把灯交给我爹，还塞给我爹一些零钱。

我不明白这是怎么回事。爹笑着说，这是给咱买的白玉灯。我说咱放着电灯不用，要这白玉灯干吗？爹说，其实不是咱们买，是孟长手自己买自己的。

我忽然明白这是怎么回事了。我的心里一阵发热。为了让一个残疾人活得自信，活得有尊严，我爹隔三岔五就要颠簸几十里路，拿上他为孟长手积攒的钱，去央求别人买孟长手的白玉灯。他一把年纪了，奔波劳累且不说了，为了让别人帮他买灯，他得涎着脸给人家说多少好话啊！这不算啥，爹笑着说，咱们农民嘛，就是力大皮厚，最麻烦的是有时要去解手，城里的茅房最不好找了，等找着方便完了，出来孟长手不见了，他挪地方了，我又得去找他。城里的路跟蜘蛛网一样密，我经常是孟长手没找着，却把自己给转晕了。爹说，你这些天不是没事吗，我把你拉上总算是一个帮手，能替换着盯人。

我觉得这里还有一个更大的问题：孟长手积攒的钱还能支撑多久？现在实际上是只出不进，爹用孟长手的钱买下他的灯，而这些灯根本是不可能卖出去的。也就是说，孟长手的钱实际上已经被他自己的灯占完了，除非生产队还给五保户源源不断的经济补助。爹说，哪里还有生产队？早就散伙了！这个人是我收下的，现在只能我管了。爹说这话时神情黯淡。我问那你从哪里弄来的钱？爹叹了一口气说，咱们家的。爹摸着我的头羞愧地说，娃啊，爹有点说不出口，这些年你上大学，家里没有给你多少钱，让你受罪了，爹知道你勤工俭学能供得起自己……

尽管如此，我知道家里的收入是非常有限的，如果拿去买灯了，那日子怎么过？爹狡黠地笑了，他说，我给孟长手讲了，你的灯已经卖完一茬了，想再卖，就得降价，便宜了才有人买，他最后就降到只要一毛钱了。

我问爹，孟长手难道真的不知道现在有电灯了吗？爹说，也有人给他说过，他也问过我，可他就是不相信有那样神奇的灯，我也骗他说那是别人胡说八道，天底下最好的灯就是你的白玉灯！

爹最后拍拍我的胸膛说，现在咱不怕了，我儿子挣钱了！我明白爹的意思，爹是把一根接力棒交到我的手里。

那天孟长手换了好几处地方，我爹和我轮番上阵请人代买，终于让他把手里的白玉灯成功地卖完了。当我为自己如此低声下气地求人而感到屈辱时，我爹高兴地捅捅我，让我看正在街边的广告牌下数钱的孟长手，他很夸张地把右手的拇指、食指和中指分别戳进嘴里润湿了，然后把钱凑近耳朵边，每数一张都要折动几下，他是在欣赏那种美妙的声音。他不光是折，而且还摸，他瘦长细白的手触摸到币面时陶醉的神情，就跟一个痴情汉子触摸他媳妇的脸蛋一样。

我再回头看看我爹，他正望着孟长手傻笑，就像一个孩子分享着另一个孩子陶醉在游戏中的喜悦一样。难道他就没有被人鄙视的屈辱感吗？是他麻木了，还是他觉得相对于某种东西这种屈辱根本就不算什么？

那天晚上，孟长手兴冲冲地来到我家，一进门就嚷嚷说，今天的生意真称手，一下子就卖了十盏，那神态就像是一位凯旋的将军。给！他将一把各种面值的钱摊在我爹面前，我爹说，那就十分工，全劳力的，我给你记在工分簿上了。我觉得好笑，等孟长手高高兴兴地走了，我对爹说，这真是一场戏啊，你不知道要演到什么时候？爹说，我演不动了还得你演。

我知道爹说这话是认真的，多年来他一直信守着自己的诺言。我是他儿子，他当然有权利要求我也这样做。我顿感一种压力迎面而来，而且是不可抗拒的。

4

没想到是一年之后我和爹的负担都轻而易举地解除了，尽管解除的方式是那样的出乎意料。

那一年的春节，石堡镇决定举办历史上规模空前的万灯节，把原先民间自发的风俗节日改为由官方主办的民俗盛会，这是政府开发当地旅游资源促进经济发展的举措之一。那时候随着张艺谋等第五代导演在国内外的迅速蹿红，西部的荒凉也成为游客猎奇的目标，一个名叫张贤亮的西部作家已经把他那里的破窑枯井尘土黄沙卖了好价钱。

为了吸引外地游客，万灯节的主展灯型是白玉灯，这是石堡镇的特产嘛。万灯节的宣传资料上绘声绘色地描述了数十年前万千凤凰莅临凤栖楼的神奇情景，举办方多么希望这种传奇故事能够再次上演，它既能显示白玉灯的不同凡响，也能展示石堡镇在环境保护方面的实绩（如果不是这些年县政府狠抓退耕还林封山育林，能有凤凰吗？）。

可是那样的传奇故事是需要传奇道具的，那就是：凤凰形的白玉灯！县工艺厂十多年前就破产了，有了电灯谁还会要白玉灯？厂里的工人老的死了少的转行谋生了，白玉灯的工艺早就失传了，现在哪里还有白玉灯，更何况凤凰形的白玉灯？

没有什么困难可以难倒人民政府，有关部门经过艰苦排查，最后终于找到了孟长手。

可以想象孟长手当时的激动和自豪。他几乎癫狂了，好像一生就等待着这一天！当万灯节组委会主任好不容易才握住他颤抖的手时，孟长手语无伦次地说：我保证……凤凰……当年……一定的……

今年就全靠你了！主任拍了拍孟长手的肩膀。

孟长手的眼泪被拍了出来，忽闪忽闪地淌过他沟壑纵横的脸。

在接下来的几天里，孟长手夜以继日地忙碌着，在组委会规定的日期内做出了八盏凤凰形的白玉灯。那真是美轮美奂的绝世精品啊，尽管黄墚村的人早就熟悉了孟长手的白玉灯，我爹更是看腻了，可是他们当时还是惊讶得目瞪口呆：这简直就是凤凰再生了！

孟长手用尽了自己的平生所能，在他眼里这白玉灯就是他自己全部价值的化身。孟长手脸上挂满笑容，这笑可能是得意的笑，也可能是轻蔑的笑，还可能是酸楚的笑，只是由于墨镜的遮掩，别人很难觉察。他心里一定在想，我受苦受难一辈子终于等到了这一天，现在该是我扬眉吐气的时候了！我是一个瞎子，一个残疾人，这没错，可全县数百万囫囵人，你们谁给我做一个白玉灯试试！有人不服气，硬是编出一个电灯什么的玩意儿，要是真有那种神奇的家伙万灯节还会挂我的白玉灯吗？

我要自乐班，孟长手对我爹说，你给我雇自乐班！自乐班在我们那里是民间的艺术演出团体，农村的红白喜事都离不开它。孟长手要把白玉灯送到县上去，他要自乐班给他壮声势。

我爹说，我们自己敲锣打鼓也行吧？请自乐班很贵的。

我有钱！孟长手说，我这些年卖灯笼赚钱了。

就这样，孟长手在自乐班铿锵的响器和悠扬的乐曲中高蹈阔步，那八只凤凰形白玉灯挑在长长的木棍上就像真的飞起来一样，飘荡在早春二月湛蓝的天空中。

可是谁也没有想到，坏消息很快就传了回来：在万灯节的彩排中，白玉灯并没有引来凤凰。

孟长手是不相信的，他的白玉灯怎么会引不来凤凰？他坚信那是有人因为嫉妒而传出的谣言。果然万灯节组委会来人了，他们称赞孟长手的白玉灯做得好，今年的万灯节有了白玉灯一定会让石堡镇名扬四海，末了他们征询孟长手的意见，白玉灯能否再做些改进，比如再生动一些，再飘逸一些，再……像真的一些？孟长手不好意思地问起了凤凰的事，他们含糊其词未置可否。

孟长手很沮丧，他理解组委会的意思，他们是给他留了面子。可沮丧稍纵即逝，孟长手很快就恢复了自信，他知道问题出在哪里，自己的工作草率了，心浮气躁啊！激动可以理解，自豪可以理解，想露一手的急切也可以理解，可这白玉灯是艺术啊，艺术怎么能在那样浮躁的心境下完成呢?

孟长手把自己在小屋里关了三天，那三天是可怕的寂静啊！我爹去看过几次，每次都鸦雀无声，拍门也没有反应，他真担心孟长手受不了打击寻了短见。可门缝里喷出的臊臭味、门槛下淌出的一股一股半冻半淌的尿迹告诉他不用担心。

三天后孟长手颤颤巍巍地打开屋门，他的样子让我爹目瞪口呆：原先剃的光头现在头发张狂地支棱着，就像发怒的刺猬，而且是银白色的刺猬，可原先下巴上蓬松的胡须却莫名其妙地失踪了，好像它神使鬼差地挪了地方，从下巴跑到头顶。由于失去胡须遮挡，喉结尖锐地拱出来，更加衬托出脖颈的细长瘦削，仿佛它支撑不住那干瘪的脑壳，随时都可能被压断。

我爹真是心疼啊，他赶紧把送来的饭拿了出来，可孟长手已经连端起饭碗的力气都没有了，一屁股坐在门槛上，我爹给他捧着碗，他把嘴拱在碗边，仅仅就一眨眼工夫，一碗饭就见底了，我爹觉得孟长手根本就不是吃进去的，而是直接倒进了肚子里的。

吃饱饭后孟长手给我爹说，咱们把白玉灯挂到原顶上的大槐树上去吧。我爹不解，孟长手说，我就不信白玉灯引不来凤凰，我先在咱们这里验证了，免得他们再蒙我。

我爹和孟长手在黄昏时分爬上了陡峭的北原，那里是全村的最高点，当他们在光秃秃的大槐树上点亮白玉灯时，天已经黑严实了。他们坐在树下的石头上，谁也不说话，孟长手支棱着耳朵，我爹瞪大眼睛。早春的夜晚还十分寒冷，可他们俩由于过分专心致志，根本感觉不到手足和耳朵的刺疼。天空寥廓邈远，繁星闪烁，时不时有一两颗流星划破夜空，落到黄墚村外边很远很远的黑暗中，我爹的眼睛都望酸了，可就是没有从远处飞来的凤凰落到他们的头顶上！

我爹首先沉不住气了，他自言自语地说，还没有吗，该来了吧？

孟长手说，没有那么快，这里离仙人岭远着呢，凤凰要看见白玉灯得花一阵时间的。

我爹说，那咱们为什么不到靠仙人岭近一点的地方去试验呢？

孟长手说，没必要嘛，只要我的白玉灯挂出来，哪怕相隔千山万水，凤凰都会飞过来的。

又过去很久很久了，月亮已经越过他们头顶挂在了西原的树梢上，这次轮到孟长手着急了，他问我爹，你看见了没有？我怎么还没有听见凤凰的叫声呢？

我爹安慰孟长手说，它们大概正在路上飞着呢，路远嘛。这次来的凤凰肯定多极了，咱们黄墚村的树怕是都要压折了！

他们就这样互相鼓着劲，一直到了天亮，白玉灯里的清油都烧完了，也没有等来凤凰的影子。孟长手的脸色灰得难看，他坐在地上一句话也不说，我爹默默地爬上大槐树，把白玉灯卸了下来，他不知道该把这些东西怎么办。

你……你还要再修理白玉灯吗？我爹小心翼翼地问。他知道根本来不及了，今天已经是正月十三了，再做一次最少也得三天吧。

你替我把它们送到县上去吧，我……我实在没劲了。孟长手长长地叹了一口气。

那……它们……我爹的话还没有说完，孟长手忽然声嘶力竭地朝他吼了起来：它们一定能引来凤凰的！一定！谁敢怀疑！

我爹吓了一跳，以为孟长手疯了。

正月十五那天晚上石堡镇淹没在灯的海洋里，万灯节何止万盏灯啊！四邻八乡的人像潮水一样涌向县城，涌向被灯光装饰得璀璨夺目的凤栖楼，没有人注意到一个挑着凤凰形灯笼的人颠簸在荒凉的仙人岭上。他深一脚浅一脚的，不时摔倒又挣扎着爬起来，嘴里“咕咕咕咕”模仿着某种鸟的叫声，那种叫声起先是悠扬的，后来就越叫越嘶哑……

那晚上我爹一直没有看见孟长手，他住的小屋没有人，黄墚村也不见他，我爹想他一定是到石堡镇了，石堡镇要悬挂他的白玉灯嘛。石堡镇到处是人山人海，我爹到哪里去找他？想到这里是孟长手长年卖灯笼的地方，他再熟悉不过了，我爹也就不担心了。当八盏凤凰形的白玉灯在喧天的锣鼓声中被齐齐点亮时，凤栖楼下黑压压的人群发出了山呼海啸的赞叹声——这才是巧夺天工的灯中之王啊！那一刻我爹流泪了，为了这一天，为了这个人的绝技能留存下来，他付出了多少劳苦，忍受了多少委屈！

他想孟长手一定跟他一样激动，在人群的某一个角落里不住地抹着眼泪。

凤凰当然没有光临，可这丝毫没有影响万灯节之夜人们欢天喜地的情绪。第二天石堡镇有线广播对刚刚完满结束的万灯节民俗活动做了高度评价，在这篇报道的结尾，有这么一段说词：凤凰没有来，有些人可能感到遗憾，可是谁见过凤凰呢？凤凰只是一种传说，曾经光临我们凤栖楼的可能是一种名叫白冠长尾雉的鸟。由于我们的环境保护工作做得好，近几年我县环境显著改善，青山茂盛，绿水清澈，鸟类在森林里面有充足的食物，它们再也不必出来觅食了。凤凰不来我们更应该感到高兴，它从反面证明了我们环保工作的卓有成效……可惜孟长手听不到这广播了。

孟长手是在仙人岭的一处悬崖下被发现的，那是他失踪后的第五天，挂在悬崖边一棵树上的白玉灯做了黄埰村人寻找他的向导。我爹抱着孟长手的尸体放声痛哭，所有的人都弄不明白，他一个瞎子跑到这荒山野岭干什么来了？

一年后的清明节，我来到了仙人岭，站在高处我远远望见石堡镇的凤栖楼，这时候我忽然想起了孟长手曾经给我讲过的那个神奇传说，故事的结束是孟长手他们提着凤凰形的白玉灯把凤凰引回了仙人岭。

能把它们引回来为什么就不能把它们引出去呢？万灯节的那天晚上孟长手是不是这么想的呢？

孟长手的坟就在仙人岭上，我把一盏从家里带来的白玉灯点着了插在他的墓前，白玉灯在白天只有淡淡的光晕，就像一个迷迷蒙蒙的梦。恍惚间我听见了婉转悠扬的鸟鸣声，我抬起头来，似乎看见流云般的一群凤凰掠过我的头顶，隐入了苍苍茫茫的大森林……

5

这是故事的第一个结局。很显然这样的结局不是没有漏洞的，比如说，孟长手为什么一定会死呢？他也有可能不掉下悬崖的。

事实上孟长手没有死，万灯节第二天黎明他跌跌撞撞地回到了黄埰村。我早就说过孟长手对道路地形的记忆能力是超强的，二十多年前他去仙人岭送过凤凰，那时候他的眼睛没有瞎，二十年来仙人岭确实发生了很大的变化，可它的基本形貌是不会改变的，比如说哪里有悬崖哪里有峁埰，这是没有办法挪位的。

白玉灯的事对孟长手的打击是沉重的，从仙人岭上下来他躺在炕上一动不动，脸上身上到处都是擦伤撞伤的疤瘌，衣服也被撕扯成了烂布条。我爹怕他挺不住，就安慰他说，县上的广播都说了，没有凤凰，凤凰是人编出来的。

胡说八道！孟长手气愤地说，怎么没有凤凰？我是亲眼看见的，都是我的灯笼引来的，我把它们送回了仙人岭。

孟长手一开口说话我爹就轻松了，就怕他憋出毛病来。我爹继续说，你不是已经去过仙人岭了吗？不是也没有找到它们吗？

孟长手说，仙人岭不是原来的样子了，凤凰肯定是被人吓跑了，飞到别的山上去了。我爹佩服这瞎子真神了，他虽然看不见，可你什么都瞒不了他。仙人岭确实改头换面了，因为名字好听，现在已经被开发成陵园山了，上面全是墓地，一个坟坑卖好几万元呢。

可它们没有飞远，孟长手说，有凤栖楼在，凤凰就飞不远。

孟长手坚信凤凰是有的，也坚信他的白玉灯是能引来凤凰的，可是现实的尴尬是万灯节上并没有凤凰光临，原因到底是什么呢？谁也没有想到几天后孟长手向我爹提出了一个匪夷所思的要求：他要治眼睛！

孟长手认为凤凰之所以没有出现，是因为他现在的白玉灯做得不够好（承认这一点是要有多大的勇气啊！），现在的白玉灯做得不够好是因为他的眼睛不好。二十多年前的那场事就是反证。

我爹惊讶得张大嘴巴，烟锅子噙不住吧嗒一声掉在地上，他以为孟长手被白玉灯的事刺激得神经不正常了，就重复问了一遍：你……你说什么？

孟长手说，我要把眼睛治好，明年万灯节我一定做出好灯来，我就不信引不来凤凰！

我爹知道孟长手这是赌气了，非要把面子捞回来。人家都说了没有凤凰，你这不是赌的死气吗？再费劲也没办法赢的。可是他说服不了孟长手，况且孟长手还说了，他治眼睛不光为了自己，还是为了给县里扬名呢，万灯节上有了凤凰，那石堡镇就天下闻名了，他是重任在肩啊！

我爹哭笑不得，心想你都瞎了一辈子了说治就能治好？再说你都这把年纪了还治什么嘛。可他没敢这么说，只是为难地说：那……那是要花很多钱的吧？

我有钱！孟长手揭开墙角的一个面粉缸的盖子，两只手插进面粉里掏呀掏的，最后掏出了一个沾满面粉的小布包，他拍一拍，解开外面的包袱皮，里面是一个半尺见方的木匣子，孟长手把木匣子一摇晃，里面发出哗啦哗啦的脆响，钱！孟长手自豪地说。他打开木匣子，匣肚里是满满的钢镚儿和零票子。我们是好朋友，孟长手对我爹说，我敢在你面前露富，二十多年卖灯笼我挣了大钱了啊！

我爹想不到孟长手居然还攒了这么多钱，他不是把钱都买工分了吗？可见再老实的人心里也还是有小九九的，而且居然把钱藏在这么诡秘的地方。可我爹还是忍不住想笑，孟长手的钱多是多，但它不值钱啊，那些钢镚儿零票子加起来撑死也就是两三百块。明显的，孟长手对钱的认识还停留在二十多年前，他不知道现在的物价像驴打滚一样翻跟头。这怪不得他，他平日里根本无须花钱，一切都是我爹操持的，他是五保户嘛（天底下有这样幸福的五保户！）。

我爹没有阻挡孟长手的理由了，只得说那咱们就去县医院看看吧。依我爹的想法，孟长手是老瞎子，哪能治得了，就让他到医院去碰碰钉子吧，这样也就绝了他的念头。

可我爹没有想到，一去县医院麻烦惹大了。县医院的医生给孟长手检查后说，他们这里不能治，我爹的心放下了，可医生紧接着又说，你们最好去省城的大医院看看吧。我爹着急了，说大夫你给我们来一个干脆的，到底能不能治？医生说，这是说不准的，去大医院试试吧。

孟长手就闹着要去省城了。我爹心里挺矛盾的，其实他也盼望着孟长手的眼睛能治好，一个瞎子即使临终能睁开眼睛看看这个世界，那也是值得的呀，何况孟长手的眼睛治好了也就完全解放了我爹，我爹再也不用操心伺候他了。可是钱呢？且不说到省城医院最终确定可以治好那要花多少钱，就光去一趟的路费、住宿费和医院里一连串的检查费用那也是大数目啊。

我爹把这些顾虑吞吞吐吐地告诉了孟长手，孟长手说：那我不管，我是五保户，生产队要负责我一切的，看病当然也是生产队管。

我爹傻眼了，他知道孟长手有一股犟劲，犯了脾气是不讲道理的。其实我爹不明白几乎所有残疾人在性格上差不多都会有不同程度的偏执，这不能怪他们，这是他们作为弱者面对强势群体时的一种过度和过激反应。我爹跑到石堡镇邮电局给我打了电话，说他是自己挖坑埋自己嘛，怎么会摊上这么一个浑球人！我已经听出爹的意思了，我说我来想办法吧。我爹最后几乎带着哭腔了，他说我真对不起你啊，上大学我没有供你，你大学毕业了我还得拖累你。我安慰爹说不要紧的，让他在家等我的消息。

其实我能有什么办法呢？我刚刚走上工作岗位，又是文化系统，工资不高且没有外快，而摆在我面前的又是一大堆要花钱的事，找媳妇，买房子，结婚，生孩子，哪件事少了钱能办成？如果说能有什么办法，那唯一的办法就是拖，拖到孟长手和我爹把这件事忘记了，可他们能把这事忘记了吗？

然而让我没有想到的是，一个看起来千难万难的事后来不久就轻易地迎刃而解了。这里的“运”就是孟长手的运气，我感慨孟长手这人运气太好了，他的命里总有贵人相助。第一个当然是我爹，虽然他的身份不尊贵，但他对朋友的那份赤诚在现今社会是极为宝贵的，因此不妨也称他为贵人；第二个贵人现在出现了，出现在第一个贵人帮不了他的关键时刻。

这个贵人就是郭总。

按说住在省城的郭总与窝在乡下的孟长手之间八竿子都打不着，一个腰缠万贯，整天打“波音的”满世界疯跑；一个可怜巴巴的，连来一趟省城的车费也凑不起。他们两人能有什么瓜葛呢？可就像千里姻缘一线牵一样，千里命缘也一线牵，这俩人最终曲里拐弯地走到一起来了。

这事首先得从报纸上的一篇文章说起。大概是在石堡镇的万灯节过后半个月，省报的副刊上发表了一篇《千古悠悠白玉灯》的文章，作者是省博物馆馆长，他说他今年应邀参加了石堡镇的万灯节，惊喜地发现了白玉灯，白玉灯其实就是早已失传的汉代长信宫灯在民间的变种，并说几年前他出国访问，在美国的一个文物拍卖会上看见过类似的宫灯，其卖价高达数万美元云云。

当时在办公室看到这篇文章时，我和同事们都啧啧称奇。长信宫灯我们都知道，因为我们这座城市就是当年西汉王朝的都城所在地，一千多年前那种神奇的宫灯就在这座城市的夜晚熠熠闪光，见证了庭院深深的后宫里多少妖艳的爱情和阴冷的血腥，可我们今天只能在博物馆的橱窗里目睹它的尊容。大家感慨传统文化的余脉不断，也感慨我们身边一不留神就有宝贝。恰巧我是石堡镇的，同事们就向我打听白玉灯的事，我就尽我所知，给他们做了介绍。

说者无心，听者有意。就在那个周末，我们办公室的一个同事忽然请我吃饭，而且是在本市最豪华的未央宫大酒店。我觉得奇怪，我与他素无深交，而且我也是刚刚参加工作的新丁，人家也不会有求于我。疑虑归疑虑，但我不敢怠慢，还是按时赴约了。

郭总在这个时候出场了。

郭总出场时我一点都没有在意，因为比起西装革履头发锃亮的我的同事，他实在太土气了：身穿黑色土家布盘龙纽扣的大棉袄，剃着光头，鼻梁上架着一副圆镜屈腿的水晶眼镜。我当时以为他是我同事的乡下亲戚。凑巧他们还真的就是亲戚，郭总是我同事的表叔，经同事介绍，我知道郭总名叫郭远山，曾经是我母校历史系的教授，现在下海经商了，是一家旅游文化开发公司的老总，身家过亿。

看到我对他装饰惊讶的样子，他笑着说，常年在乡下淘宝，都混成农民了，光头不招惹尘土，洗起来方便，土家布耐磨还保暖。

我同事说，你别看他那件土家布棉袄不起眼，我身上这样的西装十件也抵不上它贵，那是他们公司刚刚开发出来的秦装系列产品之一，仿照的是秦始皇兵马俑身上的铠甲，老外疯了一样喜欢它。他戴的那副眼镜说起来你可能都不相信，那是闹八国联军那年慈禧太后来咱们这里逃难时留下的，让他淘到了。

没有什么好东西能逃过我的眼睛！郭总说。

这样自然就说到了白玉灯，是我同事曾经把我的情况介绍给了他，今天晚上真正做东的是郭总。我又把有关白玉灯的事给他重复了一遍，完了他问我，你能不能帮我打听打听，我想收购白玉灯。

我当下就想到了我爹手里的白玉灯，于是就说，我可以帮你问一问，不过那东西是难找的。郭总说我不会亏待你的，找到了会给你介绍费。我说你能不能给我一个底价，万一找到了我好跟人家谈。

每盏100元左右吧，那还得看年头和大小。郭总说。

我说不对吧，白玉灯都是文物了，就值这点钱？

郭总说，什么文物，我是搞历史的我不知道？别听报纸上瞎咧咧，那只是某些人的猜测而已，学术界是不承认的，是文物我敢收购吗？那是犯法的！

我笑了笑，心里想，不值钱你收购它干吗，倒腾文物的事你又不是没干过，慈禧的眼镜都戴到你的鼻梁上了。我知道不能和他谈这件事了，无商不奸，他能把一件普普通通的乡下土布大棉袄（小时候家里穷，买不起洋布，我每年冬天都穿我娘给我缝的土布大棉袄）吹嘘成珍贵无比的“秦装”，也就能把本来珍贵无比的白玉灯贬得一钱不值。我爹的白玉灯还是留着吧，好货不愁买家。

本来那天晚上的话题该到此为止了，可我忽然想到孟长手了，一个主意适逢其时地冒了出来。我对郭总说，有一个制作白玉灯的匠人，和我是好朋友，今年石堡镇万灯节挂在凤栖楼上的白玉灯就是他的杰作，你想认识他吗？

郭总的眼睛当下瞪得滴溜溜圆，他满满给我斟了一杯酒，然后自己也满上一杯，一饮而尽说，太好了，太好了，我知道你这位师弟是够朋友的！

我给郭总讲了孟长手的故事，最后说到了他要来省城治眼睛的事。

郭总一拍胸脯说，这事包在我身上！咱们把他接来，他从此就是我们公司的人，治病花多少钱全部由我出，万一治不好，我给他养老送终。

这次是我给郭总满满斟上一杯，然后给自己一杯，当的一声，我俩重重碰了一下，相视而笑。

数天之后的一个周末，我坐郭总的车子回黄墚村接孟长手。那天正是清明节，前夜的蒙蒙细雨在天亮后恰到好处地停止了，艳阳高照的田野清新爽朗，麦苗儿翠绿，油菜花金黄，汽车奔驰在麦苗和油菜簇拥的乡间道路上，就像漂浮在翠绿金黄交错杂陈的油彩上。

孟长手是高兴的，我爹是高兴的，整个黄墚村的人都是高兴的，大家到村口给孟长手送别。在我就要把孟长手扶上汽车的当儿，他忽然停下了，支棱起耳朵说，这是蜜蜂在哼曲儿吧？让我再听听咱们村的蜜蜂声，进城以后就怕听不到了。

这时候黄墚村的桃花开了，梨花开了，围绕村庄的数百亩油菜花正盛，无数只蜜蜂的歌吟铺天盖地。

我爹对孟长手说，兄弟，你还记得不，你来咱们村那年，也是这个季节，蜜蜂也在哼曲儿呢。

孟长手说，是的大哥，满村都是蜜蜂的曲儿，走进你家门，听见你也在哼曲，你的声音比蜜蜂响亮。

我爹不好意思地笑了，他说，那天我喝了一点酒……嘿嘿。他当下就轻轻地哼了起来：

麦苗儿青来菜花儿黄，毛主席来到咱们农庄，

千家万户齐欢笑，好像那春雷响四方……

孟长手也接了上来，他的声音比我爹好听，宽阔而有磁性：

毛主席来到咱们村，和咱们社员来谈心，

耕耩锄割他都管，吃饭穿衣他都问……

两个老人唱着唱着就流下了眼泪，孟长手抱住我爹说，大哥，你的大恩大德，黄墚村人的大恩大德，我忘不了哇。没有你，没有黄墚村，我早就冻死饿死了！

我爹哽咽得出不了声，他只是不停地用衣袖给自己也给孟长手擦眼泪。孟长手在身上摸索了一阵儿，摸出了一把票子塞给我爹，说，大哥，这是我所有的积蓄，你拿上，我现在又是工人了，工厂里有工资还有劳保，不缺钱的。

我爹坚决不要，孟长手说，这是我的心意，你拿去买点烟叶茶叶吧，你不要就是打我的脸了。我爹只得接过来，他当下又把钱塞给我，给我使了个眼色，我心领神会，知道是让我替孟长手收着。

惜别的眼泪润滑了我们的车轮，在大家殷切的祝福中，孟长手离开了黄墚村。

到了城里后一切都是郭总负责了，他只是偶尔给我一个电话，通报一下孟长手的情况。我因此知道了孟长手今天在这个医院做检查，明天在那个医院做会诊，但一直没有确切的治疗方案。这其实是预料之中的事情，毕竟孟长手已经瞎了那么多年，而且当年还受的还是外伤（是铁屑直接击破眼球）。我暗自庆幸自己机智地把包袱甩给了郭总，否则我哪里承受得起这些昂贵的检查？

我在心里默默祝福孟长手，祈望他如愿以偿重见光明。

大约是两个月之后的某一天，郭总派人把我接到了西华医院，这是一家豪华的私营医院，其医疗水平之高和收费之贵在我们这座城市是很有名的。他见了我说，不好意思，我刚刚去机场接医生，没有陪你。我觉得奇怪，为什么还要去机场接医生？郭总告诉了我一个激动人心的好消息，他说孟长手的治疗手术已经做了，是他请来北京的一个眼科专家主持的，今天是拆线的日子，专家也来了，他是请我来见证这个喜悦的时刻。

我埋怨他做手术时为什么不告诉我，他说那时候没把握嘛，直到手术做完了，医生说百分之百成功，我才放下了心。今天就给你一个惊喜吧，郭总笑嘻嘻地说。

我和郭总在全身消毒换了白大褂之后被允许进入手术室，孟长手眼睛裹着白纱布，像睡着了一样安静地躺在手术台上。好几位医生护士也进了手术室，他们简单地交谈了几句，就由其中一位矮而粗壮的医生开始慢慢解除孟长手眼睛上的纱布，我想这位大概就是郭总请来的专家了吧。接下来的情景我们应该是很熟悉的，因为电影和电视曾经无数次地重复过盲人重见光明那一刻的激动和喜悦，我也等待着孟长手的狂喜，可他的反应却出乎所有人的意料：惊恐！

当孟长手终于睁开眼睛时，他正对着硕大而明亮的无影灯，它就像一个瞪着无数只眼睛的怪兽一样对着他虎视眈眈。还没等医生对他做测试，孟长手吃惊地指着无影灯问，那是什么？所有的人都笑了，他们把这理解为病人的天真和可爱，这当然标志着手术的完满成功，大家相互贺喜，簇拥着那个专家走出手术室，郭总吆喝着，香槟！快开香槟！

没有人回答孟长手的问题。

孟长手的眼睛瞪得滚圆，由于从来没有看见过墨镜下面他真实的眼睛，现在他这个样子让我有些害怕。我不敢过分靠近他。

孟长手再次问，那是什么？由于室内人少了，他可能有些发怵，不敢指着无影灯了，只是惊恐地望着它。

无影灯。一个留下来看守的护士说。

什么……灯？

电灯！我说。

电灯……电灯……孟长手喃喃自语。电灯他是知道的，早就听说过了，我拣他熟悉的说。

你……是平娃吧。

是的，孟叔。我真佩服孟长手的耳朵，我只吱了一声，他就认出我了。

你爹说没有电灯的。

乡下是没有，城里有的。我还是要帮我爹把这个谎撒到底。

孟长手不说话了，他直愣愣地看着无影灯，并且小心翼翼地伸出手企图去抚摩它，护士把他拦住了。

孟长手当时的反应确实让人不解，可当我经历了接下来的许多事情后，我理解了孟长手那时的感受。这个人天然地对灯敏感，当他一睁开眼睛面对无影灯时，他虽然叫不上名字，但凭着它散发出的光芒他判定这是灯，但这是多么怪异的灯啊，与他熟悉的白玉灯比起来，无论是形状还是亮度都让他难以置信，他说不定想到了妖魔鬼怪之类的东西，这不能不让他恐惧。

麻烦就从那一刻开始了。

孟长手的手术现在算是彻底结束了，但他还得在医院再观察几天。当护士把他扶出手术室时，他却坚决不愿走。灯！我要看电灯！他赖在手术床上不起来，护士拿他没办法，只好向我求救。

我说，孟叔，咱们不能把这地方占着，后面还有和你一样的盲人等着做手术呢，他们也盼着重见光明。你不是要看电灯吗，外面有。

孟长手说，那好，我们走。

从手术室里出来就到了医院的院子里，这时是六月的盛夏，晴空万里，阳光灿烂，孟长手就像一个在沙漠中渴极了的人扑向湖水一样扑向炎热的骄阳，我紧紧跟在他后面，唯恐他摔跤。护士叮嘱他，不要直接看天，小心眼睛！孟长手很听话，他看着地面，看着自己的影子，他像小孩子一样蹦蹦跳跳地去踩自己的影子，嘴里唱着老掉牙的儿歌：

踩啊踩啊踩影子，踩住影子赢银子，

赢了银子娶娘子，娶了娘子生儿子。

……

我和护士高兴地给他鼓掌拍着节奏，看着他天真活泼的样子，你很难相信这是一位年过半百的老人。不知怎么的，我的鼻子忽然一酸，我想到了我爹，想到了数十年来他为了这么一个寄居于黄堖村的异乡人所做的一切，如果今天他在这里，看见孟长手欢天喜地的样子，那该多高兴啊！

当孟长手终于跳累了的时候，他问我电灯在哪里？我给他解释现在还是白天，看不到的，晚上到处都是。

我这句话成了孟长手晚上把我留下的理由了，他说在这里他没有熟人，晚上让我陪他看灯。

那天晚上孟长手基本上是傻了。首先是病房的日光灯让他目瞪口呆，他怎么也难以相信这种没有捻子也不要煤油的擀面杖竟然可以发光，我说那是电的功劳，他于是问我电是什么东西？哪里来的？长的什么模样？

我碰到了难题，我不能像我爹当年回答我那样随口胡说，可要把电的问题给没有一点现代物理知识的孟长手说清楚，又是多么挠头的事儿！我只好先把这事情绕过去，就对孟长手说，咱们别在屋里耽误时间了，外面好看的灯太多了。

孟长手被我引诱了出来。一到了街上他就腿软，身子一晃几乎摔倒，扑面而来的是惊心动魄的光！对于一直幽闭于黑暗中的孟长手来说，他哪里见过这种阵势，怎能不在这一片灯的海洋里眩晕呢！我们这座城市是历史文化名城，为了吸引游客，装点市容，市政当局在街灯路灯的配置上是不惜工本的，再加上医院地处繁华闹市，临街商店的霓虹灯更是争奇斗艳。

孟长手几乎是寸步难行，每一处都有样式不同、色彩不同的灯在吸引着他。这让我想起了当年我和爹在石堡镇上欣赏白玉灯的情景，那时的我和现在的孟长手是多么相似啊。

我不得不时时提醒孟长手，让他的脚步挪得稍微快一些，因为前面还有更好看的东西在等着我们呢。我所说的那个东西就是电视塔，它才是那天晚上的压轴节目。

这座电视发射塔是我们城市的标志性建筑，塔高 450 米，城市第一高度。塔形仿照这座城市著名的汉代古迹大鹏塔，因此在白天这座电视塔看起来就像是巨型的文物，其古色古香的模样与这座城市的文化气质十分般配；而到了晚上，那就是另外一番景象了：它是一柄寒光闪闪的擎天宝剑直插夜空！宝剑的轮廓全是灯光勾勒出来的，谁知道它有多少盏灯啊！

我就是要让孟长手看这里的灯，过一个痛快的观灯瘾。

当孟长手猛然看到电视塔时，他当即惊叫了一声：凤栖楼！

我笑着说，凤栖楼有这么高吗？孟长手急不可待地说，我们上去看看吧。

我买了门票，和他一起进入。虽然塔里塔外仅一步之遥，可你一旦踏入，就好像一不留神闯入一个流光溢彩璀璨夺目 de 魔幻世界。由于电视塔是观光场所，人来人往，精明的灯饰生产厂家和销售商看中了这里的广告效应，于是他们免费提供产品，把这里作为展示他们企业的窗口。这里每一层属于一个厂家，因此每一层的灯饰品种和花样也不同。

登塔的方式有两种，一是乘电梯，一是爬楼梯，孟长手当然选择了后一种。这可让孟长手大开眼界了，各种各样的灯，大到碾盘，小到葡萄，长的像瀑布，短的像豆角，红的像火焰，绿的像翡翠，奇形怪状，千姿百态……

那是一场漫长的跋涉，我们终于在四小时之后登上了顶层。

塔顶的月亮似乎伸手可及，只要我们弓身一跳，就能跃入那个琼楼玉宇中去。月亮虽亮，可我们感受不到月光的清凉和润泽，因为灯光太强了，塔顶的四个檐角上挂着灿烂的角灯，它们是凤凰展翅的形状，通体透明，冰清玉洁，身上的羽毛五彩缤纷，闪烁的霓虹灯管在它们的身上制造出灵动而迷幻的风韵。我只顾俯瞰城市的夜景，而孟长手对着那些凤凰形角灯凝神沉思，久久无言。我不知道孟长手此时此刻是不是想到了凤栖楼，想到了白玉灯，想到了凤栖楼上那绕灯盘旋不愿离去的凤凰……

从塔上下来后孟长手一直默不作声。

那天晚上回到医院已经很晚了，我困得不行，倒头就睡，因为是贵宾病房，孟长手住的是独人单间，里边专门设有陪伴病人的客床。后半夜起来上厕所时，我发现孟长手不见了，联想到他睡觉前蛮有心事的样子，我吓得不轻。急忙穿好衣服直奔医院大门口询问，门卫告诉我没有人出去，我又在医院的院子里找，最后在门诊楼左侧的马路边找见了他。孟长手坐在马路牙子上，傻傻地看着对面路灯柱上盛开的菊花形白炽灯……

从那以后直到秋季，大约有三个多月，我没有孟长手的消息。郭总也没有给我打过电话，他们现在到底在什么地方我都不清楚。我也不想去打听，乐得轻松。我理解郭总，花了那么多钱，费了多少周折，终于治好孟长手的眼睛了，可以为他所用了，这可是宝贝啊，他得好生藏着掖着。这就像一个人忽然得到了一件宝物，尽管这东西确确实实是他的了，但他心里还是不踏实啊，总觉得别人惦记着，那还不把它收拾到一个老好处！

对郭总来说，孟长手不仅是宝贝，而且是能生产宝贝的宝贝。他简直就是能下金蛋的母鸡！郭总不会让这只母鸡闲着的。我粗略地估算了一下，按最慢的速度，孟长手五天可以做出一盏白玉灯，到现在郭总手里差不多有二十盏了，以省博物馆馆长披露的国际市场价格，再把它压到最低，每盏也有一万美元，那么现在郭总无论如何是收回他在孟长手身上的投资了，而且大有盈余。

我这样的计算是不是太庸俗了，太看低了郭总的人格境界？

就像有心灵感应似的，恰恰在我惦记郭总的时候，有一天上午他开车来找我。他的情绪不高，不像我以前见他时总是神采奕奕的样子。我问他怎么了，他说我带你看看孟长手去吧。

我心里一沉，脱口而出：他……没有什么事吧？郭总说，见面就知道了。

车子出了城区，向郊外驶去，大约一小时后来到了终南山下，这里有一片别墅区，小区的门口有写着两个大字：梁园。我们到了其中的一栋两层楼跟前停下来，郭总告诉我孟长手就住在这里。这真是一处好地方啊，怪不得我找不到他。我们进了屋里后，一个服务员模样的小伙子迎了出来，郭总问，怎么样了？他说吃了安眠药，刚睡着不久。

我有点着急，郭总看到我的脸色，说其实也没有什么，就是睡不着觉，烦躁。我说能看看他吧？小伙子望着郭总为难地说，吃了不少药，好不容易睡着了。郭总说不要紧的，我们不吵醒他就是了。

他们陪着我走上二楼。一进大厅，我就傻眼了，还以为走错门到了灯饰总汇！里面的天花板、墙壁上、地面上到处都是吊灯、壁灯、台灯、落地灯。欧式水晶的、中式仿古的、地中海铁艺的、日本布艺的、阿拉伯陶艺的……因为现在是白天没有打开，可它们千姿百态的形状、五颜六色的光泽，已经让我头晕目眩了，如果是晚上，这数百盏灯被同时打开，那将是多么璀璨耀眼又是多么震撼人心啊！

看着我不解的样子，郭总说，孟长手要的。

我走进孟长手的卧室，时隔数月之后我再次见到他，竟然有点不认识了。首先最明显的变化是他胖了，原先的长条形脸现在变得圆乎乎的，而且由黑瘦变为白嫩，这当然是由于生活改善和不再日晒雨淋的缘故；可他头发全白了，白得没有一根杂毛，而且头发胡须都长而蓬乱，就像疯长的蔓草一样嚣张。露在被子外面的两只手上布满一道道血痕，就像猫抓狗啃了一般。

从卧室退了出来，郭总去楼下接电话了，我小声问服务员孟长手的手是怎么回事，他说是自己抠的。我问为什么，他没有回答，把我领到了阳台上，映入我眼睛的是一大堆泥巴片，就像是打碎了好多陶器一样。我捡起一块看了看，这不是白玉灯的残骸吗？我太熟悉了。我问这是怎么回事，服务员说，摔碎的。我问是谁摔的，服务员说是孟长手，他顿了一下说，还有……郭总。

我忽然明白这是怎么回事了。我长长地叹了一口气。

孟长手为什么要摔白玉灯？那是因为他觉得自己做出来的白玉灯不好嘛。他是跟什么相比较的？毫无疑问是电灯，是那些让他眼花缭乱、目瞪口呆的吊灯、壁灯、台灯、路灯和落地灯。他太想赶上甚至超过这些尤物了，结果却让他一次次失望，他越来越烦躁，越来越没有自信心。郭总为什么也去摔？原因很简单：这些东西做得太差了，让他根本无法出手。郭总一旦摔了孟长手的作品，那对孟长手的压力有多大啊，在这样的压力下做出的白玉灯只能更糟糕！

就在这时，卧室里传出咣咣咣的响声，我和服务员赶紧跑了过来，原来是孟长手在做梦，梦里他使劲擂床板，大约有什么焦急的事情解不开。我给孟长手掖好被子，关了门退到客厅。

吧嗒一声我打开了电源开关，轰的一下我被罩在炫目的光辉里，这千姿百态五颜六色的吊顶灯、吸顶灯、壁灯、台灯让我恍然置身于瑶池和龙宫，现代科技的力量差不多把一切神话都变成了现实，在它们面前，还有什么样的传统艺术能保持自己的自信和尊严呢？

我真不知道睁开眼睛对孟长手来说是福还是祸？我们这些人：我爹、我和郭总，到底是千方百计地拯救他呢还是处心积虑地祸害他！

到了楼下，郭总问我，怎么办？我不敢贸然接这个话头，建议给孟长手看病？显然这不是打针吃药能解决问题的；建议长期静养？反正孟长手已经是他们公司的人了。可郭总愿意背这个包袱吗？

郭总说，要不暂时让他离开这个环境，到乡下去修养一阵？在这里压力太大了，再这样下去我怕他真出什么大毛病。

我笑了笑。

送孟长手回乡下是在国庆期间。当车子驶出梁园别墅时，我立即想起了那句古话：梁园虽好，但不是久恋之家。这对孟长手来说是再合适不过了，他好像是做了一场梦，入梦是在黄墚村，现在梦醒了仍在黄墚村。

我爹可是高兴糊涂了，他对孟长手说，我就说嘛，你哪能就住在城里呢？黄墚村才是你的家！你知道不，你原先的房子还给你留着呢，里面的东西一件都没有动。

孟长手淡淡地说，噢，你盼望着我回来，是吧？

我爹没有品出孟长手话里的滋味，依然神情激动，不光是我，全村的人都盼望你回来！孟长手回头看时，他的老屋前已经站满了黄墚村的男女老少，他们憨厚的笑容像花一样开成一片。

孟长手也挤出一丝笑容作为回应。有这么多人惦记着他，这对孟长手来说多少算是慰藉吧，他的心情因此稍微好受一些。看看咱们村吧，大家热情地邀请他，孟长手在乡亲们的引导下上原下坡，满村子转悠。尽管这里的土地他已经无数次地用脚板丈量过了，可今天才是第一次用眼睛触摸她，孟长手不由得眼角有些湿润。

郭总送完孟长手并没有立即离开，他说反正是国庆假期，就在乡下待两天，权当是参加农家乐旅游。就住在你们家，你不反对吧？他笑着问我。我说哪能呢，就怕你不习惯。

郭总接着说，今天是来不及了，明天我想请全村人吃一顿饭，孟长手的眼睛好了，这总该庆祝一下，何况你们村的人又这么热情。

我有些惊讶，郭总说你别不理解，其实你不知道，我从小就是在农村长大的，看见农民特别亲切。

当天下午郭总开车和我去了一趟石堡镇，买了一大堆的青菜、粉条、猪肉和烧酒。

第二天就在我家门口的场院上摆出了浩浩荡荡的盛大酒席，这大概是自从人民公社解散以来黄堬村人数最齐全的一次聚会。乡亲们山吃海喝，齐声感谢郭总，要知道在我们这样的穷山村，想吃几块肉喝几口酒是很不容易的，每年也就是除夕晚上打打牙祭。郭总跟我、我爹还有孟长手在一张酒桌上。孟长手的情绪不高，只闷着头喝酒，这可以理解，手艺的失灵和城乡生活的落差让他一时半会很难缓过劲儿来。郭总看到大家这样感激他，就端起酒盅对着大伙一饮而尽，然后说话了：老少爷们，大家也别这么夸我了，我其实是有件事请大家帮忙。

我爹说，郭总这么仗义的人，给老孟治好了眼睛，还请我们全村喝酒，什么事你说吧，能帮上忙黄堬村人不会含糊！

郭总说，就一件小事，我想收购一些白玉灯。咱们村可是白玉灯的故乡啊。

我就说嘛，郭总不会无缘无故地施舍热情的。可这家伙是突然袭击，乡亲们包括我爹并不知道白玉灯的行情，淳朴的乡下人很可能在这种氛围中就上套了。

我急忙接上郭总的话头问他，那你说说，多少钱一盏？

郭总说，在外地我出价五十，在咱们村就八十，不，一百！

我爹已经用愤怒的眼光瞪我了，我顾不得他的脸色，赶紧把他拽离了酒桌。我怕慢一步我爹就会响应郭总的号召，甚至无偿把白玉灯送给他。郭总也巴不得我离开，不要把白玉灯的内情说出来。也可能他早就设计好了才搞这样的突然袭击，算定我在这样的公开场合不好意思揭穿他。

果然一进家们我爹就给我发脾气。我让他别着急，先听我说明缘由。我告诉他郭总给孟长手治病的动机，以及为什么他现在把孟长手送了回来，还告诉他白玉灯在国外的行情。

我爹不大相信，说咱们可别冤枉了好人。

我说错不了，他跟孟长手非亲非故的，图什么呀？

我爹说，咱们跟孟长手也是非亲非故嘛。

我说，爹，你不要忘了郭总是商人，做生意的，他跟咱们不一样！

我爹说，这事我得琢磨琢磨，要是真像你说的，那郭总可不赚狠了？

我说你就别琢磨了，来不及了。就算郭总是大善人，无偿给孟长手治好了眼睛，那也是他跟孟长手之间的事情，跟咱们无关，你犯不着念他的好。你得为咱们家想想，这些年你把多少钱贴在孟长手身上了，家里穷成这样；你也得为你儿子想想，你儿子要在城里安家，买房子，娶媳妇，生孩子，这得多少钱啊！机不可失，你一定要卖个好价钱。

我爹用陌生的眼光看着我，我说，爹，就算我求你了，你得横下心。

我爹吧嗒着烟锅袋，半天没有说话。我急死了，说爹，你想想我上大学那些年受的苦，你为了买孟长手的白玉灯，给过我一分钱没有？就凭这，你也该补偿补偿我。

我爹把烟锅狠狠地在炕沿上磕了磕，问我，那你说一盏卖多少钱？

我说至少两千元。我爹说那就一千元吧，我总觉得郭总这人是好人，咱们对半算吧。我说两千元已经有感情的成分在里边了，你知道他转手卖出去是多少钱吗，至少八千元！

我俩争得面红耳赤，好像做生意的是我俩。我爹最后烦了，他说那就一千二吧，你要再加我干脆就白送给郭总了。我问他，咱们家到底有多少盏白玉灯？我爹让我搬来梯子，我们爬上楼阁，嗬，上面堆满了白玉灯，起码有五六百盏。我略微算了一下，有这么多的货，价格即使稍微少一点也可以接受，就对我爹说，一千二，不能再降了，我就怕你一见郭总又心软。

当我们走出家门再次来到酒桌前时，郭总的收购仍在进行，可收获甚少，原因很简单，多年前黄墚村就通了电，谁会把那样的泥巴煤油灯保留到现在，因为没有用处，早就扔了。这让郭总和乡民都觉得十分可惜。

这时候我爹说话了：郭总，我家里有白玉灯。

郭总眼睛一亮：那太好了，快拿出来啊。

可是……那个……价钱……我爹吞吞吐吐的。

噢，价钱可以商量嘛，你出个价吧。郭总说。

我装着低头吃菜，唯恐郭总看我，不过我爹涨红脸半晌说不出话的样子又让我着急，我在桌下暗地里踩了我爹一脚。我爹这才发狠说了出来：一千二。

郭总问我爹总共有多少货，我爹给他报了数目，他沉吟了一阵，然后笑着说，行啊，算你狠！他是说给我爹听的，但眼光却朝着我。

这个生意眼看就要成交，可谁也没想到半路被人斜插一杠子：一直闷不作声的孟长手忽然站了起来，他说，我不同意！

大家都一愣，我问孟长手，孟叔，你不同意什么？

孟长手生气地说，怎么能卖给郭总呢？送给他。

这真是站着说话不腰疼，自己的东西凭什么白送人？孟长手当然感激郭总了，可白玉灯不是他的。

我对孟长手说，孟叔，我们家的事还是让我爹做主吧。

孟长手不理我，直接对我爹说，不能卖，卖了就不仗义。

我爹结结巴巴的，眼看又要缩回去了。孟长手对郭总说，你尽管拿走吧，我做主了。

我急了，也不客气了，我问孟长手，你凭什么，东西是你的吗？

孟长手说，当然是我的了，我做的！

我爹有点意外，他说老孟，东西是你做的不假，可我是买回来的嘛，怎么能是你的呢？

哼哼，孟长手笑了一声，他说，买回来的？你是怎么买回来的！你把白玉灯送给郭总吧，咱们闲话就不说了。

孟长手这句话带有要挟的意味，我爹不爱听了，他说，老孟，你把话说清楚，我是怎么买的？我是拿钱买的！

孟长手说，你是拿钱买的不假，可你拿多少钱买的？你还好意思说！

嗨，老孟！我爹这时真生气了，话不能这么说吧，不管多少钱那是你愿意的呀，你不能吐了口水再舔回去吧。

要知道我爹虽然是个老好人，但也是一个很要强的人，当年在生产队当队长时也是说一不二的，现在虽然老了，可在村里依然德高望重，他怎么能容忍孟长手这样拿捏他。

刘长锁！孟长手高声叫道，你这个骗子，你骗了我一辈子。我已经打听清楚了，黄堠村早就有了电灯了，石堡镇也是的，可你骗我说没有，还不准村里人告诉我，你就是想骗我的白玉灯，用那么低的价钱买我的白玉灯。我的眼睛本来应该早早治疗的，可你就是不愿意，说什么没有医疗费，你就是盼望我瞎一辈子，好骗我的白玉灯。骗来白玉灯今天卖大价钱！

骗一个残疾人是要短寿的！孟长手的指头快戳到我爹的鼻尖了。

我爹愕然了，就像一个人猝不及防地挨了一闷棍。我看见他的脸色由红而灰，由灰而黑，鼻翼像拉风箱一样急速地翕动。他艰难地双手支撑着桌子站了起来，指着孟长手，你……

我爹身子摇晃了一下，忽然直挺挺地倒了下去。

三天之后我爹在石堡镇医院永远地闭上了眼睛。突发脑溢血夺走了他的生命。

我爹一死我立即中止了和郭总的买卖，只送给他一盏白玉灯抵消了他给我爹垫付的医疗费——我当时拿不出万把块钱抢救我爹。现在我是这些白玉灯的主人了，贫困的现实促使我一定要把它卖出一个好价钱，我一辈子的幸福就指望它了。我当时甚至有些庆幸我爹走的正是时候，否则真便宜了郭总这样的奸商——他就是不肯以文物的价格收购白玉灯。但让我没有想到的是孟长手竟然把我爹告上了法庭，说我爹设套以欺诈方式买走了他的白玉灯，要求法院撤销已经达成的交易，返回他的物品。我知道这都是郭总在背后使的坏，就连孟长手的律师也是他请的。我以白玉灯继承人的身份成了原告，法院最后以证据不足的理由驳回了孟长手的诉讼请求，但同时也以白玉灯是文物为由封存了我所有的宝贝，最后由县文物局出面按白玉灯当初的销售价予以收购，我仅仅获得了区区千把元，并且威胁我如果不服，就将追究我非法从事文物商业经营活动罪，其结果是我不但拿不到一分钱，还得蹲大牢。

被收缴的白玉灯每年正月十五都会在凤栖楼上亮相，成了石堡镇万灯节上最吸引游客眼球的节目。平常的日子它们被挂在文物局的展览室里展出，就连我想看它们一眼也得买票。

参观券的价格不便宜：三十元。

6

上面是故事的另一个结局。如果仔细品味就会发现，这个结局也是可以挑剔的，比如说巧合的味道太浓了，为什么在孟长手需要治眼睛的时候恰好就遇见了郭总，这真是瞌睡与枕头的绝配啊。

所以我在这里要提供故事的第三个结局。与前面的相比，这个结局简单而朴素，一切都局限在我们老家那个封闭的小山村（有时候我真想她永远都是那个样子！）。在一切都变得复杂和多元的今天，简捷明快是不合时宜的，甚至可能被人看作是弱智的表现。可我怀念单纯，喜欢简单，因此我倾向于这第三个结局是真实的。

那是我大学毕业之后的第三年。那年的冬天大雪一直飘啊飘的，飘到了春节还没有飘完。我因为已经在城里成了家，媳妇不愿跟我回乡下过年，我就猫在温暖的小巢里和新婚的妻子陶醉在甜蜜的俩人世界里。正月十二我忽然接到父亲的电话，他说，孟长手死了。他长长地叹了一口气，然后问我，你回来不？回来！我毫不犹豫地说。

日夜兼程，正月十四我赶回了家乡。爹带我去孟长手的灵堂，它就设在他生前居住的那间屋子里。孟长手已经被收殓在一口乌黑锃亮的油漆棺材里。爹问我想不想再看一眼孟长手，我摇摇头。我惧怕死亡；另外，我也是想让孟长手在我心目中永远保持鲜活灵动的姿态，就像他还奔走在推销白玉灯的乡间小路上，脚下的步子依然像舞蹈一样优美。——不要用僵硬的死尸终止我的想象吧。

我把目光移向侧墙，这里仍然系挂着几十盏形状各异的白玉灯。我仿佛又看见了许多年前我第一次向孟长手买白玉灯的情景，那时候也就是在这面墙上，挂满了他的第一批劳动成果，他当时为自己的第一笔收入兴高采烈，因为他首次体会到了残疾人价值被肯定的喜悦。爹告诉我，孟长手这几天在发疯地干活，他说万灯节快到了，他的白玉灯肯定抢手。他还说，队长，你得给我记加班的工分，别的社员冬闲我冬忙！爹指着侧墙下面的一块蒲团给我说，他就是坐在这里靠着墙辞世的，像高僧坐化，大家发现他时，他已经僵硬了：他一只捏着锉刀，一只手抱着灯笼，还在给白玉灯上雕花呢；脸上笑嘻嘻的，没有一丝痛苦。我想，一个人在辞世的时候还能把最后的笑容遗留人间，那他一定是在人间获得了极大的幸福，而对于一个残疾人来说，他最大的幸福莫过于人们不把他当废物，甚至，在他的心里和别人眼中，他比正常人更有价值和尊严！

我依然注视着那面墙，墙上所有的白玉灯仿佛忽然都点亮了，像盛开的牡丹花，簇拥着一位花白胡须的老人静静地休憩……我不知道是鲜花陪伴着老人沉入梦乡呢，还是老人的睡梦里开满了鲜花。

第二天是万灯节，对于一个一生以制灯为业的老人来说，选择这一天让他入土为安是再恰当不过的了。葬礼破例被推迟到黄昏时分，爹对我说，娃啊，把咱们家阁楼上的白玉灯全拿出来吧，让乡亲们去亮路！我先是一愣，继而马上就明白了，我搭着梯子爬上我家的阁楼，嗬！那里堆满了各式各样的白玉灯，大概有几百盏吧！在此之前我根本不知道这里藏着宝贝。我想这肯定是爹几年来从孟长手的手里买来的。

我把他们一盏一盏地送给了葬礼上的乡亲们，说，大家添上油，亮路吧。

“亮路”是我们乡下万灯节的一个仪式，所有的人家在这天晚上都要挑上灯笼，把自家的厅堂里间、房前屋后、院落宅基、大路小路都照遍，因为祖宗在大年三十已经被你请回家一起过年了，现在年过完了，祖宗要最后看一看儿孙的家境，然后沿着他熟悉的乡间道路返回阴间。这盏灯笼是给祖宗领路的，你走到哪里祖宗就跟到哪里，灯笼一定要特别明亮，让他老人家把一切都看得清清楚楚的，这样他才能放心。照完了家里，要挑着灯笼领着祖宗返回墓地，亮路的灯笼最后要插在祖坟上，让祖宗从这里平安地步入阴宅。

那是我平生所看到的最壮观的“亮路”了。这不光是人多——那天晚上全村的男女老少差不多都参加了，而且灯特别亮——白玉灯是其他灯笼所无法比拟的。千百盏灯笼在各家各户的门口亮起来，然后从不同的方向朝村口的打麦场集拢，远远看去，就像是集束爆发的流星雨划过夜幕。打麦场上我爹指挥着八个壮小伙子抬起了孟长手的棺材，在一片辉煌的灯光中孟长手上路了，黑漆棺材作引导，一条翻腾的银龙朝村外的原野上滚滚而去。我想孟长手应该是满足了，他亲手制作的白玉灯为他照亮了离开这个世界的最后一程。

站在高处，你肯定觉得这个世界颠倒了：天上没有了星星，所有的星星都降落在我面前开阔的原野上。

孟长手是一颗星星吗？我们所有的人都是一颗颗的星星吗？一个令人难忘的时代是一条密集的星河吗？每颗星星最后都要陨落吗？

也许是吧。

可有些东西注定是不朽的，比如善良，比如尊严，比如创造，比如美。

五条腿的生活

响亮的笑声哄然爆起，一街两行的人像发了癫。大家望着跳娃乐不可支，让他惶然得莫名其妙。他赶紧检查自己的周身，裤链拉严实了，纽扣也没有系错啊！再摸摸脸，也没有摸出眼屎和鼻涕嘛。有什么好笑的？在福乐街他早就是常客了，这里的人谁不认识他，莫非他忽然成了怪物！跳娃疑惑地望着大家，有跟前的人朝他身后指了指，他回头一瞧，立即明白了情由：

一条瘸了腿的狗在模仿他！

那条狗跟在跳娃后面，跳娃一跳一跳的，它也一跳一跳的，简直就像双人舞一样默契。跳娃火了，人欺负人也就算了，连狗也欺负人！

跳娃是个瘸子。他走在这条街道上时，经常有一些泼皮夸张地模仿他，让他恼羞成怒却无可奈何，作为外乡人而且是残疾人，他只能隐忍。但他今天不能放过这条狗了！跳娃单腿钉在地上，轮起拐杖呼地打过去，没想到那狗贼机灵，在拐杖落下之前就蹦开了，可它连逃命时也不忘奚落跳娃，仍然一跳一跳地招摇着，反而是跳娃自己由于用力过猛，险乎摔倒。跳娃站稳了再打，那狗歇一口气再跳，惹得一街两行的人笑得岔气。

跳娃更狠了，他不信把一条狗没办法。他干脆不用双拐挪动身体了，那样太慢，他单腿点地跳跃着，两手各提一支拐杖，就像一个来势汹汹的双枪杀手！那条狗被追到修表摊前，惊动了修表匠胖钟，他从工作箱上探出脑袋，一只眼睛上吸着一个瓶盖模样的放大镜，朝跳娃喊道，嗨，别打了，那狗是真瘸了，不是模仿你！跳娃说，就你眼尖，不打它，它明天就会学你戴眼镜。胖钟说，不骗你，我戴着放大镜呢，你要相信科学！

跳娃再看那条狗时，它果然一直举着自己的一条前肢，就像端着一件精致的瓷器一样，根本不敢磕在地上，即使躲避跳娃的拐杖时，它宁愿用嘴去支撑身体，也不肯把那只前爪放下来。跳娃隐约看见了狗前爪上的血痕，它在黄色的皮毛上很不明显，大概是被狗自己舔过了。跳娃每次逼近狗时，狗都发出低沉的哀鸣，并且在逃出几步之后就转过身来，把头伏在地面上，好像在乞求跳娃。看着它可怜兮兮的样子，跳娃忽然想到了什么，他收住了拐杖，在人们笑声的间隙中快步离去。可是没走几步，稍息的笑声又骤然响起，他回头一看，那条狗又跟在他的身后。

跳娃不知道那条狗为什么一定要跟着他。这应该是一条黄色的狗，在它已经板结了的土色长毛被颠簸起来时，跳娃会看见掩藏在铠甲下面的原色皮毛。跳娃其实早就认识它，这是一条流浪狗。长期以来他们在福乐街抬头不见低头见，各自寻找着自己中意的物件：跳娃要的是别人顺手扔掉的矿泉水瓶、可乐罐等，狗踅摸的是街边大排档飞出的骨头或饭团。他们偶尔会相互打量一下，眼睛中有一些温软的光亮；更多的时候狗与跳娃保持着一段警惕的距离，因为他手中的那两根拐杖。大概是一年前的某个黄昏，跳娃从福乐街路过的时候，忽然听见了一阵尖锐的狗叫，紧接着是那条流浪狗仓皇地迎面奔来，后面一位光膀子的男人掂着一块砖头，嘴里骂道：瞎了你的狗眼，敢舔我的皮鞋！那男人肚子肥涨，跑得气紧，鼻梁上的眼镜都要颠下来了。路边有人笑着招呼他，王校长，学生打惯了，见狗也手痒？被称作王校长的人口喷白沫，边骂边追，老人头牌的，三千多块呢！可他实在是太沉重了，只得气愤地扔砖头来砸狗，不料这时狗正好跑到跳娃身边，王校长在大排档上还没有完全喝醉，他抡起的胳膊最终收住了。

是不是那次无意帮了这条流浪狗，今天它又找他帮忙来了？说实话，跳娃不喜欢狗，他没有闲情逸致逗狗，更不必说这是一条肮脏的流浪狗。就算跳娃喜欢狗，他也帮不了它，一个捡破烂的残疾人，他还想让别人帮他呢！上次完全是歪打正着，不算数的。

可狗并不知道跳娃的想法，它硬是要把跳娃跟到底。跳娃糊里糊涂地竟走回家来了，他本来是出去巡街的，全让刚才的笑声搅昏头了。跳娃所谓巡街就是在街道上捡破烂，这说法是嘲讽警察的，警察经常跟跳娃过不去，说他影响市容，猫追鼠一样驱赶他。

跳娃的家在福乐街尽头的一座竹棚里，竹棚坐落在空旷的工地上，工地长满了荒草，荒草掩盖着深深浅浅的地基。这个半拉子房地产工程已经被撂荒许多年了，跳娃容身的竹棚就是当年安顿民工的住所。跳娃在竹棚门口的一摞砖头上坐下来，那条狗也在他几步开外的地方蹲下来，人和狗都呼哧呼哧地喘着气。歇了一阵，跳娃站起来朝狗走过去，他要看看这狗到底怎么了。那狗也撑起身子扭头就要跑，跳娃吆喝道，别跑啊，你不是跟着我吗？那狗不跑了，脑袋伏地屁股高耸着向后蹭，跳娃来到它跟前，这时他看清楚了狗的前肢上有新鲜的创口，显然是刚被人打伤了。

跳娃不知道该怎么办。流浪狗在这座城市里多的是，福乐街就有好几条呢，它们在人群中窜来窜去，时不时就会挨打，即使打死了也没有人理会的。这座城市另外有一条街道叫临湖里，是远近闻名的狗肉街，跳娃也到那里巡过街，听说那里的狗肉很多来自流浪狗。

想到这里，跳娃似乎闻到了狗肉的香味。跳娃好几年没有吃过肉了，最后一次吃肉是他爹要账去的前一晚上，那好像是非常遥远的事情了。跳娃觉得这条狗跟他有缘，挺仗义的，知道自己受了伤，活不了多久了，就把狗肉送给了他。

跳娃试探地去摸狗，那狗缩了缩身子，并没有躲开。跳娃灵机一动，当即解下自己的皮带套在狗脖子上，把它牵到竹棚跟前的一棵树下拴起来，然后进屋去找刀子。

自始至终跳娃都没有想到要给狗治伤，没有想到这狗可能是找他求救的。在他心目中，这不就是一条流浪狗嘛，死了也就死了，谁会可笑到给这种又脏又臭的无主狗治病？给这种狗治病的人本身就有病！再说了，跳娃即使想到了，他也会心疼钱，他的钱太难挣了。

在屋里没有找到刀。不是没有刀，只是没有合适的刀。那些四川人留给他切菜用的是一把砌墙抹水泥的瓦刀，它钝得切黄瓜都得拍刀背。

跳娃只得去找胖钟了。

要杀狗？

是。

想吃狗肉了？胖钟诡秘地一笑。这家伙眼睛上还是戴着那个圆坨坨瓶盖，什么都看得透的。

我分你一支大腿。

夏天不能吃狗肉。

为啥?

夏天本来就热，狗肉是热性的，火火生炎，烧得你头顶生疮脚底流脓。

跳娃咧了咧嘴，胖钟说，要相信科学！你爹就是不相信科学才出事的，我喊他摸零线，他偏偏摸火线。

跳娃他爹是爬上高压线杆讨账时被电死了，这让跳娃不得不相信胖钟的科学。跳娃在中学也是学过物理的，高压线是不是分火线零线他现在记不清了。其实当年在学校他就弄不清，要是能弄清那么复杂的问题他现在也不会在这里捡破烂了！所以他眼下只能相信胖钟，胖钟能把表壳里眼花缭乱的零件捏合在一起，那就是科学。

如果不能吃狗肉了，跳娃就不知道该把这条狗怎么办。把它放跑吧，它肯定会死，夏天的伤口很容易发炎；不放跑吧，谁养它？要养它首先就得给它治伤。

先治伤吧，胖钟说。

跳娃望着他，胖钟继续说，冬天的狗肉那才叫香呢，还是大补！

治好了谁养它？跳娃问。

胖钟说，不用我们养，它自己养自己，流浪狗嘛。

跳娃就更不明白了。胖钟说，放心，它是福乐街的常客，到冬天了只要你一招呼，它就会跟上你的，这狗认人的，它知恩。

跳娃佩服胖钟的精明，不过他还是说了句，那药钱呢？

胖钟说，买一瓶碘酒消炎粉什么的，花不了几个钱的。他从兜里摸了好一阵，摸出两块钱，然后对跳娃说，给我五毛钱。跳娃不解，胖钟催促他快点，跳娃掏出五毛钱，胖钟接过这五毛才把两块钱递给跳娃，说我身上没有零钱，这一块五是我的投资，其余算你的。

跳娃拿了钱要离开时，胖钟才把那柄电工刀亮出来，他对跳娃说，到冬天了就借给你。跳娃说，就这个呀？胖钟说，你嫌它小是吧，他吧嗒一声把那折叠的刀刃打开来，一股白光晃了一下跳娃的眼睛。这是我的工具刀，每天用它裁铁皮的，狗皮有多硬？

不过胖钟最后自言自语道，到冬天说不定就不吃狗肉了，卖了更赚钱！

2

九猫十狗，跳娃现在算是信了。这话是他奶奶说的，猫有九条命，狗有十条命，人才一条命，不经活呀！跳娃是在乡下听奶奶这么说的，后来他进了城，把这话转给他爹，他爹不久就死了。人命硬不过狗命啊！

你看这条狗，跳娃只给它潦潦草草地敷了几次药，那么重的伤，它不大费劲就活过来了，被打断的腿竟然连伤疤都没有留下，这让跳娃感慨得心里酸楚。

跳娃摸着自己的右腿，多么希望它也不留伤疤，可他摸到的却是触目惊心的截肢茬口！他不知道自己当时的伤情是否比狗重，怎么生生地就让人把腿锯掉了呢！他是牵着牛经过村口的公路时牛受了惊，拖倒了他，拖拉机把他卷到了车轮下。后来发生的事情他都不知道了，醒来时他躺在县医院的病床上，半截腿已经没有了。

那条狗伤好后竟然不走了，这让跳娃恼火。治伤的那几天狗行动不便，跳娃给它喂过几次食，它大概尝到了当家狗的甜头，索性不当野狗了。跳娃骂道，你蹬鼻子上脸了！他每天起来都要驱赶狗，他把拐杖扬起来时那狗就往前跑几步，然后停下来望着他，他再扬起拐杖时那狗就再往前跑几步，当他第三次扬起拐杖时，那狗就知道跳娃是真烦它了，这才恋恋不舍地离开竹棚。可当晚上跳娃回家时那狗也回来了，它就静静地卧在跳娃第一次拴它的苦楝树下。跳娃想，嘿，你还真赖上我了，反正我不管吃不管喝，你爱待就待吧。

大概就在此后的第五天晚上吧，应该是入睡不久，跳娃忽然被一阵猛烈的狗叫声惊醒了，他迷迷糊糊地翻了一个身又睡着了。跳娃一个人待惯了，他胆子大着呢，再说他压根就不担心什么，竹棚里除了吸饱血的蚊子，要啥没啥，他还怕偷吗？至于害命，跳娃想一般人不会傻到那种程度，拿自己的好命换一个瘸子的贱命。可是第二天街上人们的议论把跳娃吓出了一身冷汗，大家说今天凌晨警察在临湖里那边击毙了一个歹徒，是全国通缉的要犯。那家伙在邻县杀了三个人，逃跑中抢劫又杀了一个人，被追捕了半个月，昨晚流窜到这里来了。大概实在是饿得不行了，偷窃一个在立交桥下睡觉的叫花子的干粮时被发现了，他刺伤了叫花子被巡夜的警察追到临湖里，他用砖头砸伤了两个警察，最后被打死在湖边了。跳娃猛然醒悟到昨晚外面的动静说不定就是那个逃犯弄出来的，他大概是想到竹棚里找食物的，福乐街当地的人一般不会半夜三更跑到他那个破地方串门的。那是个亡命徒，他已经杀了四个人了，根本不在乎再多杀一两个。

多亏了狗哇！

跳娃不再赶狗了，他们之间相安无事。白天他们一起离开竹棚，各自到福乐街讨生活，晚上跳娃回家，那条狗就来守夜。到了半夜跳娃睡眼蒙眬地起来撒尿时，狗就会从苦楝树下爬起来，跑到跳娃身边，警惕地巡视着四周的黑暗，就像一个忠实的保镖。跳娃回了屋，它仍旧回到苦楝树下，恪尽自己的职守。有一次跳娃由于睡得太沉，起来撒尿时头昏脑胀的，拐杖架得不稳，险乎摔倒，幸亏那狗及时地靠到跳娃身边，把自己的脊梁恰好垫在跳娃的断腿下，使跳娃保持了平衡。跳娃心里一热，他方便完了后招呼狗进到屋里去，可狗只是在他打招呼的那只手上舔了一口，默然地又回到了老地方。

这条狗就这样渐渐地融入了跳娃的生活，他们的关系眼看要变得亲密起来了，可是就在这时忽然发生了一件事，让跳娃对狗彻底绝望了。事情是这样的，跳娃由于腿脚不便，他曾经和废品收购站的老板有个约定，他拣回的废品就堆在自己的竹棚里，隔一段时间废品站派人上门收购，其中的运费当然在跳娃的所得款里扣除。跳娃不可能自己把一大堆废品弄到收购站去，对正常人来说这不是问题，可对他来说就是大问题；如果每天去交售的话他拣拾的废品又太少，收购站嫌啰唆。这是跳娃好不容易争取来的特殊待遇，废品站老板一来是看在跳娃是残疾人的份上，同情他，二来是觉得跳娃是个长期客户，应该留住他，所以给他破了例。以往的情景是，如果跳娃在家，那就当面结算，如果不在，收购站的人就直接进屋装废品，结算留到下次再说。竹棚的门从那以后就不锁了，这是没办法的事，因为跳娃不能跟收购站定死时间，人家是运货时顺便来他这里的，就他这点东西别人不值得专门跑一趟，而跳娃自己又养不起电话，收购站没办法提前通知他。这样一来跳娃只得冒险留门了，好在他的屋里除了废品还是废品，没有什么好东西让人惦记。既然别人不惦记，跳娃自己也就不惦记了。

可是那条狗却惦记着。

跳娃跟收购站的合作已经好几年，彼此都建立了信任。这次收购站的人来了后，跳娃恰好不在家，他们就直接动手了。就在他们把废品装进编织袋往出拖时，那条狗忽然出现了，它大吼一声就扑将上去。那天也是活该有事，往常差不多都是跳娃先回家，狗后回家，可今天却偏偏是狗先回来了。狗和人都有些出乎意料：狗不敢相信竟然有人光天化日之下偷东西，那两个收购站的人怎么也没有想到这里会忽然冒出一条愤怒的狗。一条忠实的狗是不会允许这种事情发生的，它一下子就把一个正在愣怔之中的小个子扑倒了，他是收购站的小工，另一个胖子还算神勇，他是开车的司机，慌乱之中摸到了一根树枝，护住了自己，同时也阻止了狗去咬小工第二口。万幸的是跳娃这个时候赶回来了，及时喝住了准备再次出击的狗。

结果是悲惨的。那个小工到医院去打了狂犬病疫苗，花了三百五十多元，另加疗伤费用和误工补贴五百多元，这差不多是跳娃一年的收入了。这还不算，废品站的老板死活不愿意再上门收购了，这对跳娃是致命的打击，基本上是断了他的活路了。

跳娃气疯了，他看狗时眼珠子都要射出来了。他手不择物，摸起自己叉废品的铁钎子朝狗猛擂过去，狗没有防备，嘭的一声就像擂鼓，狗嗷的一声跳了起来，它怎么也没有想到跳娃会打它，而且出手这么狠。它跳起来落地后立即把头伏到地上，发出委屈的呜呜声。跳娃不管不顾，又朝狗头上擂了去，狗凄厉地哀号着，在地上打着滚。跳娃今天铁了心要结束这条狗的性命了，他扬起铁钎再次狠狠地擂下去，由于狗仍在打滚，躲过了这凶狠的一鞭。

狗看出跳娃今天的杀机了。它挣扎着从地上爬了起来，仓皇逃命。可它的逃跑是犹豫的，或者是不愿相信跳娃真的要置它于死地，或者是对跳娃还有眷念，它跑几步就停下来，回头看着跳娃。这就更加逗起了跳娃的怒火，他把这当作是对他的挑衅。这情景很像父母打小孩，如果小孩聪明，立即跑得无踪无影，父母的气因为没有靶子最终也就消散了；如果那小孩是个犟牛，硬撑在父母面前，明摆着就是向父母示威：你打吧，有能耐你把我打死！那父母的火气就会越来越大，打得也就会越来越狠。这狗现在犯了比犟小孩更愚蠢的错误，它的跑跑停停在跳娃看来不光是在向他示威，更是对他的嘲弄：有本事你追过来打嘛！它明知道跳娃是少一条腿的。

跳娃的火气冒出头顶，头发都成火把了。他一路追杀，那狗且看且退，双方轻车熟路地又到福乐街了。福乐街的居民们又观赏了一场人狗大战的好戏，他们的欢呼声惊动了埋头工作的胖钟，他顾不得摘下眼睛上鼓凸凸的放大镜，赶紧跑过来拦住跳娃。

嗨，夏天还没有过完呢，你就这么着急！胖钟喊。

跳娃不理他，仍旧扑过去要打。

就是杀狗也不是这种杀法，要相信科学。胖钟再次喊。

跳娃还是不听，抡起的铁钎险乎打到胖钟身上。胖钟这下生气了，他拽住铁钎夺了过来，朝跳娃吼道，我告诉你，这狗还有我一半呢，不能由你胡来！

跳娃被镇住了，胖钟把他拉到自己的工作台前，抽出一条凳子让他坐，询问事情的缘由。跳娃讲了狗伤人的经过，说着说着就流下了眼泪，说他好不容易攒了一点钱，本来打算今年春节回趟老家，给奶奶买一副助听器，这样就能把父亲死在城里的事给奶奶说清楚了。奶奶一直不知道她儿子在城里遭了难。可是现在这些钱全打水漂了。

胖钟拿出一条黑不溜秋的抹布蹭了蹭跳娃的眼角，眼泪擦掉了却抹上了两绺淡墨色的油迹。胖钟说，这样你就更不应该打狗了，现在把它打死了一钱不值，留到冬天卖了它还能挽回一点损失呢。

道理确实是这样的，跳娃刚才气昏了头，在胖钟的劝说下他慢慢平静下来了。跳娃可以饶过这条狗，可只要这条狗在，收购站的人就不上门，他们不肯饶过他呀。

你把它赶走呗。胖钟出主意。

我赶不走它呀，跳娃说，能赶走早就赶走了。

胖钟忽然意识到了什么，他说，那就别赶了，万一那狗真跑了就便宜了别人。

跳娃觉得这不是在说车轱辘话吗，胖钟是饱汉不知饿汉饥。

不过胖钟很快就想出办法来了，他说，有什么难的，把狗拴起来不就完了！

拴起来就意味着这狗彻底变成家狗了，也就意味着主人必须完全把它养起来。问题是跳娃现在连养活自己都困难，怎么可能再添丁加口呢？

跳娃对胖钟说，拴在你这里怎么样？

胖钟说，你开玩笑吧，拴在这里还有人敢到我跟前修表吗！

事情又回到开头了。跳娃真是无路可走了，胖钟想了一会儿，好像是经过了很艰难的选择，他说：我帮你送，不就是几袋塑料瓶嘛，借一辆板车一次就拉完了。

跳娃没有想到胖钟会有这种义举，他望着胖钟眼泪吧嗒吧嗒掉了下来。

胖钟说，别这样，别这样，你父亲当年帮过我，我刚进城时没有地方摆摊，摆谁家门口都不让，他把我领到你家门口。直到今天我还在这里摆着。

这件事跳娃知道，当时他在二楼阳台上可以看见这个胖乎乎的修表匠，修表匠戴上那个黑圈圈放大镜后特别好笑，怎么看都像黑眼圈的熊猫。他明白父亲的用意，他是怕他一个人关在屋里闷得慌，给他找了一个伴儿，城里的小孩是不跟他玩的。那时候父亲让他在家复习功课，准备应考城里的中学。他学腻了的时候就跑到楼下去看胖钟修表，胖钟其实不叫胖钟，至于叫什么他至今不知道，因为他是修钟表的，加上他矮矮胖胖的像座钟，跳娃就叫他胖钟。胖钟笑着说那我就叫你跳蛙吧，跳娃问为什么，胖钟不答，他拉开工作台的抽屉，从里边拿出一个铁皮青蛙的玩具来，然后吱纽吱纽地旋紧发条，手一放，它就在工作台上蹦跶蹦跶地跳起来。跳娃觉得太好玩了，就让它跳到自己的手上。跳娃知道胖钟的意思，不就是暗示他一跳一跳地走路姿势像这个跳蛙吗？多可爱的跳蛙呀，即使胖钟的这个名字有羞辱他的成分，他也认了。胖钟问，喜欢吗？跳娃点点头。胖钟说可惜这是给别人修的，要不就送给你了。跳娃说，谢谢你了，你已经送给我一个名字了。跳娃自己念叨着跳蛙跳蛙跳蛙，最后对胖钟说，把跳蛙的“蛙”改成娃娃的“娃”吧。胖钟说，好吧，随你的便吧，名字是你的，你怎么改都行。从此跳娃就有了这个名字，其实跳娃的真名字不是这样的。

那个跳蛙还在吗？跳娃忽然问。

跳蛙……胖钟终于想起来了，噢，那个玩具，都三年了，早还给人家了。

是啊，跳娃自言自语着，都三年了！他不由自主地转过身去看了看身后的两层楼，楼身披满尘土，窗户上的玻璃连反光都没有了，防盗网锈迹斑斑，好像随时都有塌下来的可能。二楼阳台的那些花盆还在，可是里面早就没有绿色了，三年前那些花盆里全种的是庄稼。由于交不起一万五千元的择校费，跳娃后来就辍学了。买了这座房子，他们已经一贫如洗了。跳娃父亲说，上不了学，你就学学种庄稼吧，咱是农民，这根儿不能断。可是城里哪里有地让跳娃种庄稼呢？即使他们买的这栋楼也只有屋里的地皮是他们的，外面连院子都没有，总不能在厅堂里开荒吧。父亲就从建筑工地上捡回来了一些废旧的水桶、安全帽之类的，在里面盛上土，这就是跳娃的土地了，庄稼种子是跳娃进城时他奶奶让他带来的口粮，他就在这些水桶和安全帽里种出了一季又一季好庄稼，有小麦玉米大豆谷子……

这屋子现在还闲着吗？跳娃问。

胖钟说，听说买这地方的人根本就看不上你家的破楼房，他们相中的是这里的地皮，现在这里的地皮翻跟头涨价，他们是等好价钱转手呢！

就在他们说话的当儿，忽然传来一阵嗷嗷的狗叫，跳娃一看，原来当街停着一辆小车，一个留板寸头的瘦高男人疯狂地踢那条狗。这狗大概刚才被跳娃打懵了，糊里糊涂地竟然连车也不会躲了，挡了别人的道。跳娃赶紧蹦噔蹦噔地跳过去，拦住板寸头，板寸头气势汹汹地问，这狗是你的吗？跳娃点头，那人上下打量了一下跳娃，厌恶地朝他摆摆手说，滚吧，好狗不挡道，你知道吗？

跳娃气恼地朝那狗吼道，滚吧，好狗不挡道，你知道吗？那狗这才如梦初醒，惶惶然地朝回家的地方跑去了。跳娃气哼哼地跟在狗后面。

胖钟朝着跳娃的背影喊道，废品我可以拉，可租板车的钱你得出啊。

3

其实后来也没有租板车，跳娃找到了一种奇特的运输方法，不但可以运货，而且可以运人！

这是跳娃从电影海报上学来的。那天跳娃到福乐电影院门口去转悠，那里经常有观众随手抛洒的废品。在电影院门口的宣传橱窗里，他无意中看见了那张名叫《南极大冒险》的电影海报，立刻被它吸引住了。跳娃并不是要看电影，他看不起，一张电影票十块钱呢。吸引他的是海报上的画面：冰天雪地里一群狗拉着一架雪橇。这情景让跳娃眼睛一亮，一个念头浮上心间：狗能拉雪橇，为什么就不能拉车呢？

跳娃想这应该是没有问题的，他虽然物理学得差，但凭想象也知道有轮子的车子绝不会比在雪上硬蹭的雪橇阻力更大。关键是车子！他到哪里去弄车子？

跳娃想到了胖钟，胖钟是凭手艺吃饭的，或许他有办法。

胖钟说，买一辆板车吧。跳娃说，你以为狗是骡子还是马？胖钟说，是大了些。他琢磨了半天，最后一拍手说，有了！跳娃说在哪里？胖钟指着街道对面的一家小卖铺说，就在那里。跳娃不解，胖钟拉着他过了街道，到了那家铺子门前，指着竖在柜台前面的一台冰箱说，就是这个。跳娃还是纳闷，这里的小卖铺为了招揽生意，通常把装满饮料和啤酒的冰箱摆在当街上。胖钟对跳娃说，你往下看。跳娃这下明白是怎么回事了：为了挪动方便，那些冰箱被放置在有轱辘的底座上。底座就是有四个轱辘的小车子啊。

胖钟说，这东西五金店里有卖的，我们给它上面铺上木板，就是车子了。

这年秋天的一个早晨，福乐街的居民们被一个奇特的情景吸引住了：一条狗拉着一辆矮轱辘的平板车，上面坐着一位手牵缰绳的瘸子。福乐街的人见过马拉车驴拉车牛拉车骡子拉车，可从来没有见过狗拉车！他们惊讶地看着这辆新奇的车子从街上晃晃悠悠地驶过，不由得给瘸腿驾驶员鼓掌喝彩。

拉车的狗当然就是那条流浪狗。

突如其来的掌声让狗受了惊，它猛地一使力，车子呼地加速了，跳娃紧张得不得了，赶紧手忙脚乱地勒缰绳，没想到缰绳啪地拍到了狗肚子上，那狗误以为要加速，跑得更快了，车子好像飞起来了，可是飞到了马路牙子上了，狗和人都摔得四脚朝天。

很显然，拉车的和驾车的都还不习惯，他们是首次上路练车。跳娃在地上挣扎着，一直在修表摊上注视着跳娃练车的胖钟看到车翻了，急忙赶了过来，把跳娃扶了起来，万幸没有摔出什么毛病来，他把颠覆的车子弄正了，让跳娃坐到车子上，跳娃气急败坏地朝狗骂，还抡着拐杖要去打狗。胖钟把他拦住说，算了算了，它妈可是母狗啊。大家又开始笑。

那狗一脸的无辜。它可能想，你们人常说狗拿耗子都是多管闲事，那现在让我拉车算什么？我是从来没有拉过车的！

胖钟说，我给你牵着狗吧，让它先学习学习。车子再次行驶起来就平稳多了，跳娃觉得这情景很像乡下培训新驭手，那时都是赶车的师傅在前面牵牲口，徒弟坐在辕头上驾驶。他连声对胖钟感谢，胖钟说，不用谢，以后我也要借这车子使一使的，起码坐它兜兜风，除了福乐街，这座城市别的地方我还没有去过呢。跳娃说那没有问题。

胖钟说，你看这满街跑的汽车都有名字的，你这车也要起个名儿吧？

跳娃想了想说，不是有一种汽车叫宝马吗，我们这车就叫宝狗！

宝狗的出现，彻底改变了跳娃的生产方式。跳娃以前是这样工作的：他肩挎一个硕大的编织袋，手提一根一米多长的铁钎子，看见地上的易拉罐或塑料瓶，先用唯一的一只脚把它踩扁了，然后用铁钎子把它扎起来再取下来装进编织袋。对一个四肢健全的人来说，在地上拣一个塑料瓶是再简单不过的事，他只要弯一下腰就行了，可对跳娃来说，这却是千难万难的一件事。像别人那样弯腰屈体他根本做不到，他只有一条腿，如果弯曲就会坐到地上，两边腋下又都撑着拐杖，腰是弯不了的。为了代替那个简单的一弯腰，跳娃必须实施一系列复杂的动作，并且必须借助工具。铁钎是胖钟给他加工的，实际上很简单，他从工地上拣来半截钢筋，胖钟把一端锉成尖尖的锥形就可以了，就这样胖钟还是要收加工费，他让跳娃给他一块钱或者给他买一瓶矿泉水，跳娃选择了后者，他没想到胖钟一口气就把水喝完了，连一滴都不给跳娃剩，还不住地砸嘴说，甜，甜，从来没有喝过这么甜的水，惹得跳娃不住地咽口水，最可恶的是他竟然还把瓶子扣下不给跳娃，说要把它留作纪念品。

铁钎是跳娃延长的手，可这手不能抓，只能戳。就是戳也不好戳，圆形的东西一戳就会滚，所以跳娃碰到易拉罐或塑料瓶先要把它踩扁了，然后扎。可扎也不好扎，劲道要掌握好，如果是金属的易拉罐，扎轻了扎不透，可如果是塑料的瓶子，扎重了就会扎得稀巴烂。

这样的工作效率当然不高。

可有了宝狗就不一样了。首先是运动的速度提高了，以前是靠双拐支撑，现在是四轮驱动，想去哪里只要一抖缰绳就行了，多方便；其次是彻底解决了弯腰问题，平板车是小轮的，距地面就二十多厘米，现在人坐在车上伸手即可触地，地面的任何东西都一览无余。

对跳娃来说，这种工作效率真是一天等于二十年啊！

更让跳娃没有想到的是，宝狗不光改变了他的生产方式，而且还改变了他自身的形象。这说起来非常有戏剧性。那天跳娃驾驶宝狗在福乐街巡街，忽然响起一阵刺耳的警笛声，紧接着开过来两辆警车，警车的高音喇叭吆喝着：请行人和车辆一律靠边，迎奥运万人环城长跑队伍即将通过！跳娃和他的宝狗被这种气势吓着了，他们赶快躲到街边。警车驶过之后，黑压压的队伍就铺天盖地而来，每人都拿着小红旗，肩上斜披一条彩带，上面印着“平凡岗位，奥运先锋”的标语。队伍的四面八方还竖立着一些大旗，大概是各个单位分界的标志。这些人跑步通过福乐街，卷起漫天尘土。

按跳娃的经验，凡是遇到警车开道的事，最好躲得远远的，以前就是因为腿脚不灵便，躲得稍微慢了一点，马上就挨剋了。有一次大概是高级领导视察这里吧，跳娃明明是已经躲开了，可还是被开道的警察给抓了回来，就近送到福乐街派出所审查，他们对他手中的铁钎兴趣盎然，反复研究了无数遍，最后让他留下住址身份证号码才把他放了出来。可是宝狗没有这样的经历，它在长跑的队伍刚刚过去就迫不及待地冲出去了，而且是在跳娃没有防备的情况下尾随着队伍追过去了。

跳娃拽紧缰绳勒狗都勒不住，原因是狗看见了长跑队伍中叮叮当当扔下的矿泉水瓶，它已经陪跳娃工作了好久了，知道主人最感兴趣的是什么。万幸那天跑在队伍最后面的是某个学校的中学生，他们嘻嘻哈哈的，把这种集体活动当作紧张学习之余的野外放风。他们不但对紧跟在他们后边的狗车没有恶意，反而把它当作玩儿的好道具。他们有意把空水瓶朝它抛过去，逗引它对他们紧跟不舍，他们还把队伍闪开一个豁口，让狗车驶进队伍中。跳娃紧张得不得了，可狗却非常兴奋，怎么也拢不住。有一个学生把自己的肩膀上的彩带给狗裹到脖子上，故意把“奥运先锋”四个字亮在外边。另一个学生给跳娃塞了一面小红旗，跳娃惶惶然地拿在手中，没多久又有一个举大旗的男生大概举得太累了，硬把它塞给跳娃，跳娃只得把那面小旗子插在自己的后领口上，然后使出全身力气撑住大红旗。大红旗在狗车上迎风招展，发出哗啦啦的响声。学生们看到自己的恶搞效果不错，高兴得嗷嗷乱叫。

队尾的喧哗招来了随队采访的晚报记者，他恰好看到了狗披彩带、跳娃高擎红旗的场面，这是一个善于抓新闻的资深记者，他当即按下了相机快门。

当天的《邺城晚报》在报道这次迎奥运万人环城长跑活动时配发了这张引人注目的照片，照片的下面是一行文字：身残志不残，奥运在心间！

跳娃和他的宝狗在邺城一夜之间家喻户晓。

从那以后大家见了跳娃都喊：奥运狗！奥运狗！胖钟心里酸溜溜的，对跳娃说，你听，别人都骂你哩。跳娃说，我高兴！

4

宝狗这名字起得吉祥，现在这条狗对跳娃来说真成了宝贝了。跳娃把它洗得干干净净，原先铠甲似的泥垢脱掉了，显出金灿灿的毛发，就像镀了金身一样。跳娃也不让狗流浪了，每天和自己一起搭伙，他吃啥狗吃啥。到了晚上他就把狗拉进了屋里，狗开始不愿意进去，后来在跳娃三番五次地拉扯下，诚惶诚恐地进了屋，拣一个离跳娃睡床最远的屋角小心翼翼地卧下来，身体尽量贴紧墙根，再后来它也慢慢地习惯了，不再拘束了，晚上自己进屋，随便找一块地方就四仰八叉地睡了。

宝狗成了跳娃的忠实搭档，白天不用说了，它是平板车的发动机。到了晚上，它就成了跳娃解闷的工具。没有宝狗以前，跳娃最怕夜晚。他不是胆小，是孤单。他经常枯坐在稠浓的黑暗中，茫然地瞭望夜空，思念远方的奶奶和死去的父亲。远处有城市的嘈杂，可他的内心却一片空寂，偶尔一只小鸟被什么惊飞了，划过他眼前一头撞进另一处的黑暗，让他陡生凄凉。他感觉自己就像这鸟儿一样，进入这座城市纯粹是误打误撞。父亲当时买那栋房子就是为了给他买一个城市户口，那时邺城的房地产失控，泡沫破碎后留下了大量空置房子，当地政府为鼓励人们买房，出台了买房搭配城市户口的优惠政策，父亲毫不犹豫就出手了。父亲在城里苦干了五年，从一个建筑工地上挑水搬砖的小工干成了包工头，终于给儿子谋下一个好前程。在父亲看来，瘸了腿的儿子在农村只能是废物，进了城吃了商品粮就是公家人了，公家人公家总要管的。那时候送城市户口是按房屋面积配给的，尽管当时房价非常低，但父亲倾其所有也只够买配给一个户口的房子，这个房子的户主当然就是跳娃了。现在看来这真是一语成谶：一个人一个人，现在不就是把他一个人留在这陌生的地方了嘛！

不过现在有了宝狗，跳娃就不再孤单了。在吃了晚饭到睡觉前这漫长的三四个小时里，跳娃让狗变着花样陪他玩。他要狗教他学狗叫，他叫一声，狗叫一声，然后叫成一团，在这高声地嘶吼中跳娃觉得特别痛快。叫累了跳娃就让狗找东西，他随手拣起一件什么东西远远地扔出去，狗立即像箭一样射向远处的黑暗，很快就叼回一只鞋子或者一片瓦砾，如果找对了，跳娃就会奖励它一口剩饭，如果错了跳娃就当下一个巴掌。

有时候很晚了跳娃也没有瞌睡，他就会驾驶他的宝狗到街道上去兜风。白天车子只能靠墙走，有警察管着他，他本人没有驾照他的宝狗没有牌照，是黑人黑车。晚上警察下班了，他就可以尽兴了。跳娃大声地吆喝狗，像一个神气的驭手，把狗驱赶得疯了一样。街道两边的景物都虚幻了，路灯的光拉成了一条长线，跳娃的头发好像离开头皮，耳朵里灌满了呼呼的风声。跳娃有一种幸福的眩晕，这是他从未体会到的强烈的快感。对于腿脚残疾的跳娃来说，他的生活常态是慢，快只是他的梦想，可现在这梦想实现了！他忽然就脱口而出，唱起他听来的赵传的歌：

我是一只小小鸟，
想要飞呀却飞也飞不高，
我寻寻觅觅寻寻觅觅一个温暖的怀抱，
这样的要求不算太高……

唱着唱着，泪水忽然就夺眶而出，跳娃不由得哽咽起来，他索性放声大哭，让自己痛快地哭一场……

这样的狂奔结束的时候，狗就像从水里捞出来一样，浑身大汗淋漓。

很显然，跳娃这时候虽然离不开狗，可他还是把狗当牲口使唤，为了给自己找乐，有时甚至不惜去折磨狗。直到那年的初冬发生了这样的事，跳娃才认识到了狗的灵性。

那天晚上跳娃跟狗唠嗑。每天晚上睡觉时跳娃都要对着狗说一阵话，倒不是他认为狗能听懂他的话，而是觉得说话一定是要有对象的，狗好歹是一个活物。生活中跳娃是没有交流对象的，偶尔和胖钟说上几句话，那还得看人家忙不忙。跳娃虽然木讷，但他也是有喜怒哀乐的，况且置身一个陌生的城市里，他内心的郁积更多，可他找不到人倾诉。他不能老憋着，况且他还听人说了，老不说话的人最后可能就不会说话了，变成了哑巴。

跳娃跟狗唠嗑的话题是不确定的，但大致包括两个方面：一是当下生活的感受，一是过去生活的回忆。一般情况下是跳娃躺在床上说，狗趴在地下听。跳娃是不看狗的，他只当是有人在旁边听，一看狗这感觉就被破坏了，但狗却自始至终看着跳娃，一直看着跳娃说着说着说出了鼾声。

那天晚上，跳娃给狗讲起了他在乡下上学的事情。他说，小学五年级的时候，他们班上转来了一个插班生，是一个胖乎乎白生生的像洋娃娃一样的女生,叫丹丹，父母在城里工作，听说被派往外国搞什么工程去了，在家没人管，就转回老家来了，让爷爷奶奶带。她是城里出生的，讲的是让跳娃他们惭愧的普通话，跳娃他们虽然在学校也学普通话，可他们的普通话讲得野腔野调的，她大部分听不懂，跟别人沟通有困难，因此很不合群。下课的时候，班上的女生都围成一个圆圈踢毽子，她一个人远远地站在旁边看，那些女生玩得兴高采烈的，没有一个人招呼她。有时毽子从圆圈里踢出来了，她就殷勤地跑过去给人家捡回来，可是依然没有人邀请她加入游戏。她被大家孤立了，大家孤立她不光因为她听不懂他们说话，还因为她白得过分的皮肤和书包里总是掏不完的新鲜玩意儿，比如能发光的钢笔和能唱歌的文具盒什么的。尽管她曾讨好地送过彩色铅笔、公仔卡片等东西给别人，可她还是不被大家接纳。有些人拿了她的东西，背后还戏谑地叫她蛋蛋，嘲笑她长得太圆了。

跳娃不是这样，丹丹送给他一个魔术圆珠笔，笔杆上的图案是可以变化的，只要把笔甩一下，笔杆上的阿童木就会变成米老鼠或唐老鸭。他很感激丹丹，就想送一个礼物给她，可他没有钱买东西，只能想办法自己做。可做一件什么东西呢？毫无疑问应该是丹丹最喜欢的。那丹丹最喜欢什么呢？跳娃发现，每当别的女生踢毽子的时候，丹丹总是眼巴巴地看着人家，替别人拣毽子的时候她总会留恋地抚摩一下毽子上油亮亮的鸡毛。

跳娃决定给她做一个鸡毛毽子。

做毽子需要三件东西：麻钱、公鸡毛和雁翎。麻钱做底盘，鸡毛做羽子，雁翎做插管。前两件东西好找，麻钱跳娃家里就有，鸡毛更好办，随便逮住那只公鸡薅一把就行，唯独这雁翎不好找。没有雁翎，底座和鸡毛就装配不起来。当然，也有可以替代的，只要是管状物，能插进一撮鸡毛，跟底盘缝在一起就行，比如一节很细的竹子或者塑料管。可正宗的鸡毛毽子是用雁翎的，雁翎的管子轻，而且上面有一道一道的花纹，漂亮。这鸡毛毽子是送给丹丹的，跳娃一定要做正宗的，绝不能将就。

可到哪里去找雁翎呢？唯一的机会是等待天冷了，北方的大雁要到南方过冬，那时候路过的大雁往往会成群结队地降落在跳娃家乡的麦田里，啄食麦苗补充体力。冬天的麦苗是不怕吃的，因为露出地面的叶子反正要被冻干的，来年春天它会重新发芽，因此农民并不驱赶大雁，相反很欢迎它们，因为大雁拉出来的粪便是一坨一坨的碎麦叶，那是喂猪的好饲料，男女老少都到田野里去拾雁粪。那么多的大雁吃东西，总会有一两根雁翎掉下来的，跳娃就等待着这个机会。

可他没想到等来的是个暖冬，天老是冷不下来。往年都要穿棉袄了，可现今穿夹袄都出汗。天不冷就没有南飞的大雁，跳娃每天放学了都去田野里溜达，他怕万一他坐在教室上课的时候有大雁悄无声息地光临过，可每次跳娃都失望而归。

更让跳娃着急的是丹丹的眼睛。那里边淤积着越来越多的孤独和忧伤。由于听不懂满口醋熘普通话的老师讲课，她的学习成绩直线下降。现在她经常一个人发呆，别人或许没有注意到，可跳娃发现了。有时即使课间休息了，别人都疯了似的在外边玩耍，只有丹丹一个人静静地坐在教室里，呆呆地望着窗外茫然的天空。

跳娃想让她高兴起来，他觉得一个漂亮的鸡毛毽子一定会让她高兴起来。

可那一年的大雁迟迟不来！

一直等到那一学期的结束，丹丹又转学到她姥姥家去了，那是另外一个城市。

硬是等不来大雁，跳娃气恼地朝狗咆哮。

讲完这个故事的第二天早晨，狗早早地就醒了，它用爪子咔嚓咔嚓地扒拉屋门，响声吵醒了跳娃，跳娃不知道它要干什么，他下床把门栓拔开，门刚打开一个缝，狗就急不可待地挤了出去。跳娃跟出门来，狗已经朝远处奔走了，跳娃喊它也不理。

这是那只狗由野狗变成家狗后从来没有发生过的事情。跳娃不知道它到哪里去了，更不知道它干什么去了。一直到了晚上狗也没有回来，跳娃有些慌了，他一个晚上都没有睡踏实，躺在床上支棱着耳朵，到天亮也没有听见狗的声息。

第二天他坐不住了，赶紧去找胖钟，向他问个主意。胖钟说，肯定是发情了，找母狗去了。

跳娃说，狗是春天发情的吧？你讲不讲科学！

胖钟说，有的就在冬天发情，这也是科学。不过，胖钟接着说，你也要到街上找找，最好去临湖里看看，冬天狗肉值钱。

胖钟的话提醒了跳娃，他心里咯噔一下。这太有可能了，冬天有很多人专做这种生意，他们在街上逮住狗，不管是野狗还是家狗，都往那里送，赚昧良心的钱。

一到临湖里，跳娃的头都大了。这里一街两行有近百家狗肉店，早晨正好是宰狗的高峰期，凄厉的狗叫声震耳欲聋。这种惨烈的声音让跳娃毛发倒竖，可来这里赶早市的人熙熙攘攘，若无其事，他们要的就是这种现杀现卖的狗肉，新鲜可口。正因为有这么多人爱吃狗肉，临湖里的生意才这么火爆。跳娃真不明白在邺城怎么会有这样的人，乡下人是不吃狗肉的，那是造孽，跳娃记得奶奶就说过：牛是爹，狗是娘，骡马驴羊不能尝！

跳娃从街口一家一家地找。有些店家把待宰的狗用笼子圈起来放在门前，由顾客挑选好了宰杀，这样的地方跳娃看一眼就能知道有没有他的狗；有些店家只在铺面上悬挂杀好了的狗，要找狗只能向店家打听或者冒险到后院去看。在这过程中跳娃见识了惊心动魄的杀狗惨剧，真可谓杀法各有奇妙，场面惨不忍睹。有的杀狗用铁锤，八磅锤抡下去狗头当即开花，狗连哼一声都来不及。有些杀狗是掐，不是用手，而是用一种特制的“O”形钳子，卡在狗脖子上使劲箍，不到几分钟就闷死了。有些还想喝狗血的就得动刀子了，据说狗血是壮阳的上品，特别是那种高大威猛的公狗：杀这种烈性狗有技巧，就是用食物把它骗到双扇门前，然后忽然关门，把狗脖子卡在门缝中，迅速出刀，割断它的喉管……

跳娃战战兢兢地走完临湖里，他唯一的那条腿软成面条了。出了街他扑通一声就瘫坐在马路牙子上了，紧接着一阵掏心掏肺地呕吐。他要把刚才吸入的血腥气全部倒干净。

幸好没有找到！

那宝狗到底去了哪里了呢？

回到竹棚，跳娃又担心起来，毕竟宝狗还没有回来，今天在临湖里没有找到不等于昨天它没有在那里遭难，它是昨天就失踪的嘛。

这太有可能了！他差不多可以肯定宝狗已经被人下肚了。多么健壮的一条狗啊，半年来它在跳娃这里过上了安稳的家狗生活，心宽必然体胖，走在街上多招人眼睛啊，那些人能放过这样一条赚大钱的狗吗？跳娃现在已经依赖宝狗成习惯了，他不敢设想没有宝狗的生活，最起码那满屋的废品就把他整死了，他怎么把它们弄到收购站去！

到了黄昏，跳娃依然坐在竹棚门口等着狗。就在他几乎是绝望了的时候，那条狗忽然从暮色中跳了出来，眨眼间就到了跳娃跟前。跳娃的欢喜从天而降。

狗叼着一件东西，它把它轻轻地放在跳娃面前。跳娃一看，啊！大雁！一只还在扑棱翅膀的大雁！

跳娃一下明白了。他的眼泪哗啦一下涌了出来。

跳娃当下抱住狗，狗喘得跟拉风箱一样，浑身沾满泥巴。他不知道狗跑了多少路，到了什么地方才找见大雁的，又是怎么逮住大雁的。城里是没有大雁的，只有乡下而且是偏僻的乡下才有大雁落脚的。这季节是大雁南飞的时候。

宝狗，你真是宝狗啊！跳娃泣不成声，这次他是面对面地朝狗说的，他现在知道狗是听得懂的。

狗伸长舌头舔着跳娃的眼泪。

5

雁翎事件后不久，跳娃开发出了宝狗的一个新功能：自动拣废品。这简直太神奇了！不过再神奇的事情也是有来由的，跳娃以前就训练过宝狗叼东西，他无论把什么东西扔到哪个旮旯，宝狗都能找回来。宝狗的这个本事曾经让跳娃心生奇想：如果宝狗能像现在叼东西这样到街上去把废品叼回来多好！不过他立刻就否定了这个念头，他知道那是不可能的，现在狗叼东西是先有一个明确的目标，有确定的嗅源，然后它凭借着发达的嗅觉去寻找那个嗅源，这是一对一的关系；而如果让狗自己去拣废品，首先就没有确定的嗅源，狗凭什么去寻找目标？这是零对一的关系，除非你能给狗说清楚让它搜索的对象，否则狗的脑袋就一片空白。可你能给狗说清楚吗？那时候跳娃觉得给狗说清楚的本事他是有的，可狗有本事听明白吗？狗要是听明白了那还叫狗吗？跳娃自己先笑了，试也懒得去试一下。

雁翎事件让跳娃再也不敢轻视狗了，他决定在狗的身上试一试。那天他把宝狗叫到屋里的废品堆跟前，从中找出郧城最流行的暴爽牌矿泉水塑料瓶，让它辨认，然后连比带划地给狗说明了他的意图，最后拍拍宝狗的脑门说：兄弟，看你的了！宝狗飞一般地从屋里奔了出去，大约几分钟后就回来了，它把叼回的空瓶子放在跳娃面前，围着跳娃蹦蹦跳跳地转圆圈，不时兴奋地叫几声，意思是说：哥们，怎么样！

跳娃真是服了，他再次把跳娃叫到废品堆前，这回他把所有那些在郧城可以见到的矿泉水瓶、饮料瓶都让宝狗辨识了，对宝狗说：兄弟，以后就劳驾你了！

宝狗立刻掉头跑了出去。

从此以后在福乐街以至郧城的其他地方，人们经常可以看见一只狂奔的狗，口里叼着矿泉水瓶或饮料罐在车流和人群中穿梭往来，跑累的时候它会把东西放在路边喘几口气，可一旦发现有人企图靠近它的猎物，它就立即叼起来继续狂奔。

福乐街的人都认识它，知道它是瘸子的宝狗。大家惊叹这真是一只神奇的狗，狗看家护院是本分，狗逮老鼠虽然稀奇也还有，狗破案狗缉毒在电视上也见识过，唯独这狗捡破烂算是让他们开眼界了。

跳娃觉得自己现在的日子简直就是地主！真的地主他没有见过，地主的福他没有享过，但他学过的课本上有揭露地主生活的课文，说他们是“不劳而获的寄生虫”。他现在基本上就是不劳而获，每天只坐在家里等着狗把废品捡回来就行了。之所以说“基本上”，是因为他多少还有些付出：给狗一些奖赏。这种奖赏开始是物质的，后来就改为精神的了。物质的奖赏是糖果，跳娃以前在乡下时吃过一种叫“豆豆糖”的东西，一毛钱买一袋，每袋十粒，每粒就绿豆那么大。他现在就想买这种糖果，可跑遍郧城都没有，气得跳娃大骂这鬼地方还不如乡下。他只得买大白兔奶糖，这种糖贵得要命，他把它嚼碎了，每次宝狗叼回一个瓶子，他就喂它米粒大的一块，然后拍着狗的脑门说：名牌的，知道吧？宝狗吧嗒吧嗒地咂着嘴，高兴得汪汪汪叫。到后来，跳娃核算了一下生产成本，连大白兔也省了，每次只象征性地拍拍狗的脑门子，算是精神鼓励，宝狗也不计较，立即屁颠颠地劳动去了。

这只勤劳的狗在福乐街的名气越来越大，越传越神，渐渐地就传到外面去了，有一天一位晚报的记者跟踪了这只狗，他要为该报第四版的社会新闻“百姓话吧”写一篇有趣味的文章。当他见到这只传说中的奇狗时，怎么看都觉得眼熟，可他一下子又想不起来在哪里见过它。记者一路尾随狗，狗停他就停，狗跑他就跑。当他气喘吁吁地追到建筑工地的竹棚时，他看见了在门口迎接狗的瘸子，这位记者当即想起来他曾经拍过的一张照片。这是一个有深度的题材！记者的职业素养告诉他金子往往是埋在地下的，他对跳娃的生活做了详细采访，在屋里屋外拍了好多照片。几天后《郧城晚报》刊登了这篇题为《奥运狗的后续报道——义犬和他的残疾主人》的文章，文章多处出现了“底层”“弱势群体”等新鲜名词，还配发了多张狗和跳娃与破竹棚的照片。

这篇文章感动了郧城的很多人，让宝狗继上次出名之后再度爆出大名。郧城的很多人喝了矿泉水和饮料之后都舍不得当下把瓶子扔了，他们总是捏在手里等待宝狗的出现。有些家庭把积攒的瓶子装到袋子里，等到宝狗从他们家门口经过时挂在它的脖子上，看着宝狗远去的身影很多慈祥的老头老太太泪眼婆娑。

由于生产方式的改变，跳娃感到自己明显地富足了。比如说以前他从来是不吃菜的，只给饭里放点盐就行了，现在酱油拌饭是天天吃的，偶尔也去菜市场逛逛，称一把便宜的蔬菜回来，路过胖钟的修表摊时，故意把拐杖在地上戳得山响，引起胖钟的注意，胖钟惊讶地说，嗬，你也赶集了？跳娃说，便宜，才一块钱一斤。其实跳娃买的是下脚菜，两毛钱一大把。见胖钟脸上露出羡慕的神色，跳娃想，下次我买一吊肉回来，看你的眼球不掉下来！可跳娃终归没有买肉，他在肉摊上转过无数遍，最后还是咽着唾沫离开了。他觉得自己倒也罢了，反正长时间不吃肉好像也不知道肉是啥味道了，他是为宝狗抱屈，狗本来就是吃肉的，况且自己现在的幸福生活也是狗带来的，而他却一直没有给狗打打牙祭。跳娃在心里给狗许了愿，到年终吧，除夕晚上一定让狗大嚼一顿。

除了改善伙食，跳娃还维修了自己的住处。当年那些四川籍民工给他留下的这个竹棚本来就是一个临时建筑，四面漏风，夏天倒也凉快，可冬天就受罪了。前几年把跳娃冻得要死，可他手头没钱，只能干挨；现在有钱了，今年的冬天也到了，跳娃要把竹棚整修一下。他买几丈农民盖大棚的塑料布，把竹棚外面绕圈围了一层，这既挡风又好看，可以说是豪华装修了，整个竹棚看上去很像一座洁白的蒙古包。

跳娃还添置了一些生活必需品，比如说买了一把菜刀，以前那个瓦刀太不好使了，切豆腐勉强可以，切青菜就有些困难，更何况除夕晚上还要切肉呢。跳娃还购置了一台煤气炉，这是他最值钱的财产了。他不是摆谱，而是不得不买。跳娃以前做饭就是在屋里烧柴火，这当然不用花钱，顺手拣些枯枝败叶就是燃料，但那样有危险，竹棚本来就容易着火，现在围上的塑料布更是易燃品，稍不留神就会出事。如果说以前只是他一个人，吃了上顿没下顿，这窝棚烧了也就烧了，大不了挪个地方再流浪，但现在他有了宝狗，有了安稳幸福的生活，他珍惜这个家了，不愿意轻易让它付之一炬。

就在跳娃沉浸在幸福之中时，危险正在悄悄地逼近。这一年的冬天，与铺天盖地的大雪同时降临郯城的，是一场声势浩大的打狗运动。其实这场运动在其他大城市半年前就开始了，波及郯城这样的小城市已经是这年的尾巴了。可跳娃不知道，他没有电视，也没有收音机，本来以前他还收拣报纸之类的废品，偶尔也可以从那里得到一些过时的新闻和消息，自从宝狗上岗之后，由于废纸既占地方又不值钱，跳娃就没有训练宝狗拣报纸，他与外界唯一的信息通道也被切断了。对这种与世隔绝的生活跳娃不觉得有什么缺憾，外面那个世界与他没有关系，天翻地覆都是别人的事，不要指望有人会关心一个捡破烂的，那么这个捡破烂的也就没有必要对别人的事情矫情了。

要说跳娃一点风声也没有听到，那也不对。胖钟就告诉过他，说打狗运动来了，凡是在街上跑的狗，逮住就打。跳娃问为什么，胖钟说传染狂犬病。跳娃说，我每天都跟狗在一起，晚上还抱着狗睡觉，我咋没事呢？胖钟惊讶地说，你还真抱着狗睡觉？跳娃说，真的，我冷，狗也冷。胖钟更惊讶了，他说那你还不赶快打狂犬病疫苗，多少人都死了！跳娃说，可我还活着啊。他心想，狂犬病疫苗多贵呀，上次收购站的那个小工一针就把他全年的辛苦打没了，他是有钱了，可有钱也不是那样花的。没那么邪乎的，跳娃说。要相信科学！胖钟说，前天居委会的祁主任到这里修表，他说了的，还有错！祁主任可是刚毕业的大学生。跳娃还是不信，胖钟急了，他说昨天打狗队就在我面前打死了一只狗，他的手胡乱地指着修表摊前的地面，见地上没有血迹，又改口说，他们把狗拖到临湖里卖钱去了。

我告诉你，胖钟神秘兮兮地朝跳娃招招手，让跳娃靠近他，他压低声音说，人家都说那些打狗队假公济私，把逮来的狗都偷偷卖钱了。见跳娃还是无动于衷，胖钟着急地说，你这愣娃咋这么瓷呢，咱们的狗咱们自己卖，不能便宜了打狗队！

要不，胖钟咣当一声把那把锋利的电工刀搁在桌面上，我们杀了吃肉！

休想！跳娃朝胖钟吼了一声。什么咱们的狗？我的狗！

胖钟说，哎哎哎，我可是出了钱的！

跳娃说，我加倍还你！他当下在兜里摸，可摸来摸去没有摸出几个钱。跳娃这一阵老觉得自己是有钱的，可临到用时总不够，只得说，十倍，够不够？过两天就给你！

露出马脚了吧！跳娃看穿了胖钟的把戏，他那些关于打狗运动的说辞都是瞎编出来的，目的就是见冬天到了，狗肉值钱了，想打宝狗的主意！

这真是冤枉胖钟了。这样的偏执使得跳娃在宝狗面临危险时完全猝不及防。

那是一个冬日里难得一见的晴朗早晨，因为天气暖和了一些，跳娃比往日起来得要晚一个时辰。平时不是这样的，宝狗是很勤劳的，天刚一亮它就起床出工了，它一起来，跳娃也就得起来。没有宝狗给他暖身子，被窝就像冰窟窿一样。虽然竹棚围了塑料布，但它也仅仅只能挡风而不能保暖。今天太阳一竿高了跳娃才爬起来，他点火烧水做饭。跳娃进城很多年了，依然保持着乡下的生活习惯，早饭是九点多钟才吃。在他老家，人们天麻麻亮就下地干活了，一直干到九点多钟，也就是城里人吃饱喝足刚刚出门上班的时候，他们这才回家吃早饭。在乡下，一天时间分三晌：早晨、上午和下午，在城里一天被偷工减料成两晌了：只有上午和下午。跳娃不愿意被懒汉同化，他顽强地按乡下时间作息。跳娃在城里当乡下人，他的狗也就必须当乡下狗。跳娃最瞧不起那些城里狗，那些狗还能叫狗吗？一个个被妖里妖气的女人牵在手里抱在怀中，肥嘟嘟胖墩墩娇滴滴的，跑也跑不快，叫也叫不响，别说有杀气了，连脾气也没有，怎么看都像嗲里嗲气的太监。这样的狗还指望它看家护院？在乡下它连吃一口婴儿巴巴的资格都没有！乡下的狗是什么？是人的帮手，是劳动力！宝狗就是这样的狗，它跟跳娃很般配。

因为早晨出去劳动是空腹的，所以宝狗一回来就非常饿，今天起来晚了，跳娃必须抓紧时间。早饭跳娃一般是煮粥。这段时间跳娃的早餐也讲究了，他听说过八宝粥皮蛋瘦肉粥莲子薏米粥等，那都是很有营养的，可惜他没有原料，做不了，但他可以仿制。今天他就仿制八宝粥，真正的八宝粥到底是哪八样他不知道，他把玉米、大米、谷子、糜子、绿豆、黄豆、萝卜、土豆一股脑儿烩成一锅，数目是凑够了，味道闻起来也不错。他都流口水了，宝狗吃起来哈喇子不知道要扯多长！

就在跳娃把煮好的八宝粥从灶台上端下来的时候，外面如期响起了宝狗的叫声。可是今天的叫声让跳娃一愣，这不对劲！往常宝狗满载而归时，还没有到家门它就唱起来了，对，确实是唱，那声音很圆很软，很滑很弹，像小孩撒娇一样，它是表功：瞧瞧吧，啊，看我都带回什么了！可今天不是，宝狗的声音是凄厉而尖锐的！

跳娃慌了，还没等他跳到门口，宝狗已经像子弹一样从外面打进来，差点把跳娃撞一个跟头。跳娃扶住门框再次站稳了的时候，他正好堵住了追到门口的打狗队员。

对峙就这样开始了。

打狗队八个人，一律淡蓝色协警制服，四人拿大棒四人拿套杆，气势汹汹地要往屋里钻，跳娃拦住他们，喝问他们要干什么？一个牙齿乌黑的人说，打狗队的，打狗！跳娃死命扛着，不让他们进，他现在终于意识到胖钟说的是真的了。那些人有点犹豫，显然碍于跳娃是个残疾人，放不开手脚。那个黑牙说，你不要挡，挡不住的，我们是派出所的，执行公务。他看起来是个头儿，跳娃像遇见救星一样给黑牙说，你不能打我的狗，我的狗是我的命啊！黑牙笑笑说，谁都这么说，还有人说狗是他爸爸呢。跳娃说，我这狗跟别人的不一样，真的，你饶了它吧！黑牙反问道，你的狗是金狗银狗？要么就是钻石狗？什么狗都一样，照打不误！跳娃说我以后不让它出门了，把它圈在屋里还不行吗？黑牙说，报纸上的通告你没有看见吗？城里不准养大型犬，养在哪里都不行！跳娃仍然紧紧抓住门框，死不丢手。黑牙说，看在你是残疾人的份上，我们已经很客气了，可你就是不配合，他转身对手下说，把他架开！立即有两个队员上来把跳娃的胳膊一拧，像拎鸡一样就拎到一边去了。

其他队员拥进了屋里，狗被逼到了墙角，一个队员举起大棒就要擂下，跳娃用尽全身力气喊起来：不能打啊，我求求你们！跳娃的眼泪唰拉唰拉地掉下来，他被人提溜着没法子跪，否则他就跪下了。

黑牙也喊了一声，不要打！多肥的狗。

打狗队员们相视一笑，他们不打了，要活捉。由于受过训练而且武器精良，他们轻而易举地就用套杆套住了狗。这时候他们觉得万事大吉了，挟持跳娃的两个人放了手，其他队员拽的拽，赶的赶，把宝狗往外拖。宝狗四肢撑住地面，使劲往后顿，跟他们拔河。可双方力量太悬殊了，狗被拽着磨地，爪子在地面抠出深深的槽引印，它绝望地哀鸣着，向跳娃求救。

跳娃弹簧一样蹦了起来，单腿在地上点了两下就跳到了灶台前，他操起菜刀手起刀落，把连接灶台和煤气罐的皮管斩断了，然后一手握着打火机一手攥着煤气罐的手阀，大喝一声：放开狗，要不我就点了煤气罐！

这一声断喝让所有的人都愣住了。黑牙试图向门口挪脚儿，跳娃立即把气阀旋开，煤气吱吱吱的排泄声像吹口哨一样响亮，跳娃另一只手的大拇指在打火机的砂轮上轻轻地摩挲着。黑牙知道这煤气罐爆炸的厉害，跳娃这不仅是自杀，而且是与他们同归于尽！他立即停止了脚步，脸色煞白。他连声说：别别别，咱们有事好商量。跳娃厉声说，放了我的狗！

黑牙说，这不关我们的事，我们是奉命行事，这得请示领导。跳娃问，你们领导在哪里？黑牙掏出手机朝跳娃晃了晃，见跳娃不反对，就拨通了电话，汇报了他们的危险处境。关机后他对跳娃说，兄弟，你耐心点，我们领导马上过来，亲自处理。

跳娃把气阀关上了。

大约十分钟，随着一阵尖锐的警笛鸣叫，一辆警车和一辆消防车风驰电掣地开到了竹棚前，警车上的特警迅速包围了竹棚，消防车上灭火和喷水的炮管阴森森地对准竹棚严阵以待。

福乐街派出所启动了突发事件紧急预案。打狗队是隶属于福乐街派出所的临时机构，负责这一片区流浪犬、大型犬的清理工作。这次打狗运动是分片包干的，戴所长是福乐街辖区的第一责任人。区上实行一票否决制，完不成任务者年终不能评优，该派出所全体警员的奖金也要减半。市长已经在电视上承诺了，年前彻底清理城区的流浪犬、大型犬，把狂犬病控制为零增长，这是市政府今年为市民所办十件好事的最后一件，务必完成。可事情在福乐街这里刚刚起头就碰了钉子，戴所长当下就火大了。

不能让步！戴所长在电话里下达了处置命令。

今天打狗队就是直奔宝狗而来的，戴所长之所以把宝狗作为首选目标，倒不是觉得跳娃是残疾人好欺负，柿子专拣软的捏，实在是因为这条狗太招摇了。它整天在街上窜，在人群里钻，认识它的知道它是奥运狗，不认识它的会被吓个半死：它骨架大，样子凶，接近人时从不出声。早有人抱怨了。这狗既是流浪犬也是大型犬，两样条件它占全了，再加上还有一定的民愤，不清除是说不过去的。

当然，拿宝狗祭旗，戴所长还有杀鸡给猴看的意思。他知道打狗运动的阻力，有人愣是把狗看作比人还值钱，宁舍爹娘不舍狗狗，你给他讲狗传染病狗破坏环境卫生根本是白费唾沫，他压根不听，你要打狗他就跟你急，甚至跟你玩命。昨天他就收到一封短信，是一个养狗的女人发来的，为了密切警民关系，福乐街派出所民警的电话号码都是对外公开的。那女人说她离婚了，单身一人，她的斑点狗不光是她的保镖，更是她孤独寂寞时候的知心人，她的狗从来不上街，是圈养在家里，你们敢上门打我的狗，我就敢当面给你们脱光光！戴所长苦笑着摇摇头，见过刁蛮的，没见过这么刁蛮的。这更加印证了戴所长的一个基本判断：一个再通情达理的人，只要你去打他的狗，他立刻就蛮不讲理！在这种情况下戴所长必须先杀出一个威风来，挫挫这些人的气焰。选择宝狗下手，就是要给所有人做个样子！宝狗在福乐街甚至整个邺城都是名狗了，是奥运狗，是义犬，可又怎么样？甭管你是什么狗，只要是属于清除之列的，格杀勿论。

戴所长之所以如此坚决当然不仅仅是为了如期完成上级布置的任务，他也确实知道狂犬病在邺成的危害，已经死了好几个人了，那是内部通报了的，不对外公开，怕引起公众恐慌。

可现在这事情却卡壳了，一个残疾人竟然把八个囫囵人整住了，戴所长只能埋怨打狗队的人都是笨蛋。这也难怪，打狗队的人对外称自己是派出所的，其实全是从社会上招募的，素质本来就不怎么样。派出所人手紧张，正式警员抓贼都不够，哪能派去打狗？现在戴所长只能亲自出马了。

到了现场，戴所长迅速查看了地形，制订了处置方案。事情显然没有黑牙渲染的那么危急，但鉴于对手挑战的是公共政策，处理起来没有弹性，难度一般很大，他不敢掉以轻心。戴所长决定由他进屋和对手谈判，争取和平解决，如果不行，则强行处置，由他吸引施暴者的注意力并伺机发出信号，特警从外面破墙入室，瞬间控制对手。

所有危险的案子戴所长都是身先士卒，这次依然如此。他进屋后招呼跳娃，嗨，小伙子，我是福乐街派出所的所长，我们谈谈，这事情我负责，你不要紧张。

可跳娃已经紧张得牙齿打架了。外面锐利的警笛声就像刀尖划拉他的神经，他本来就怕警察，这几年捡破烂被警察吓怕了，现在竟然来了警察的头儿。我不……谈谈，跳娃哆哆嗦嗦地说，不谈谈……不谈谈，你放了我的狗，放了我的狗，放了我的狗……他反复说着这句话，就像自动播放一样。

戴所长给他耐心解释，你的狗会咬人，传染狂犬病。

我的狗不咬人。

你的狗乱叫唤，扰民。

我的狗不叫唤。

你的狗乱拉屎，破坏环境卫生。

我的狗不拉屎。

跳娃成一根筋了，脑袋短路了，戴所长说什么他都应对“不”。

外面哄地起了笑声，戴所长一看，原来福乐街的许多闲杂人员都跑来看热闹了，他们把头伸进窗口和门缝。戴所长既着急又生气，他朝那些脑袋喊道，你们真是闲疯了，快走开，这里有危险！

那些人嘻嘻哈哈的，说有什么危险，不就是欺负瘸子嘛！更有人嚷嚷，放了他的狗吧，多可怜的人。许多人附和着，是啊，他那个狗哪是狗啊，是劳动力。

窗外的声援触动了跳娃的伤心处，委屈像决堤一样喷涌出来，他哇地哭起来了，哭得鼻涕眼泪在下巴上吊串子。

戴所长不为所动。他是头脑特别清醒的人，不会被别人的情绪左右，越是混乱的场合越是有主见，这是长期的警察职业历练出来的。他没有表态，心想你们说得轻松，这狗是轻易可以放的吗？他知道外面那些人是别有用心，他们表面上同情瘸子，背地里是为自己打算，他们应该都是养狗的，放了这条狗以后就得放他们的狗。更让戴所长不能容忍的是瘸子这种要挟的方式，以这种方式提出的要求一概不能答应！否则就成了赎票，那政府的脸面往那里放？以后此类事情也就没完没了。如果瘸子不是这样叫板，他或许可以暂时放过这条狗，反正它是跑不了的，只要它还上街，什么地方都能逮住它，就算它跑得快，能快过子弹吗？可现在必须当即处置，不能给勒索者讨价还价的余地！警察是维护法律和公共利益的，法律是无情的，公共利益有时就得以牺牲某些个人利益为代价，因此好警察经常不得不铁石心肠。

不过戴所长这时却对眼前这个残疾人心存恻隐，他不想对他使用强硬手段，强行解决即使不弄伤他也会吓傻他，像他这么胆小的人，一般都会留下深重的精神创伤的，这在以前他经手的案子里是有先例的。戴所长决定再做一些努力，他首先让了一步，对跳娃说，小伙子，你这么喜欢狗，咱们这么办吧，城里是不许养大型狗的，我们给你换一个小狗养，行不？

我不。

小哈巴狗，戴所长比画着说，毛茸茸的，很可爱的。

我不！

跳娃还是一根筋。

戴所长在比画哈巴狗的时候悄悄地向跳娃移动了几步，高度紧张的跳娃马上发现了，他手忙脚乱地摆弄气阀和打火机，戴所长赶紧打住，他笑着说，小伙子，别紧张，我是想看看狗，别把狗给勒坏了。在稳住跳娃的同时，戴所长的手伸进兜里，按住了手机的快拨键，这是他和外面约好的行动信号。

可是让戴所长纳闷的是，信号发出好久了，外面的特警怎么还不动手呢？难道他们睡着了吗？

特警们并没有睡着，他们是被祁主任劝阻住了。祁主任是被警笛声招来的，福乐街那么多的闲人都被招来了，还不惊动他？他是这一片的父母官，大事小事都得管。祁主任一到现场就碰见了惊慌失措的胖钟，胖钟说，祁主任，你救救他，他一定会自杀的，一定的。祁主任问为什么，胖钟说，那是遗传，你要相信科学，遗传。于是胖钟简明扼要地给祁主任讲了跳娃他爹的事迹，说他如何在一家建筑工地承包了土建工程，雇用了五十多个民工辛辛苦苦干了一年，最后却拿不到工程款，无法给民工付工资，民工把他告上法庭，法庭查封了他们家在福乐街的房产，要拍卖还债。跳娃他爹为了讨回工程款爬上高压线杆，以命要挟，最终被电打死了。他们家的人都有这邪性，敢玩命，听说他爷爷也是跳崖摔死的！胖钟最后提醒祁主任。

跳娃的身世震动了祁主任，也让他警醒。他决心竭力挽救这个可怜的残疾人，不让他重蹈覆辙。再说了，现在是岁暮年关的时节，领导差不多都要下基层送温暖的，他不想在这个敏感的关口上弄出一件大事来。祁主任是今年刚刚招聘的公务员，被安排到基层挂职锻炼，他知道自己在这个地方只能是过渡，但过渡的时间是可长可短的，这取决于他的工作业绩。

祁主任决定阻止戴所长的行动。强行处置毕竟是要冒风险的，谁能保证那个瘸子不铤而走险？事情完全可以用另一种方式解决，他已经想好了主意。祁主任把特警劝退了，然后对胖钟说，我俩一起来了结这件事，我负责戴所长，你说服跳娃。胖钟受宠若惊，连连答应。

祁主任把戴所长从屋里叫了出来，在外面咬了一阵耳朵。戴所长面有难色地说，这是不是太纵容他了？祁主任说，没有啊，我们根本没有答应他的要求嘛，放心吧，派出所的目标一定会实现的。戴所长勉强同意了，本来按隶属，居委会和派出所是两条线上的，谁也管不了谁，但福乐街派出所毕竟在福乐街的地盘上，吃喝拉撒很多事都要居委会帮忙，戴所长觉得他不能太拂了祁主任的面子，况且说实话，这种强行处置的事儿神仙也不敢打包票。不怕一万就怕万一啊，万一这家伙玩了命呢？多年的职业经验告诉他，越是穷得活不下去的人，就越把自己的命不当命！

两个人转身进了屋，戴所长威严地对跳娃说，小子哎，你听着，现在我决定把你的案子转交给福乐街居委会处理，你的狗也由他们看押，你同意吗？

胖钟从窗户上把头挤进来，对跳娃喊道，你快说同意，祁主任是好人，总有办法的，你说啊！

祁主任纠正胖钟道，你怎么说话的？这里都是好人，哪有坏人！

跳娃这个时候只能相信胖钟了，他糊里糊涂地说，我同意。说完这句话跳娃扑通一声就坐在了地上，他的腿软得跟面条一样。

身手敏捷的戴所长一步上前抢走了跳娃手中的打火机，把它扔在地上，啪嗒踩碎了。

6

这年腊月二十的上午，跳娃驾驶着他的宝狗出了郦城，漫无目的地在郊区的公路上转悠。来到了一处僻静的岔路口，跳娃驾车拐了进去，在一块麦田边停了下来。他取出带来的瓦刀在冰冻的地面上砍凿，凿松了一米见方的地面后，他把宝狗从车上解下来，先自己在地上刨土，给宝狗做示范，然后指挥宝狗刨土。宝狗撅着屁股猛刨，刨一阵停下来，意思是让跳娃检验，跳娃见不够深，示意它继续刨。它再刨一阵让跳娃看，跳娃仍然让它刨。刨着刨着，宝狗就被淹没在坑里了，大约到了一米的深度时，跳娃让大汗淋漓的宝狗爬了上来。

跳娃拿出了一个鼓鼓囊囊的塑料袋，里面是煮熟的肉和骨头，他把它们摊开在车板上，对宝狗说，兄弟，吃吧，这是我欠你的。宝狗高兴得尾巴像风车一样旋转，它干靠得太久了，当即拣最大的一块骨头吞在嘴里，结果噎得咯咯喘气。跳娃拍着它的脊背给它顺气，说又没有人跟你抢，你急什么？本来打算除夕晚上我们一起吃的，现在只好先给你吃了。狗本来吃得酣畅淋漓的，听到跳娃的这番话后，反而不吃了，疑惑地望着跳娃。

宝狗当然不知道事情的缘由。它不知道昨天祁主任把它还给跳娃时对主人说了些什么，它的命运就在这几句话中被改变了。

祁主任说，跳娃，你还没有工作吧？这都是我们的疏忽，让你这样一个残疾人靠狗来养活。现在居委会决定给你安排工作，你把狗的事情处理完了马上就上班吧。

祁主任这几句话非常简单，可简单的话里却包含着跳娃根本无法抗拒的诱惑。祁主任是从农村考出来的大学生，他太了解跳娃这类人的心理了。

跳娃的眼睛滋润了。工作！工作！这个一直像飞碟一样在天上忽悠着的大馅饼忽然就咣一下砸到了跳娃的脑门上，把他砸得一阵幸福的眩晕。他爹当年为什么一定要把他弄进城里来，为此不惜搭上自己的老命？还不是冲着城里人吃皇粮由国家安排工作。可他爹没有想到的是当他费尽千辛万苦把跳娃转成城镇户口后，城里的人却开始大量失业了，不要说残疾人，囫囵人也不好找工作了。跳娃曾经去过几家工厂应聘，人家看见他就像看见苍蝇一样讨厌，轻的挥手赶他走，重的当场就臭骂：你是成心糟蹋人嘛！

从那以后跳娃就彻底死心了，他知道自己的城市户口算是白买了，所谓工作的事就权当是以前做过的一场梦吧！可现在这梦就要变成现实了！

只要不是让他死，什么代价都无所谓！

值！

有了工作不光是生活稳定了，更重要的是有了身份，在跳娃眼里，那就成了国家的人了！在乡下时他和他的乡亲们是多么羡慕那些国家的人，校长是国家的人，乡长是国家的人，县长更是国家的人。凡是国家的人都厉害！

跳娃知道他应该怎么处置狗了。

跳娃现在从兜里掏出一个小纸包，把里面包着的白色粉末倒在一块肥肉上，对宝狗说，兄弟，我对不起你了，这是老鼠药。你是把它吃了再跳下坑呢，还是不吃就直接跳？吃了药你就不觉得憋气了，可吃了药也可能胃难受，你选吧。

宝狗看着跳娃，直直地看着跳娃，看得跳娃不敢再看它。宝狗没有吃药，它直接跳了下去。它把自己的身体尽量舒展地摊开来，就像以前睡在跳娃的床脚下一样。

跳娃把坑边的土往下扒，浮土盖住了宝狗的头，它把头顽强地伸探出来。跳娃看见宝狗流泪了，就默默地流泪，一声也不吭。跳娃也流泪了，他说，兄弟，你得谅解我，我没有办法。你闭上眼睛吧，我把你埋了，是不愿意让你落入打狗队的手，不愿意让你去临湖里去受开膛破腹的罪。

宝狗果然不伸脖子了，它安静地把头伏下去。跳娃扒土的速度加快了，他知道如果再拖下去他就没有决心了。当他近乎疯狂地把坑填平时，他觉得自己口里有一股腥咸的味道，他朝地上吐了一口唾沫，竟然是一摊鲜红的血。不知道什么时候他把自己的舌头咬破了。

跳娃拍拍手上的土准备离开了，这时他忽然听见了一声隐隐约约的狗叫声，似乎是从天边，又好像是来自地下，是宝狗平时满载而归时的那种吟唱。跳娃忽然又像疯了一样趴在地上刨土，他边刨边哭，边哭边喊，兄弟，兄弟！

宝狗奇迹般地从地下迸了出来，一下子扑进跳娃的怀中，跳娃抱着它，给它擦去脸上的尘土，它伸长舌头吧嗒吧嗒舔着跳娃脸上的眼泪。

跳娃抱着狗呆坐在麦田边，不知道怎么办。公路就从他面前通过，一边是离开邺城的，一边是回到邺城的。离开邺城回到乡下当然就不会有人打狗了，可跳娃知道他没有这样的决心，且不说他的户口在城里，家乡已经没有他的土地了，回去无处立足；就算有土地他能耕种吗？虽然乡下还有奶奶，但奶奶是由叔叔养着，叔叔养奶奶是义务，可他没义务养他。在城里就算是捡破烂也还能维持生存，回去就只能饿死了。可要回邺城，宝狗又怎么办？

跳娃茫然地望着前方，冬季的天空灰蒙蒙的，远处的城市轮廓若隐若现，就像一个迷迷糊糊的梦。近处公路上车辆穿梭来往，川流不息。看着那些来来往往的车辆，一个主意忽然跳上跳娃的心头。他让宝狗把车子拉到公路侧面，然后解开它，迎面看到一辆挂外省牌照的大卡车，跳娃让过它，等它驶过他身旁的一瞬间，跳娃把手里的瓦刀抛上空中，瓦刀画一条弧线落到了车厢里，跳娃立即对宝狗说，去，找回来！

宝狗追逐着疾驰的汽车，渐渐融进远处的虚空……

当跳娃再次来到福乐街时已经是午后了，他要去找胖钟，把宝狗的事情告诉他。这件事该了结了，他兜里揣着十五块钱，赔偿他的损失。可他来到胖钟的地盘时却不见他，连他的表摊都没有了。他觉得奇怪，胖钟不会这么早就收摊的，他是一个抠钱鬼。他赶紧向旁边的摊主打听消息，怕胖钟是不是忽然有病了，这是急需人照顾的。旁边的人告诉他，胖钟上午就被派出所带走了，说他没有暂住证，要把他遣返回老家去。跳娃转过身就要去派出所，那位摊主告诉他，晚了，中午就送车站了，路过时我看到了的。

跳娃觉得纳闷，多少年了胖钟一直都没有办暂住证，他不愿花两百元的办证费，可一直也没事吗？也许是快到春节了，每年春节前郧城都要清理流动人口，胖钟以前是躲过去了，但今年他运气不好。

跳娃没有想到一天之内忽然就失去了两个朋友。今天上午他和宝狗路过福乐街时胖钟还跟他打了招呼的，现在一下子就消失得无影无踪了！胖钟是有些毛病，可跳娃理解，他要养活一个上大学的儿子和一个上高中的女儿，家里还有一个瘫痪在床的老娘，他不财迷行吗？无论如何胖钟对他是有恩的，当年如果不是胖钟拦住那些赢了官司的四川民工，让他们拿出一点钱给他租下这个竹棚，他还不知道到自己到哪里容身呢！

可他今天连感谢他的机会都没有了，欠他的钱也没办法还上了。惭愧的是跳娃到今天也不知道胖钟的真实姓名和家庭地址！

这一年的除夕夜跳娃是在孤独中度过的，不过他不后悔，因为他今天正式踏上工作岗位了，福乐街菜市场那里新建了一座公厕，跳娃是这座收费公厕的管理员。虽然气味大了一些，但并不累。而且有工作服，有胸卡！

这工作服他现在还穿着，天蓝色的，很称身，比那些打狗队员穿的协警服好看多了，就像专门为他量身定做的一样。胸卡他也挂着，上面有他的照片，他笑着，露着牙。尽管照相时摄影师让他抿上嘴，说证件照片要严肃，不能笑，可他还是忍不住笑了。跳娃今晚打算全身武装着睡觉，希望晚上能梦见奶奶，给奶奶托梦，让奶奶看看他现在神气的模样。他怕脱了工作服梦就不灵验了。

跳娃小心翼翼地躺下了，唯恐把崭新的衣服揉皱了。

大年初一的早晨跳娃早早就起床了，他要去上班。尽管今天是节日，所有的人都放了假，但他不给自己放假。管理厕所是没有假日的，因为人的排泄是没有假日的。他珍惜自己的工作，热爱自己的工作，在工作中他觉得自己才是真正的人，才有尊严。

当跳娃精神抖擞地拉开屋门时，他当即愣住了：一只瘦骨嶙峋的狗叼着一把瓦刀站在门口。

杀头公猪上西安

我们的中学倚原坡而建，教室、食堂、教工宿舍、学生宿舍等顺势爬高，远远看去，就像大寨人修的梯田。可我们这些农家子弟不喜欢大寨人，那时候我们的父母正被遥远的山西佬弄出来的样板田累得死去活来，他们怎么整都整不出陈永贵大叔的狼窝掌来。我们这些喝了几瓶墨水的人谁都向往着城市生活，然而可怜见的，我们大伙没有一个人真正见过城市的模样，最远也就去过县城。可县城算什么城市呀？只不过是比我们学校跟前的小镇略大一点，街道被铺成了硌脚的石子路，人不当街撒尿，有几间公共厕所而已。没有楼房！我们那时候对城市最大胆的想象是那里到处都栽满高楼大厦，就像生产队的良种玉米地一样密不透风。因为我们在课本上学习过列宁的教导，列宁同志对共产主义的描绘是：楼上楼下，电灯电话。为此我们特别迷恋看电影，想从电影上见识一下大都市的繁华，尤其是高楼大厦的伟岸。可是每次我们都是乘兴而去，败兴而归。那时的电影，不是在山上打蒋匪兵，就是在沟里打日本人，要不就干脆跑到朝鲜去打美国人，无论中国人、日本人还是美国人，尽往穷乡僻壤的农村钻，好像他们在城市里待腻了，特喜欢乡下的穷山恶水，一股脑到那里去采风。朝鲜兄弟听说早就在捣鼓千里马精神了，可是他们那里的农村比蒋介石治下的万恶的旧社会还不如。好不容易逮住一部反映城市的电影，八部样板戏之一的《海港》，方海珍大婶老站在码头上咿咿呀呀地唱啊唱啊，烦人得很，我们那个急呀，使劲拍手喝她的倒彩，可她涎着脸就是不肯下台。好歹她唱累了，银幕上晃了晃，就晃出了几艘破船和一辆吊车，连个楼房的影子都没有。

城市啊城市，你离我们有多远!

可是我们没有想到，在初中二年级的第一学期，城市忽然来到了我们面前：我们班换了一个新班主任——裴芸芸老师，她自我介绍是从西安来的。

啊，西安！我们的眼睛顿时一亮，那可是个好大好大的城市呀。

关于西安，我们向她提了很多愚蠢的问题，比如，西安城里能不能看见月亮（在我们的想象中，城市总是阳光灿烂，怎么会有夜晚呢）？西安人能不能晒上太阳（我们固执地认为城市的楼房又密又高，在半空就挡住了阳光，底下的人怎么能晒上太阳——这个问题明显地与上面的自相矛盾，可我们一点都不觉得）？西安人喝的是不是天河水（我们的根据是：裴芸芸老师的皮肤那么白净细嫩，简直跟瓷人儿似的，把我们班的女同学比得不像人，喝地上的水能长成这样吗？当然，我们也想了，她可能是老晒不着太阳的缘故）？

当然，问得最多的是关于楼房。裴芸芸老师耐心地解答着我们的提问，她说楼房就是把房子一层一层地往上盖，看着我们疑惑的目光，她还在黑板上给我们画了示范图，就是这样，她说，把房子一层一层摞起来。可是，我们所有的人都有这样一个疑问：那下面的房子不会被压塌吗？在我们的经验里，房子都是土坯和木头搭成的，风稍微大一些都会摇摇晃晃的。

最后，裴芸芸老师只好苦笑着摇摇头，把我们带出教室，指着倚坡而上的我们学校的建筑说，基本上就是这样，你们看，一层一层，我们脚下是底楼，最上面的学生宿舍是顶楼。

我们当即欢呼起来，原来我们早就住在高楼大厦上！

从此，我们站在土原半腰的学生宿舍面前，就有不同的意义：我们是站在摩天大楼上高瞻远瞩。当然，我们眼前的景色也就焕然一新，比如，原先的终南山一年四季白雪包裹，就像下了霜的狗屎堆，现在它不同了，它玲珑剔透得像我们春节时堆出的胖乎乎的雪人；原先流经远处的那条渭河，夏天浊浪滚滚，冬天干涸见底，活像一根消化不良的肠子，现在我们怎么看它都顺眼，它青格粼粼地就像一条缎带（是不是我们恰逢春季）。从那以后，登高远望就成了我们枯燥学习的间隙里最快乐的时光。我们经常会在这里看到一些有趣的事，比如有一天午饭时分，我们都端着碗蹲在原边上吃饭，忽然有一个同学喊道，快看，快看铁路那边！

铁路就横在我们校门不远处的田野里，那是著名的陇海线，每当火车开过时，我们的教室都被震得忽悠忽悠的。在那位同学的喊声中，我们的目光都集中在正对着我们校门的那个无人看守的岔道口，大家看到一辆带着播种机的履带式东方红拖拉机隆隆地驶到那里时，不知怎么搞的，忽然就不动了。我们猜测可能是熄火了，这时远处的火车已经隐约可见，列车的汽笛声由远而近，大家都为那位司机着急。司机肯定也听见了，他大概懵了，本来是要发动机器的，却慌中出乱，错摁了播种机犁铧架的开关，哗啦一声，整个犁铧扣在了路面上。司机更着急了，他再一次发动机器，这次拖拉机是吼叫起来了，可是它却纹丝不动：我们在楼顶上都看得清清楚楚的，播种机的犁铧勾住了铁轨！同学们都焦急地大声喊叫：犁铧！铁轨！

不知司机听到了没有，他手忙脚乱地在驾驶室捣鼓，岔道口的行人都急了，他们围上去抬拖拉机，可是那个司机却打开驾驶室门逃跑了，他在春天的麦地里抡欢了双腿狂奔，就像一只逃命的兔子。我们在原上吓呆了，他怎么能丢下拖拉机不管呢？

一瞬间岔道口的人四散闪开，就在我们的惊叫中，喷着白雾的火车猛烈地撞上拖拉机，我们看见拖拉机像纸片一样飞了起来，然后飘落到路基下。万幸的是火车并没有出轨，大概火车司机已经提前拉了掣动闸。

同学们，快，快下去救人！裴芸芸老师在下面的三楼招呼我们，教工宿舍都在三层，大概是我们的大呼小叫把她也吸引了出来。她的吆喝唤醒了正在发呆的我们，我们立即叮叮当当地扔下饭碗，沿着台阶往下跑，没想到裴芸芸老师比我们还快，她不是跑，而是屁股往台阶边上的斜坡上一坐，哧溜一下就滑了下去。等我们跑下去了，她却转过身子又往上跑。她边跑边喊，你们快去，我骑自行车到镇上叫医生！

我们跑到岔道口时，那里已经围满了人，列车上的旅客差不多都下来了，他们惊魂未定地参观那辆可怜的拖拉机。两个火车司机去追捕那个逃跑的肇事者，不久，那个倒霉的家伙就被捉了回来。各个车厢的列车员陆续到前面向列车长报告情况，说没有伤员。正在这个时候，一溜穿着白大褂的自行车像鸽群一样飞奔过来，我们的裴芸芸老师骑在最前面，她的后架上还驮着一个胖古隆冬的中年女人。

到了跟前，裴芸芸老师把自己的车子往地上一扔，就往人堆里钻。那些医生还在找地方架车锁车，裴芸芸老师焦急地吆喝他们，快，你们快点呀！可是那些人喘得像刚卸了磨的驴一样，腿软得走不动了。死了人你们要负责任的！裴芸芸老师厉声警告他们。她四顾询问，伤员呢，伤员在哪里？列车长也不知道哪里去了，没人搭理裴芸芸老师。她发现了那两个火车司机，他们正在揍人，揍那个可恶的拖拉机司机，裴芸芸老师拽住其中的一个胳膊问，伤员呢，伤员在哪里。那人也不说话，只顾挥动拳头。裴芸芸老师火了，我们从来没有见过她发这么大的火：住手，你耳朵聋了，我问你伤员！没想到那家伙的火气更大，他吼道：没有伤员，你还嫌事闹得不大，这地方都是刁民！啪一声，他又给了那个拖拉机司机一个耳光。

火车不久就开走了。这下那些医生不依了，他们骂道，神经病，也不弄清情况，就报什么急诊！几个女的把裴芸芸老师围住，其中的胖大女人把我们的老师推推搡搡的，嘴里还不干不净地骂骂咧咧。老娘的臀部都颠破了，你这个瞎眼的东西！我们不答应了，大家伙一拥而上，准备揍她。裴芸芸拦住了我们，说不怪他们，这里没有救护车，他们也累坏了，如果在西安就不会这样。她对那些人说道，你们不要走，我去去就来。裴芸芸老师推起自行车扁腿跨上，那些人不知道她要干什么，是不是找他们的领导告状？心虚虚地就想溜。裴芸芸老师忽然喊了一声：都不准走！然后又对我们说，你们给我看着他们。

我们也不知道裴芸芸要干什么。她骑上自行车一溜风地越过了岔道口，朝渭河的方向奔去了。大约半个小时后，她满头大汗地骑了回来，自行车的扶手和后架上挂着一嘟噜一嘟噜的猪肉。她把那些已经打成条的猪肉一块一块地分给医生们，然后抱歉地对他们说：对不起，这算是给你们赔礼道歉。

白大褂们拿了肉都喜笑颜开，高高兴兴地踏上返程。他们知道这猪肉的分量，那时候他们每人每月就二两肉票。

我们明白了裴芸芸老师刚才是去了镇肉联厂，她丈夫就在那里工作。

岔道口的事让我们感动了好久，我们打心眼里喜欢这个侠肝义胆古道热肠的女老师。可是，不知怎么的，我们的校长刘全福不喜欢她。其实这么说也未必准确，准确的说法是刘全福开始很喜欢裴芸芸老师，后来慢慢地就不喜欢了，这是我们都看见了的。裴芸芸老师刚调到我们学校时，刘全福校长每顿吃饭时都和裴芸芸老师又说又笑地走在一起，他们一起去食堂买饭，一起端回裴芸芸老师的宿舍吃，因为我们的宿舍在四楼，下课后回去时我们都可以看到这番其乐融融的景象。其实这么说还是不甚准确，据我们观察，刘全福首先是不喜欢裴芸芸老师的丈夫小赵，然后才株连了她。

这里的证据我们随便就可以举出两个。第一个，有一个星期天，学校举行教工篮球赛，我们都去观看，校长和教务科的人是一队，另一队是语文教研室。打到一半时，语文教研室有一名老师抽筋了，要换人，可是其他的人不是老头就是女教师，恰巧那天裴芸芸老师的丈夫小赵也在观战，他们就把他推了上去。结果一会儿后，校长发火了。当时的情景是，校长有一个三步上篮，被个子高大的小赵盖帽了，在这当中，可能有些动作冲撞，校长指着小赵的鼻子骂道，杀猪的屠夫，你以为是在屠宰场！他使劲把球往地上一摔，反弹起来的球高高地越过我们的头顶，飞到了操场外边的排水沟里，结果那场球赛不欢而散。我们都觉得校长特别失态，干吗呢，不就是玩吗？

第二个，在篮球赛之后不久的一次全校师生大会上，校长当众批评看大门的陈老头，说你是怎么当门卫的，学校都快成集市了！以后外面的人不准随便放进来，有些人的家属，哼，就像土匪，半夜三更地爬墙，成何体统！我们看见他这么说的时候狠狠地瞪着我们班的方向，裴芸芸老师就站在我们班的后面。我们看不见裴芸芸老师的表情，但我们知道校长的话中所指，裴芸芸老师的丈夫有时要加夜班，没有人那么晚给他留门，他不得不走捷径。

我们不知道校长和裴芸芸老师之间发生了什么事，更不理解他为什么要恨小赵？一个外单位的人，碍你什么事！

裴芸芸老师肯定也在琢磨这件事，我们猜测她琢磨的结果是，因为她带的这个班太乱了，所以校长才不喜欢她。这得怪我们，我们这个班确实是一个乱班，上一个班主任正是因为管不了我们才被换掉的。我们的猜测在一次班会上得到了证实，裴芸芸老师在班会上说，同学们，你们应该争口气，权当是给我帮忙，你们看，学校领导对我们班是怎么个坏印象！可是我们不这么认为，因为全校的乱班不止我们一个，赵秃瓢带的那个班更乱，他们常常闹得老师连课都上不下去，然而校长非但没有把他怎么样，而且还让他当语文教研室的主任（是不是因为赵秃瓢他哥哥是公社革委会的副主任？）。可是校长到底为什么跟裴芸芸老师过不去，我们也弄不清楚。我们的看法是，校长在欺负人，你找我们老师的岔子，我们就偏跟你捣乱。

明显地，裴芸芸老师不明白我们的想法，她整顿班风的工作拉开了序幕。这个序幕就是撒尿问题。

关于撒尿问题，这里需要略加说明。那时候我们在学校住的地方很简陋，其实用简陋形容已经是抬举我们了，简单地说吧，我们像牲口一样被按班圈在一起，宿舍是土坯垒墙麦秸秆盖顶，窗户用装尿素的塑料袋钉严实，一个大通铺挤四五十个人。在这样牲口圈一样的屋子里，如果谁晚上回来晚了，就得像打楔子一样往铺里钻，我们那时有一个经典笑话是，如果某个人想翻身，就得报告班长，由他喊口令，全班集体翻，否则一个人根本动不了，卡死了。虱子友好地一个铺盖卷一个铺盖卷串门子，脚气汗味臭屁亲切地抚慰着我们的浊梦。这些我们都可以忍受，最不能忍受的是撒尿。因为我们是在旱原上，厕所无法冲洗，排泄物只能靠风吹日晒自然分解，这样，茅房就必须建得离宿舍远远的，否则，臭气就能把人抬起来。这可害苦了我们，半夜起来撒尿得走好远一段路。如果是热天倒也罢了，寒冬腊月地从好不容易暖热的被窝里钻出来在冷风中行走，那滋味可想而知。然而即使热天，谁愿意迷迷糊糊黑灯瞎火地往那地方跑，一出门握住家伙就放水。

说到这里，我提醒您一件事。如果您有幸某一天乘坐火车行进在陇海线上，也有幸那一天天气晴朗，能见度极好，你恰好在窗前举目眺望，渭北高原某一处的一棵顶天立地的大槐树会突兀地撞进你的眼帘，把你吓一大跳，你一定会惊讶在如此干旱的地方怎么会长出这样的参天巨木！我现在可以自豪地告诉您：那是我们当年辛勤浇灌的结果。想一想吧，四五十把“洒水壶”，洒出的不光是水，还有肥哩。我们没有办法不洒，那时候粮食短欠，我们吃不饱，全靠喝水撑着。当时那棵槐树只有碗口粗，就在我们宿舍的门前，我们不是狗，可大家都喜欢朝树下尿，大概尿在树坑里不易流出来吧。

可住在三楼的老师并不把我们当园丁，他们提出了抗议：太臭了！如果刮的是下山风，他们那里当然是首当其冲，恰巧我们这里是坡原，不刮下山风简直是不可能的。问题很快被反映到了校长那里，其实不反映他也能闻到。也就是在那次班会上，裴芸芸老师最后说，从今天开始，以后大家晚上起夜，都到该去的地方解决吧！她的话引起了我们一阵快活的笑声，我们都没把它当一回事，不就是撒泡尿吗？哪里不能撒，镇上还有人当街撒尿呢。

事情确实没有从当天开始。我们并不是不尊重裴芸芸老师，我们只是觉得尊重是一回事，撒尿是另一回事。当天晚上我们撒尿时还模仿着裴芸芸老师的神态互相开着玩笑：到该去的地方解决吧，到该去的地方解决吧，该去的地方就是这里嘛。一连三天都是这样。

到了第四天晚上，半夜三更的，忽然有一个同学惊慌失措地从外面颠了进来，他边跑边喊，外面有鬼！外面有鬼！我们都被惊醒了，大家气都不敢喘，紧张地盯着宿舍门口。借着门外微弱的月光，我们看见一个白色的影子飘了进来，真有鬼呀！正在我们瑟瑟发抖的当儿，吧嗒一声宿舍的电灯被拉亮了，我们一看，原来是裴芸芸老师，她穿着一身白裙子，手里拿着手电筒。大概那天晚上裴芸芸老师一直守候在槐树边，我们猜想她是打算亲手抓一个不听话的学生做典型。可是她没想到那个出来撒尿的学生还在半梦中，被她忽然用手电一照，冷不丁地吓得魂不附体，这下她后悔了，才不得不跟了进来，想安慰他几句；更没想到的是她又吓了我们全体，这才不得不拉亮电灯，让我们看清楚是她。裴芸芸老师说，对不起，我惊醒了大家，刚才是谁，我也没有看清，大家睡吧。她拉灭了灯走了出去。她真的没有看清楚吗？从后来她没有具体地批评哪位同学来看，她可能真的没有看清楚；但更可能的情况是，她肯定是看清楚了，但为了不给那个已经受了惊吓的同学增加压力，她故意这么说的。

第二天起来，我们一走出宿舍门，正准备掏家伙（每天清早我们能把那个巨大的树坑尿成涝池），冷不丁地发现裴芸芸老师就站在房檐台上，跟前放着一口木桶，同学们尴尬地把手从裤口挪开，嘿嘿嘿地傻笑着。这口木桶我们都见过，它是裴芸芸老师平时在屋里盛水的。她对我们说，同学们，我现在给你们准备一口桶，大家以后要小便就在这里吧，每天早晨我给你们倒掉。

我们面面相觑，不说话。裴芸芸老师说，现在就尿吧，已经憋了一夜了。我们的脸都红了，活像一群要打鸣的小公鸡。不好意思是吧？裴芸芸老师说，那我躲开，你们赶快尿，我还等着倒哩！

我们都像挨了砖头的狗一样，低着头绕过裴芸芸老师，急急忙忙地往远处的厕所颠。等我们从厕所回来，裴芸芸老师还在门口守着，我们不自觉地在她面前站成一列横队。裴芸芸老师说，上厕所是不是很难？多走几步路是不是就把人累死了？我们都深深地低下了头，为自己做下的丑事。你们不是很向往城市吗？裴芸芸老师继续说，要进城市首先要学会做一个文明人，文明人是不会随地大小便的。谁还准备往门口尿，裴芸芸老师问道，我把这口桶给他留下？

我们的班长冯狗圣悄悄地把裴芸芸老师的水桶提了起来，提到原地，给裴芸芸老师打了满满的一桶水。我们其他人都不声不响地走进宿舍，拿起脸盆，端来泥土，把树坑填满了。我们掩埋了罪证，也从此告别了随处撒尿的恶习。

第二个整顿目标是我们早晨睡懒觉的毛病。那时候住大通铺的我们到了晚上就特别兴奋，因为很多话在教室是不能说的，只能留给臭烘烘的宿舍。宿舍里模糊暧昧的灯光（永远是 15 瓦灯泡）以及我们干瘪的赤身裸体（通常是在夏天），很适合谈论某些话题，比如女人。说实话，那时候我们这群十四五岁的小公鸡对女人是一无所知的，但奇怪的是我们对这个陌生的对象却有着异乎寻常的热情和奇特大胆的想象。我们讨论另类人的身体构造（这种讨论并不猥亵），班上某个女生的头发、脖颈和偶尔露出的小腿肚子。有一种游戏是我们乐此不疲和常玩常新的，那就是把班上的女生按高矮、胖瘦、美丑分组，然后与我们进行相应的配对，这种游戏刺激而有趣。第二天来到教室，某位男生碰见那个被配给的“老婆”，很可能会不好意思地脸偶尔一红，其他人则哈哈大笑，那个女生被笑得莫名其妙可永远是蒙在鼓里。几年之中，我们班的女生和我们学校的女老师（年纪大和长相丑的除外）被我们编排过不下二十次，可奇怪的是，我们从来没有议论过我们的裴芸芸老师。

这样的“卧谈会”往往即使过了半夜也刹不住车，直到我们都困得快要昏迷了，这才捂着身体的某个膨胀的部位酣然入睡。迟睡的结果当然是晚起，而晚起是学校所不允许的，学校每天都集体上操，校长亲自检查各班的出操人数，而我们班的队伍往往是最奇特的：老师加学生，清一色的娘子军，全体男生都在宿舍做着五颜六色乱七八糟不可言说的什么梦。这当然让裴芸芸老师很尴尬，即使校长不批评她，她的脸上也挂不住。裴芸芸老师专门给男生开了会，要求我们按时起床，还追问我们晚上都在干什么，不早点睡觉？我们都笑而不答。

没想到我们睡懒觉的毛病一下子就被裴芸芸老师给治住了，这事说起来真有点歪打正着。就在她给我们开了会的第二天早晨，我们照样睡懒觉，班上的女生已经在教室门口排好了出操的队伍，而我们却迟迟没有露面，裴芸芸老师就追到了我们宿舍。这下她发火了，你们太不像话了，快起床！我们被唤醒了，而且看见了裴芸芸老师愠怒的脸色，可是我们就是不肯起来。裴芸芸老师急了，因为马上就要到操场集合了，她就动手掀靠近门口的那位同学的被子，那位同学也急了，他用下半身紧紧压住被稍，两只手护住被口。我们也全都如此，唯恐裴芸芸老师下一个掀到自己身上。我们都急着想起来，但大家就是起不来。

在这里，有句话我不得不说，说起来实在不好意思：我们差不多都没有穿内裤。我们不是天体主义者，也不是流氓，而是太穷了。那个时候，在我们那里，别说像我们这样的半大小孩，就是大人，不穿内裤也不是什么秘密。这个秘密若干年之后被小品演员郭达在电视上公之于全国人民，那是在他和蔡明合演的小品《黄鼠狼》中，郭达饰演的是一个陕西老农，老农的儿子到国外留学，找了一个洋媳妇，饰演洋媳妇的蔡明回家探亲，给公公买了一身睡衣，公公很惊讶，说睡觉还要穿衣服，我都光身子睡了几十年了！郭达是我们的老乡，我后来在家乡听到了不少埋怨他的话，说他揭了老家人的丑底，搞得大家脸上无光。不过我上中学的时候郭达还没有出名，我们的秘密别人还不知道，也就是说，当时这个秘密仅公开于我们乡下人之间，对外来者，特别是对城里人，它依然还是秘密。那时候虽然我们一个宿舍的同学之间可以坦诚相对，但我们不可能对一个异性，特别是我们尊敬的裴芸芸老师裸露我们丑陋的身体，因为这是亵渎。

我们与裴芸芸老师就这样焦急地相持着。她掀不动这个的被子就去掀那个，掀谁的谁都跟她较劲。忙活了一阵，裴芸芸老师忽然意识到了什么，她笑了，说，我到外边等着你们，快！

她一出门，我们那个快呀，踢里腾楞就穿好了衣服。我们出来后，裴芸芸老师说，你们听好了，明天谁再睡懒觉，我就去掀谁的被子。我们哧哧地笑，她说，你们别笑，我是认真的！

谁都相信她是认真的。从那以后，我们再也不敢睡懒觉了。

整顿班风的事应该说是很有成效，连我们都觉得待在这个班上忽然有了一种陌生感。裴芸芸老师那一段时间很高兴，能猜测得出校长刘全福对她的评价大概有所改变。但这仅仅是我们的猜测，因为在公开的场合，我们并没有听到刘全福对我们班的表扬，也没有听到他对裴芸芸老师的称赞。我们只是希望事情能是这样，希望我们的裴芸芸老师快快乐乐的。然而后来发生的一件事，彻底粉碎了我们的幻想。

事情是这样的。那一年快到五一节的时候，学校决定搞一次全校性的文艺会演，各班自编自演节目，届时参赛评奖。裴芸芸老师雄心勃勃，决心到时候让我们班露一手。她的自信是有根据的，因为文艺上她有特长，我们在她的宿舍里看到过好几张她在西安参加文艺比赛的奖状，还有她的舞台剧照。我们班的节目排练在有条不紊地进行着，那些天的课外时间，甚至晚上，裴芸芸老师都和参加演出的同学泡在一起，二胡笛子、锣鼓铙钵，煞是热闹。当然，别的班也没有闲着，但裴芸芸老师看见别人的节目总是发笑，因为那太业余了嘛。

很快就到了演出的那天晚上。舞台搭在学校的操场上，下面整整齐齐地坐着十几个班的学生，前三排位子留给学校领导和老师。我们班的演员化完妆了，裴芸芸老师去学校借服装，因为有一个舞蹈节目女生全部要穿裙子。这是她和校长已经提前约定好了的，我们班的节目在前，服装我们先用，然后再轮到别人。可是当裴芸芸老师到会务组要服装时，主管的人却说服装早就被别的班借走了。裴芸芸老师又到那个班去要，那个班当然不给，他们巴不得我们没有服装出丑哩，裴芸芸老师那个火呀，她跟主管吵了起来，一直吵到了校长跟前，校长说，你们为什么不早点拿，给我说了有什么用？我能把所有鸡毛蒜皮的事都记住！校长明显地不讲道理了，裴芸芸老师气得只会说，好！好！她扭过头就往回跑，一会儿拿来了四件裙子，这都是她自己的，尽管颜色式样不一，也只好这样了。可是还差一件，她没有第五件了。情急之中她忽然看见了舞台边上迎风招展的红旗，那晚上舞台两边一共插了十面红旗，裴芸芸老师叫了我们班一个大个子同学，指着最边上的一面说，把那面旗给我卸下来！那个同学立即拔下旗杆就扯红旗，校长跑过来干涉，裴芸芸老师说，你别挡，你要挡我们班以后拒绝参加学校的一切活动！校长不吭声了。

我们也不知道裴芸芸老师要那面红旗干什么，直到节目开演了，我们才看见它围在裴芸芸老师的身上，成了一件鲜艳的红裙子。那个舞蹈节目是裴芸芸老师和同学们共同演的，她担任领舞。那天晚上，我们算是见识了裴芸芸老师的舞姿，它是那么优美，那么矫健，简直跟电影《红色娘子军》上的吴琼花没有两样。舞台下面静悄悄的，连刘全福也瞪圆了眼一脸傻相。我们那个得意呀，那个自豪呀，我们的手都拍疼了。

忽然，一件意想不到的事情发生了：当裴芸芸老师做一个高难度的跃身起跳动作时，忽然唰的一下，她的裙子掉了下来，露了白嫩丰满的双腿，还有胯间那件小巧玲珑的红内裤。我们一下子都傻了，舞台下面在瞬间的寂静之后爆发出一阵哄笑。幸亏我们的班长冯狗圣那天晚上做舞台监督，他当机立断拉下了舞台电源的总闸。

当舞台再一次恢复灯光时，观众席上的混乱还没有停止，有人拍手起哄，有人吹口哨，有人干脆站在凳子上脱下衣服乱摇晃。校长刘全福跳上舞台大发雷霆，初二一班今天晚上是干什么来了？哦，是捣乱来了是不是！

那次文艺会演我们当然名落孙山。到第二天上课时，裴芸芸老师哭了，连连给我们道歉，说对不起，她搅黄了我们节目，裙子她是用别针别住的，想不到会挣开。

望着满脸泪珠的裴芸芸老师，我们班的女生都哭了。男生没有哭，只是心里特别气愤：到底是谁在捣乱！

更气人的事还在后面。在我们初中的最后一学期里，学校开展了大规模的勤工俭学活动，校长刘全福在动员大会上说，这是学工学农，走“五七”道路。我们随即在原坡上开出大片荒地，建成学农园地，还一次又一次地全校出动，参加公社修筑渭河大坝的万人大会战。那一学期我们基本上没有上课。这不是刘全福的错，因为是大势所趋。刘全福的错误在于他在学校养了一头猪。

要说养猪，也不能说是错误，别的学校也在养。但刘全福养的猪跟别人不一样，是公猪。公猪在我们那里有两种用途：一是阉割了以后当肉猪，一是留着那条骚根当种猪。刘全福要的偏偏是后一种，他的解释是，养种猪有双倍的收益：猪年轻的时候配种可以赚钱，老了以后杀了可以卖肉。你不能说他的谋划没有道理，而且还得承认这是更有效益的勤工俭学。但他养猪的地方完全不对：他把种猪圈修在我们教室旁边的斜坡上。

猪圈离我们教室只有二十米左右，每天天一亮，那里就猪声鼎沸，公猪亢奋的高号，母猪甜蜜的低吟，简直让我们无法忍受。更无法忍受的是，公猪母猪经常从圈子里跑出来，在光天化日之下交媾，那些从学校周围赶母猪来的农民站在外面又说又笑，他们透过教室的玻璃窗户，肯定看见了我们漂亮的裴芸芸老师和我们如花似玉的女同学，他们的脸上堆满猥亵。每当这种时候，我们的裴芸芸老师就满脸涨红，我们的女同学不得不把头伏在桌子上。

裴芸芸老师愤怒地去找刘全福，刘全福说，谁让你们上课的？哦，现在是停课学工学农，我还没找你的麻烦呢。刘全福那时候一门心思在学工学农上，他信心百倍地要当全县的先进个人。刘全福的质问不是没有道理，裴芸芸老师确实是私自给我们上课的，那是利用学工学农的间隙，大概在她看来，学生无论如何总是该学点东西的。

裴芸芸老师没有办法，只好让我们用报纸把临坡那面的玻璃窗户糊上。我们伴着猪声听裴芸芸老师讲课，猪声虽然很不圆润，很不悠扬，但绝对的豪放，很像今天的某些通俗歌星。为了盖过猪叫，裴芸芸老师不得不声嘶力竭地音高八度，以至于渐渐地她的嗓子完全沙哑了。

嗓子沙哑之后的裴芸芸老师情绪越来越低落，见了我们也不再说说笑笑。这在我们看来是非常罕见的，我们的裴芸芸老师性格单纯爽直，在某种意义上甚至可以说是有点天真，她可以大喜大悲、大笑大怒，但绝不会愁容满面，沉默寡言。如果真是这样了，那一定是什么东西使她彻底寒心了。但到底是什么呢，我们不知道。

时间眼看逼近了毕业，对我们来说，这将是一个悲伤的时刻。从很小很小的时候起，我们一直以为学生时代是一个漫长的旅程，小学、初中、高中、大学……我们有几十年的光阴可以慢悠悠地挥霍，那情景就像小孩玩跳方格的游戏，方格永无止境地伸向远方，就像一长串的省略号，我们在那些逗点上快乐地蹦蹦跳跳。省略号的尽头在哪里呢？我们想象它的最后一点应该是一块耀眼的金币，它就抛撒在城市的广场上。当我们捡到这块金币时，抬头四顾，啊！四面是高耸的楼房，宽阔的街道，奔驰的汽车，以及永远都幸福和快乐的城里人。

这就是我们的理想。对于出身城市的孩子来说，他们的理想肯定要远大得多，当科学家、政治家、作家、外交家、教授、宇航员等；对于我们这些农家子弟来说，我们的理想简单而实用：好好读书，将来当一个城里人。这说起来十分惭愧，看起来很可怜，我们仅仅是想混一个和人家一样的出身，人家的起点是我们的终点！但我们有什么办法呢？谁叫我们天生就是一堆可怜虫！

然而即使如此，我们也要被人腰斩了，那串通往远方的省略号忽然被人粗暴地从中间抹去了：高中停办，大学取消。我们的金光大道塌陷了，城市在遥远的另一边，在想象的仙山瑶池里，可是我们过不去！我们只得原路返回，当农民。

我们当然很伤心，我们心有不甘情有不愿，但我们又能怎么样呢？到现在我还清楚地记得我们学生时代的最后一课，那篇课文是裴芸芸老师私自给我们加进来的郭沫若的诗歌《天上的街市》（裴芸芸老师常常给我们教一些课外的文章）。天上的街市，啊，天上的街市！多么美妙的称呼。当裴芸芸老师讲解时，我们听得是那么认真。

我想那缥缈的空中，

定然有美丽的城市。

街市上陈列的一些物品，

定然是世上没有的珍奇。

裴芸芸老师绘声绘色地朗诵了这一段，这时，我们的教室里忽然传出嘤嘤的抽泣声，大家一看，是孙棉桃，我们班学习最好的女同学。裴芸芸老师一愣，随即走到她跟前，问她怎么了，她头伏在桌子上，哭得更伤心了。裴芸芸老师问大家，孙棉桃同学怎么啦，啊？大家都不说话，其实我们每一个人都知道孙棉桃为了什么，我们心有同感，只不过我们没有哭出来罢了。忽然，我们的班长冯狗圣站了起来说，裴芸芸老师，您给我们讲讲地上的城市吧，就讲西安。

裴芸芸老师沉默了，她走回讲台，静静地看着我们。看着看着，她的眼圈就红了。同学们，她说，我知道你们心里难受，其实，我比你们更难受。我教了你们一年多，你们是多么好的孩子呀，我做梦都希望你们有一个好前途……可是……裴芸芸老师流泪了，我不讲城市了，那对你们是伤害。美好也是伤害。

美好也是伤害。美好也是伤害。她反复地呢喃着这句话。

难道我们的城市梦就此破灭了吗？

没有。

就在我们临近毕业的最后一个星期，我们班发生了一件石破天惊的事。那是一个星期六的早晨，我们还都在睡懒觉，忽然裴芸芸老师闯了进来。当时的情景把我们吓了一大跳，裴芸芸老师手里提着一把尖刀，袖口上、衣襟上、裤腿上到处都是血，就连那把尖刀也还在滴滴答答地往下淋着血。我们不知道发生了什么事，难道裴芸芸老师把刘全福宰了？

裴芸芸老师气喘吁吁地说，起来，大家快起来！我们也顾不上光屁股，踢里腾楞爬起来就穿好了衣服。穿好了衣服我们也不知道要干什么，裴芸芸老师说，别耽误时间，快跟我来！

我们懵懵懂懂地跟着裴芸芸老师，她把我们领到猪圈，眼前的情景让我们大吃一惊，只见那头健壮肥大的公猪已经侧身躺在地上不能动弹，脖颈的刀口还在一股一股地往出喷着黑血。裴芸芸老师说，我把它杀了，给你们做去西安的路费。我们一时没有明白裴芸芸老师的意思，仍在发愣。她说，找几个劲儿大的同学把它抬去卖了，我带你们去西安！

这下我们听明白了。噢！噢！大家高兴得跳起来欢呼，裴芸芸老师赶紧制止我们，小声点，别让学校听见了！其实裴芸芸老师不知道她的小心是多余的，刘全福已经回家去了，周末他一般都要回家看老婆。我们不清楚裴芸芸老师是如何把那头公猪戳翻的，那可是两三百斤的庞然大物呀。后来我们想通了，裴芸芸老师的丈夫不是肉联厂的吗，没准他教过她几招哩。裴芸芸老师给我们分了工，为了防止学校发现，由几个身高力壮的同学把那头死猪从墙上架了过去，然后抬到肉联厂去卖掉，其他同学分散溜出学校，到镇上的火车站集中。

那是一个阳光特别耀眼的上午，空气里翻滚着浓烈的麦香。我们坐在明亮的车厢里（我们都是第一次坐火车），幸福地望着我们的裴芸芸老师，换上连衣裙的裴芸芸老师是那么漂亮，那么慈祥。多少天来，她的脸上第一次露出灿烂的笑容。

铁道两旁的白杨树在列队欢送我们，一望无际的麦田为我们闪开一条路，八百里秦川的所有布谷鸟都放开歌喉，为我们唱着赞歌。我们伴着列车的咔嗒声，捂着一颗快要蹦出胸膛的激动的心，驶进了我们梦寐以求的西安城……

若干年以后，我们都已成人。成人的我们天各一方，有的进了城，并且在那里扎下了根，吃喝拉撒，生儿育女，生活中充满了幸与不幸；也有人至今依然留在农村，土里刨食，泥里求生，生活也同样充满着幸与不幸。但我们都忘不了二十年前的那趟列车，忘不了我们在西安城里的惊讶和迷惘，尽管那只有短短的两天时间。因为无论如何，我们终于圆了我们的少年梦，知道了天有多宽，地有多厚，从此我们可以终生无憾。比圆梦更重要的是，我们枯涸的心灵得到了慰藉，一个好人在我们最绝望的时候抚慰了我们的灵魂。大概就是从那个时候起，我们忽然觉得我们都长大成人了，因为我们终于意识到：无论生活多么艰辛，你都应该做一个好人，一个好人可以温暖别人的一生。

裴芸芸老师，您现在还好吗？

鸡蛋要案

黑豆被押进牲口窑时王公安正在给墙上贴标语。标语是“坦白从宽，抗拒从严”，王公安想把这临时审讯室弄得像一回事。可惜这标语只能写在废报纸上，软里巴几的，很不威风，糟蹋了他的一笔好魏碑，不像他写在县公安局审讯室里的那八个黑字，撇捺点横都像大刀木棒和石头，龇牙咧嘴，贼狠贼狠的，犯人一见就发怵。

更让王公安恼火的是用牲口料拌成的糨糊根本没有黏性，再加上土墙褪灰，前面贴上后面掉，弄得他手忙脚乱地狼狈。黑豆说，用皂角刺扎上吧。王公安脸朝墙说，你拔皂角刺去。

黑豆就往外走，弄得两个押他的民兵犯愣，他是犯人呀，咋就让他走了？牲口窑的院子里有一棵一搂粗的皂角树，黑豆蚂蚱一样噌噌地爬了上去，很快就折了一大把皂角刺。黑豆这会儿有些纳闷，养鸡场的围墙肯定没有这么高嘛，昨晚咋愣就爬不出来？

都怪那只鸡，那只驴嗓门公鸡。黑豆想搁谁都一样，鸦雀无声的夜晚，做贼的人冷不防让公鸡义愤填膺地吼一嗓门，还不吓破胆？况且鸡棚离围墙那么近，黑豆当时觉得那公鸡就是趴在他耳朵边喊：嘎勾咕——咕！抓贼啦——快！他魂飞魄散，手一哆嗦，就从墙上栽了下来。栽下来时黑豆听见了口袋里嘎嘣一声脆响，完了，鸡蛋破了！但他敢保证麻脸没有听到，麻脸场长听到的肯定是他像麻袋一样摔在地上的那声“咚”。麻脸穿着裤衩子捉住他时他正在把口袋里的鸡蛋汁往嘴里撮，那是一种带着草腥味的苦涩。黑豆有些失望，鸡蛋咋这么难吃，不知道弄熟了咋样？

黑豆就这么遗憾地被捉到了大队部。不过黑豆不怎么怕，这年头偷东西的人多啦，前几天郭拐子偷了生产队一背篓青苞米，也就开了一场批斗会，外加屁股蛋上挨了队长两臭脚。

黑豆把皂角刺拿给王公安，帮王公安压住标语的边缘让他钉。钉好了，王公安后退了几步，背起手眯着眼睛欣赏自己的作品。黑豆也背了手帮他瞄，“右边往下斜了。”黑豆说。王公安把右面往上挪了挪，问：“好了吧？”黑豆说正好。王公安拽了一片废报纸擦了擦手，然后又拍了拍巴掌，把手上的纸屑拍干净。黑豆在衣服上蹭了蹭手，也狠狠地拍了一下巴掌，比王公安的还响亮。

王公安在椅子上坐下来，问：“犯人呢？”

民兵朝他身后指了指。王公安慌乱地向后一闪，扭过头问：“你……就是你？”黑豆嘻嘻一笑。王公安大喝一声：“还不押起来，你们是干吗的！”两个民兵立马上来把黑豆的胳膊扭住，将他按在一只反扣在地上的水桶上。“怎么搞的，让犯人到处乱跑？绑起来！”

民兵找了半天，没有找到绳子。王公安解下黑豆的裤带，将他双手反剪捆得结结实实的。黑豆身体单薄，一下子被勒成了粽子。

说实话王公安当时的确有些后怕。去年他在县公安局审讯一个杀人犯时，那家伙趁解开手铐在供词上画押之机，忽然拿钢笔猛地朝他脸上戳过来，幸亏他躲得快，否则不瞎一只眼恐怕也得破相。

“为什么偷鸡蛋？”

“饿。”

“饿了就偷？做贼还有理了！”

“又不是我一个人偷，偷的人多了，郭拐子前几天就偷玉米。”

“偷了多少？”

“一个。”

“赃物交出来！”

“摔破了。”

“嘿嘿，”王公安冷笑着说，“你这个贼娃子，还在我面前耍奸弄滑，以为我不知道？偷了多少筐？”

“就一个！哄人！”这一下黑豆火了，他的屁股在水桶上一顿一顿的，弄出嘎巴嘎巴的响声。他感到委屈，郭拐子偷了一背篓玉米，就挨了两臭脚，我只偷了一个鸡蛋，你驴日的绑我！郭拐子偷的还是生产队的，祸害的是大家伙的口粮，我黑豆讲义气，偷就偷公家的，公家的养鸡场与生产队有何相干？更让黑豆生气的是这“牛卵”竟不相信他——王公安脑袋胖圆，头发又稀又黄，在黑豆看来活像公牛卵蛋，黑豆一生气就在心里叫他牛卵。他最恨人说他耍奸弄滑，他虽然又瘦又小，但他觉得人长得丑那是爹妈的错，人不实在就只能怪自己。去年人炼钢铁在北山出民工，吃饭是定量供应，有一顿是玉米粑粑，每人两个，金黄金黄的，几年都没闻过这香味了。黑豆吃得很快，吃完后到伙房舀汤喝时，看见蒸笼底上还有馍渣，就捡起来吃，厨师硬说他偷了粑粑，他顺手就把一碗汤泼在厨师的脸上，结果被人打得鼻青脸肿。其实黑豆最怕打架，除了娃娃和牲口，他谁也打不过。但打不过也要打，他咽不下这口冤枉气。黑豆不忌讳偷，偷了他就承认。饥饿年代谁不偷？那时候有歌谣：偷一斗，红旗手；偷一担，是模范；不偷不赖，饿死活该。

“偷了一个就一个，谁偷了两个是驴日的！”

王公安是有经验的审讯员，他知道这时不能跟犯人顶牛，顶起牛来的家伙犯浑，死硬到底。对付这种人他有的是办法，得绕着弯下套。多少犯了死罪的亡命徒他都审下来了，还拿不下一个鸡蛋贼？

王公安跟黑豆谈起了鸡蛋。他说鸡蛋有好多种吃法，可以蒸、炒、煎、摊，还可以做荷包蛋、鸡蛋糕、鸡蛋汤，问黑豆最爱吃什么。王公安说得绘声绘色，逗得黑豆满嘴跑涎水。黑豆说：“我最爱吃荷包蛋。”其实黑豆什么鸡蛋都没吃过，只听人说过荷包蛋，那是丈母娘招待新女婿的压轴菜。黑豆从小死了娘，前两年殁了爹，日子过得昏天黑地，哪有心思养鸡，他觉得有鸡吃的几颗米还不如填了人肚子。

王公安掏出两分钱，对一个民兵说：“到你家买一个鸡蛋，快去快回。”不一会儿，民兵就回来了。王公安笑着对黑豆说：“我今天给你做一次荷包蛋。”黑豆愣愣的，不知道王公安要干吗。王公安四下瞄瞄，找见了给牲口舀水的马勺，盛了半勺水，然后点着一把喂牛的麦秸秆，端着马勺烧起来，等水烧开了，把鸡蛋打在里面。他边烧火边问黑豆：“你想吃嫩一点还是老一点？”黑豆不知道该怎么回答，荷包蛋又不是女人，还有老嫩之分？荷包蛋做好了，王公安才知道这里没有调料，又对刚才那个民兵说：“端回你家去拌一下，辣子要放饱。”等马勺又回来了，王公安皱了皱眉头，“怎么连筷子都没有？”民兵又要回去拿，王公安说：“再跑几次都凉了，折两根树枝凑合吧。”

黑豆被松了绑，他也不客气，端起马勺就吃，吃得额头的汗水嘣儿嘣儿地都跳进了汤水里，末了，连马勺边上沾的白沫沫都抿进了嘴里。

黑豆实在是饿急了，从昨晚上被关起来到今天下午，他滴水未进。

王公安笑眯眯地看着他吃完了，问："味道咋样？"

"香！再放些葱花就更香。"黑豆还在用舌头舔马勺底，他想昨晚上的那个生鸡蛋不好吃，肯定是自己手上沾了鸡屎。鸡屎他闻过，是有草腥味。

"如果再有一碗你还想不想吃？"

"吃！"

"那你昨晚咋不多偷几个！"

"我……"

"没有那个胆量，是吧？看你这熊样子，也就是个小毛贼，只配偷个把鸡蛋！"王公安乜斜着眼睛，一脸的不屑。

"告诉你，老子要偷一筐的，不是谁把它藏起来，老子就偷了！"

黑豆火了。我站起来一墙高，躺下去一床长，好歹也是个汉子，你牛卵竟这样小瞧我。他恨不得当下有一筐鸡蛋摔在牛卵面前，可惜他手里只有一只空马勺。

黑豆因此十分痛恨那个藏鸡蛋的人。是谁把那筐鸡蛋藏起来的？一定是那个驴日的麻脸场长！前几天黑豆被队里派到镇上的养鸡场去当副业工，帮人家修鸡棚的下水道。他瞅准了靠围墙的那个鸡棚外边放着一个鸡蛋筐，上面盖着稻草帘子。他歇工时掀开看了看，里面满满的全是大个儿的红皮鸡蛋。他听人说过红皮鸡蛋最好吃，当时心里骂道不知道哪个驴日的才有口福！后来他就想起来了偷，多半年了他都没有正经吃过粮食，村里村外的树皮都被人剥光了，老鼠麻雀也逮得绝了迹。黑豆个子矮小，爬树没有腿长的人快，麻雀逮得少，老鼠倒吃过几笸篮。老鼠肉一股臊气，吃了打嗝放屁能熏倒自己。队长说是自然灾害，可黑豆觉得这几年都风调雨顺的，地里庄稼长得蛮欢实，哪有什么灾害？就是打下的粮食都上交了，不够的队长就带民兵挨家挨户翻箱倒柜搜。那一次在他家搜出了留给来年的一升种子粮，队长（黑豆把他叫狗毬）就让民兵装走，当时黑豆他爹还活着，上去跟狗毬论理，说明年的地怎么种？狗毬就给了他爹一脚，幸亏那一脚踢在了他爹的屁股蛋上——狗毬练出功夫了，专踢人屁股蛋。

我们的粮食是不是也拿来这里喂鸡了，喂出了这些红鸡蛋？一这样想黑豆就气愤。对，偷！自家粮食喂出的鸡蛋，凭什么我就不能吃！但一想到偷，黑豆又有些后悔，因为他刚才已经骂过了，驴日的才有口福吃鸡蛋，我不是要成了驴日的？

偷鸡蛋之前黑豆是做了精心准备的。那座围墙从外面进来并不难，因为墙外面是一面斜坡，站在坡上一跳就跳在了墙头上，关键是如何从里面爬出来。围墙的里面有两丈高，不过这难不倒黑豆，昨天下午收工时他在墙脚下垒了高高的一垛砖。当时麻脸场长看见了，问他干什么，他说这些砖头不用了，到处乱扔是浪费，码起来留着吧。麻脸还表扬了他，说完工了以后多给他加工钱。没想到麻脸这驴日的贼精，大概看出了破绽，当天晚上就把鸡蛋筐收起来了，害得他黑咕隆咚的就在鸡屁股下摸出了一个蛋，还抓了一手黏糊糊的鸡屎。当然，最可恶的是那个叫驴嗓门的大公鸡，下一次要偷就先偷它，拧断脖子炖汤喝！

王公安得意地笑了。他笑得很开心。这贼不是已经上套了吗？

“你说你要偷一筐鸡蛋？”

“至少。”

“还想偷什么？”

“没……再想。”

“你还想偷鸡！”

“我没有偷。”

“你想偷，以为我不知道？”这是王公安的推论，偷鸡蛋的贼很可能下一回就偷鸡。王公安在办案中经常有这种大胆的推论，他想犯人胆多大呀，杀人放火都敢干，我不大胆行吗？我不诈唬他们能坦白交代吗？

黑豆没话说了，他默认了。他是老实人。啧，啧，这眼睛！黑豆望着牛卵心里有些惶惶。他戴着眼镜哩，这驴日的眼镜怕是透光镜，能看穿人的脑壳子？

叭的一声，王公安把一副手铐拍在桌面上。“你认得这个吗？”

黑豆摇摇头。大概是牛罩眼吧，两个圆圈圈，中间用一根绳子拴起来。不敢想牛，不敢想牛！这时节千万不敢想牛！黑豆打了个激灵，三年前他一个人套车去县城拉化肥，走在路上，曾冷不防地冒出过一个念头：把这头肥嘟嘟的犍牛卖了去，回家就给队长说牛惊了，挣脱绊绳跑丢了。那时候他爹病得一口气悬兮兮的，抓一服药都得拆房上的檩条去换钱。这时节想起牛就是偷牛，驴日的傻瓜蛋！黑豆抡起胳膊，双拳夹击，狠狠地夯了一下自己的光头。

还没等他的胳膊放下来，王公安已经捉住了他的双手，当啷一声给他套了手铐。“这下你该认得了吧。”

“手镯。”

“手铐！你这个瓜熊。”

黑豆刚才被勒了一绳子，吃鸡蛋时松了下来，胳膊好受了些，现在又箍得胀乎乎的。“认得了，认得了！”黑豆有点高兴，以前村里人吵架，一个诅咒另一个时经常说：“你总有一天要戴手镯！”黑豆那时以为手镯就是新媳妇手腕上白格生生的银镯子，现在才知道这叫手铐。村里的土包包们真懵懂，太没见过世面，待会儿这里一散场我就给那些傻熊上课！他后悔那一次在工地上跟厨师打架时没有骂那个肥猪要戴手铐！

“知道为什么要给你戴手铐吗？”

“不知道。”说这话时黑豆正在低头研究手铐。他把胳膊抖一抖，手铐上的铁链就哗啦哗啦响，他把双手合拢一碰，手铐上的两只铁环撞出丁零零的乐音，活像正月十五闹社火时击打的铜钹，脆格生生的好听。

“你的事情闹大了，够判五年徒刑！”

黑豆的好兴致被破坏了。他很不服气。这吓唬人哩，他知道这牛卵吓唬他。黑豆说：“郭拐子偷一背篓玉米，判几年徒刑？”

“郭拐子已经开过批斗会了，再说他偷的是你们生产队的，是窝里偷，我们不管。”

“那狗毬偷人呢？”

“谁是狗毬？他偷什么人？”王公安有些奇怪。

两个民兵吃吃地笑。黑豆说：“狗毬就是队长刘六子，他偷郭拐子的老婆！”

“郭拐子告过没有？”

“他不敢。”

“他老婆愿意吧？”

这黑豆说不准，他又不是郭拐子的婆姨。

“那就不管。”

“为什么？”

“这叫通奸，民不告，官不究。再说他偷的是你们村里的人，一个村就是一个大家庭，你能说你拿你爹的烟袋锅抽一口叫偷吗？”

黑豆想那确实不叫偷。“那只有我是偷吗？”黑豆让王公安给搅迷瞪了。

“一大筐鸡蛋，一大堆鸡，不是场长警惕高，你不就偷成了？你偷谁的东西？公家的！公家是谁的？共产党的！你的胆子真大，敢跟共产党做对头。什么人跟共产党做对头，你知道吗？”

黑豆摇摇头。

“地、富、反、坏、右！你们村的恶霸地主刘大头枪毙了，陈家洼的反革命陈呆子也枪毙了！”

这是真事。枪毙刘大头时黑豆还小，听他爹说过，押到县城外的曲曲河边，一枪掀了天灵盖，脑浆哗地撒到河里边，逗得鱼蹦儿蹦儿跳出来吃。枪毙陈呆子他赶上了，那是个教书先生，要组织一个什么党。他被拖往沟里时已经吓晕了，怎么也跪不住，最后还是有人端来了一垛土坯垒起来，扶着他靠在上面，枪对着他的脑门口——

叭！

黑豆打了一个冷战。他摸摸自己的脑门，摸出一把冷汗。黑豆后怕地瞅瞅王公安，原来是牛卵磕打火机点烟。

“判你五年是轻的！”

黑豆确实害怕了。枪毙他挨不上，但坐牢看来是跑不了。牢他没坐过，但想来不会是个好地方，要不诅咒人为什么要恶狠狠地说戴手镯？戴手镯就是要坐牢嘛！

“那……那我咋办？”

“咋办？”王公安扭过屁股，面朝墙壁，读一个字吐一口烟。“坦、白、从、宽，抗、拒、从、严！”那些烟蛋蛋像子弹一样打在八个大字上，也一惊一惊地打在黑豆的胸口上，打得他长气短气地喘不匀。

“我坦白，我坦白。”黑豆战战兢兢地交代了他三年前想偷牛的事。

末了，黑豆问：“我可是想偷我们生产队的牛，不算犯法吧？”

王公安暗暗高兴。看来这鸡蛋贼是沙滩上的井，越挖越出水，说不定真能挖出几个大案哩。比如说黄坡镇百货公司被盗案——那次盗窃数额巨大，有几千元吧；还有公社武装部被盗案，这更可怕，贼偷走了一把驳壳枪，三颗手榴弹。这些案子都没有破。黑豆能偷鸡蛋，同在一个镇上的百货公司他能不眼馋？公社武装部远是远些，但贼是不在乎走路的。办案的经验告诉他，盗窃案往往是连环案。

王公安知道自己这次要露脸了。哼，犯芝麻大点小错误，就把我下放到公社当公安干事，老子这次侦破几件大案要案，让县公安局的那帮熊货开开眼！

“偷牛这事算也行，不算也行。如果不算那就等于你没坦白。”

“那就算，一定要算！”黑豆急了。

王公安说：“算上这件事也不够格，藏西瓜露芝麻！告诉你，要想从宽处理，就得交代大案要案。我给你讲几个故事吧。”

王公安讲述了他经办的几件案子，有偷银行金库的，有偷信用社存款的，有偷国家粮库的，这些人最后都坦白了，也都从宽处理了——那些人是不是真坦白了只有王公安自己知道。他的目的是抛砖引玉。

“贼娃子都放了？”

“没有，从宽处理了，该判重的就判轻。”尽管为了诱导黑豆，王公安已经把那些人的刑期大大缩减了，比如八年说成五年，五年说成三年，三年说成一年，但他不能违反政策胡说八道。王公安是很有原则的。

但黑豆理解错了。他以为这些人最后仍然进了牢房是因为他们犯的案子不够狠，或者是干了大事却没有坦白。“哪些案子才算大案要案？”他问牛卵。

王公安说：“那就是罪大恶极的，杀人、抢劫、强奸、反革命，偷东西多的也算。”

抢劫黑豆可不愿意干，太缺德，再说他也干不了，身体单薄打不过人。强奸他一想就恶心，那是牲口。反革命他知道自己不配，那得肚子里有墨水，像陈家洼的那个教书先生。偷东西嘛，他现在已经偷了，可牛卵硬说不算数。

“我想杀人！”

“什么什么？”王公安有些惊讶。

“我要杀人！”

“你……嘿，嘿。”王公安乐了，就凭黑豆这麻秆身材，也想杀人？这小子比我还敢想。“我警告你，不要胡搅蛮缠，你的案子我知道！”

“谁哄人，驴日的才哄人！”黑豆愤怒了。他觉得这牛卵没安好心，存心想把他往牢里面弄。

“你想杀满世界的人哩，我知道！我再次警告你，糊弄公安罪加一等！”王公安也有些恼火，这刁民。

“我杀不了那么多，我就杀人一个人，不信你把我放出去我现在就杀！”

“杀谁？”

“狗毬！”

“为什么？”

“他踢过我爹的屁股蛋，他偷郭拐子老婆，他搞得全村人没饭吃。”

王公安想，嘿，这贼娃子怪，非要给自己弄一个杀人犯。他有杀人动机吗？踢他爹的屁股蛋就去杀人？现在干部没有不打人的，照这样都该杀完了？偷郭拐子的老婆，郭拐子不管他管？全村人没饭吃又不是他黑豆一个。杀人案他审多了，没有这么轻易就下手的。得提防点，小心这家伙耍花招！有些犯人在公安局什么都招，上了法院却全部翻供，说公安局严刑逼供，弄得办案人员很狼狈。

王公安逼视着黑豆："小子，你耍我！"

黑豆很着急。"谁耍你是鳖！告诉你，我已经杀过他一次了，用砖头砸的，可惜让那驴日的跑脱了。前几天我磨好了斧头，在家里放着，瞅空我就劈了他。"

两个看押的民兵惊讶地瞪圆了眼睛。狗毬去年秋季到外村看戏回来时在路上挨了黑砖，头破血流的，到医院缝了八针，回家躺了半个月，这事全村人都知道。他们俩立即揭发，是有这事，千真万确。

黑豆得意地瞧着牛卵。

王公安有点傻眼了："先把把把……这贼娃子看紧，我要……调查调查。"

第二天早上在黑豆家找出了凶器。那是一把贼亮贼亮的扁刃斧头，扎在劈柴堆的一根粗大的槐木棒棒上。王公安费了好大劲才把它拽下来，举到眼前验看时，在昏暗的窑洞里那镜面一样的锋刃也能照出人影。王公安当时想，看来这贼娃子还真想杀人哩。

但是他不知道他已经中了黑豆的招。那把斧头本来就一直贼亮贼亮，因为它是锰钢的，不会生锈，再加上前几天队长派黑豆到北原上伐树，他还把它磨了一回。那把斧头是有来历的，它是黑豆爹遗物中的唯一的宝贝。黑豆爹以前是木匠，去城里给援建机械厂的苏联专家做过家具，老毛子看他活儿做得好，在工厂里特意给他铸造了这把锰钢斧头作礼物。有了凶器，王公安就去找被害人对证。

狗毬正蹲在院子里吃早饭，农村的早饭都是在上午八九点钟。狗毬无论如何要请王公安的饭，热情得让人恼火，王公安只得端起碗。王公安以前在下面办案经常吃群众的，犯了错误以后就检点了。狗毬家的饭上面漂着一层野菜，王公安知道困难时期都是这样，但一筷子抄下去，翻出来的东西就不同了。那是一疙瘩一疙瘩的麦面团子，俗称老鸹蛋，本地有名的地方小吃。王公安有几年没吃过这好东西了，就不客气吃了两老碗，吃完了他想这家伙也真够腐化的。不知怎么的，王公安一见狗毬就对他没有多少好印象。

王公安验了狗毬头上的伤，确实砸得不轻，现在还留着龇牙咧嘴的疤痕。可惜凶手是从侧面抡过去的，打在了耳茬根上，如果是从上往下砸，命中天灵盖，那效果就不同了。

王公安让狗毬想想是谁打的，狗毬只打哈哈不说。狗毬当然知道是谁下的手，虽然当时他被砸晕了，但凶手逃跑时一瘸一拐的样子他还能看得清，如果不是他没有了力气，肯定逮住了那驴日的。不过他不能说。

王公安慢慢地开导他，让他把村里的仇人都梳理一遍。比如说整过谁，踢过谁的屁股蛋子，和哪个妇女好过，等等。最后他不经意地点了一下黑豆，说这个人磨了一把好锋利的斧头，是不是要去砍树？

狗毬本来不想说，睡了人家的老婆就是理亏，挨两砖头也认了。其实也不是认了，以后狠狠地睡。但是王公安不屈不挠，说配合公安机关调查犯罪是每个人的责任，“包庇罪犯与罪犯同罪，也要逮起来！”王公安这么说的时候故意把衣襟撩起来抹一把刚才的油嘴，让别在裤腰带上的手枪意味深长地探头探脑，这把狗毯吓住了。当然他也可以说当时被打糊涂了，但他一怕王公安缠上他，非要让他说出个究竟不可，这样天天让公安盯着，别人还以为是他犯了法；二是显得自己太孬种，一打就熊。

“王领导，政府的意思……就是说黑豆？”

“不，我没有这么说，关键是要听你说。”

“黑豆就黑豆吧。”

“你能肯定是黑豆？”这实际上是王公安预料中的答案，但他对狗毯的话又很不放心。杀人是大案，必须慎之又慎。

“他为什么要砸你？”

“嘿，他抗拒公粮……不交，我教训过他。有一回……他屙屎屙在官道上……我骂过他，他……怀恨在心哩。你别看他蔫不溜秋的，哑狗有时咬死人呢。那一年在北山炼钢铁，他把厨师的门牙打掉过两颗……”狗毯虽然说得有些漫无边际的，但王公安还是逮住了一些要害：黑豆跟狗毯不和气。

“前两天他还提着斧头在我家门口走过一趟哩。”狗毯想既然王公安提到了那把斧头，不妨就顺着斧头说一说。郭拐子打他是肯定不能说的，那就让黑豆顶着吧，反正那小子忌恨我，公安局收拾收拾他正好。

现在王公安不得不相信黑豆真要杀人。人有时候就犯浑，一点小事会戳塌天，这种案子他以前也办过。

回到牲口窑时王公安的心情有些复杂。由一个鸡蛋挖出了一件未遂图谋杀人案，这种奇案怪案谁办过？谁有这样了得的本事？这当然值得他高兴和自豪；但这个鸡蛋贼——不，现在应该说是杀人犯，看起来也还不算坏，干什么就说什么，有点敢做敢当的好汉味；再说狗毬这种东西也该砸，别人喝菜汤他碗底下居然藏着那么多面团子！

黑豆关进了牲口窑的拐窑里。这是在主窑的侧壁上挖出来的一个小窑洞，平时放置喂牲口的器具和饲料，为了防止闲人偷饲料粮，不得不在拐窑口装上门。现在黑豆就黑咕隆咚地锁在里边。

听见王公安的脚步声，黑豆就把窑门摇得哗啦哗啦响。“喂，调查出来了没有？是我要杀人吧！”

王公安没有回答他，掏出六分钱给一个民兵说：“再买三个鸡蛋，在你家做了端来。”那个民兵要出门时，王公安又叮嘱说：“多放些葱花。”

这时候天已经快黑了。外面的麻雀喳喳喳地叫，大概是要落窝了。望着门外越来越浓的夜色，王公安长吁了一口气，他想明天他也该回去了，押着黑豆。

荷包蛋不大工夫就端来了，王公安让把黑豆从拐窑里放出来，给他脱了手铐。黑豆还是问：“怎么样，落实了吧。”王公安不回答，只是说：“吃饭吧，吃了再说。”“你先说，不说我吃不下。”看着黑豆一脸的期待，王公安点点头。

“真的！我说我不哄人嘛。”黑豆高兴地找来马勺，要给王公安分一半荷包蛋，王公安拦住了，他说：“你好好吃吧，以后恐怕就没有了。”

黑豆不再让人了，他把头埋进饭盆里，呼里呼啦就吃完了，然后把盆一搁，抹了一把嘴，说：“我走了。”说着抬腿就走。

王公安急忙挡住他，“干什么干什么？”

“回家呀，”黑豆笑着说，“你还想再管我几顿荷包蛋？”

“你还能回家？”王公安对民兵挥挥手。

两个民兵冲上来，扭住了黑豆，把他往拐窑里拖。黑豆急了，他大声说："我已经坦白了，为什么还关我？"王公安不理他，两个民兵把胡乱挣扎的黑豆塞进了拐窑里，咣地锁上了门。

黑豆把门扒开一条缝，高声喊道："牛卵，你说话不算话！"

王公安点着一根烟，吸了一口说："我什么时候说过要放你？"

"你说了坦白从宽，抗拒从严！"黑豆把拐窑门踢得哐啷哐啷响。

"坦白从宽是说可以从宽处理，不是说犯了法就没事了。你差点把你们队长砸死了，而且磨了斧头还想杀，你以为就能放你回去？杀人是要偿命的，我只是考虑给你减刑。"

拐窑里没有声响了。这种寂静持续了好一阵子，黑豆忽然"嗷"的一声哭了。"我不想杀人，我没有砸狗毬！"

想翻供！这种事王公安见多了，很多犯人在罪行坐实之后都会这样做，这是他们所能捞到的最后一根稻草。

"我确实没砸狗毬，不哄人！"

"你没砸？你没把他砸死！刘六子同志那里我已经落实了。"

"驴日的狗毬，你冤枉老子！"

正骂着狗毬哩狗毬就来了。狗毬是来慰问王公安的，他手里提着一个竹篮，里面装着酒和菜。这是一种有盖子的很讲究的细篾竹篮，农村里常用来装走亲戚的礼品。

狗毬确实应该感谢王公安。一落实黑豆砸了他当下就转移了许多人对他偷人的猜疑——今天下午他到田里检查工作时远远就听到了有人在议论他："嘿，以前是冤枉了刘六子，看来真不是郭拐子为了炕上的事报仇。"他听了这话暗暗高兴，希望参与的人越多越好。

更重要的，狗毬觉得他应该巴结下王公安。这些年他没少得罪人，忌恨他的人多的是，没权没势的小芝麻官，有一个带枪的人撑腰就有胆了。

狗毬进了牲口窑后，左顾右盼一阵，然后问王公安："站岗的民兵呢？"王公安听了不顺耳，"你是来检查工作的？都回去了，一个说他妈病了要送医院，一个说老母猪下猪娃。这里就我一个，你放心不下吗？"

"哪里哪里，我是给你们送饭来了。"他边说边掏出了两块玉米粑粑，"这是给他们俩的。"接着当当当地摆出了几样酒菜，"这是犒劳你的。"王公安一看见酒就摆手说："拿走，拿走！"脸色很不好看。其实王公安并不是不爱喝酒，也不是他特别廉洁。他一是有点烦狗毬，二是让酒给整怕了——他之所以挨了下放，失去了可能被提升为县公安局副局长的机会，就是因为前不久在下面办案喝醉了酒，晚上犯人挣脱绑绳逃跑了。虽然那个犯人后来被抓住了，但他也落了个行政记过、下放安置的处分。

现在他一见酒就怕。他想，如果不是酒，以我这办案水平，以我的一手好字，何至于跑到这山沟里来捉鸡蛋贼？他坚决不喝。

狗毬说你不喝我喝，你光吃菜吧。王公安看了一眼摆在桌面上的五碟菜，其中竟然有烧鸡，就操起筷子狠吃，他知道回到单位后就别想闻到腥荤了。王公安说他不喝酒，但狗毬心里有底，就凭刚才王公安一见酒深深吸进的那口气，他立马断定这人是个酒鬼，是酒鬼就不怕他不喝。

狗毬喝了几口，问王公安："黑豆……关在拐窑里吧？"

王公安有点警惕："你要干什么？"

"我……他还没吃饭吧，我也给他点……吃的。"

王公安没有反对，狗毬拿起那两块玉米粑粑，想了想，又在菜碟里蘸了些油水，来到了拐窑门口，拍了拍窑门。狗毬心里有愧哩。

狗毬推了推门，铁链扣锁着的双扇门就推开了一道拳头宽的缝，他朝着黑乎乎的里面喊道："黑豆，豆……娃，吃点饭，啊。"

黑豆其实就在门缝跟前趴着，狗毬一进牲口窑他就看见了。他的眼睛瞪得凸圆，恨不得从门缝里钻出去掐死狗毬。

"你爷爷不吃，你现在充好人！"黑豆咣地把门从里面踹上了。

狗毬被吓得一哆嗦，手中的粑粑差点没掉在地上。他平时哪里受得了这种气，但他今天忍了，他亏了人，心里有些发虚。"吃点吧，啊，都饿了一天了。"

狗毬非常高兴，他急忙一只手伸进门缝里，给黑豆递粑粑。

狗毬没想到他的手刚一伸进去，黑豆就从里面把门往外推，他的手被夹在门缝里，疼得哇哇哇地叫，粑粑也掉在地上。多亏王公安喝住了黑豆，狗毬才脱出了手。

"我叫你诬陷老子！"黑豆心里真后悔，刚才为什么不用脚踹门，那样肯定把那手夹断了！

"你不知好歹，枪毙你也活该！"狗毬揉着被夹青了手腕骂道。

王公安说："你别惹他了，让他今晚早点睡吧，明天还要上路哩。"

狗毬就过来坐在王公安对面继续喝酒。半个时辰以后王公安果然守不住了，看着狗毬把一杯一杯香气四溢的酒倒出来，又一杯一杯吱儿吱儿地吸进去，他满嘴的口水打转转，吃菜也没有了滋味。狗毬说："你少喝一点吧，就一点点，不会误事的。"王公安于是就抿了一口，后来就两口三口，最后情不自禁一盅一盅地咂起来。差不多一瓶见底时，王公安终于醉倒了。

这时候黑豆根本睡不着，他后悔得要命，也怕得要死。我中了牛卵的套了，让他给陷害了！杀人偿命，刘大头，陈呆子，叭一枪掀了天灵盖，脑浆子流一河滩……这么想的时候黑豆的脑袋忽然一阵阵尖锐地刺疼，原来他已经不知不觉地钻到拐窑角落的麦秸秆堆里了，麦秸秆的茬口像皂角刺一样戳着他的光头。这种疼痛让黑豆更加绝望了，他想子弹穿过脑壳肯定比这疼多了，如果是炸子的话，那绝对是皮开肉飞！黑豆赶紧抱住脑壳子，他觉得再不珍惜这东西说不定明天就没有了。这东西可不是鸡蛋，打碎一个还可以再偷一个。啊哼哼哼……黑豆摸着自己的光头，摸着摸着就摸出了一把把的眼泪来……

摸到后来，黑豆想起了牛卵说的可以给他减刑的话，但这次黑豆不信了。人只能上一次当，上第二次当的是猪！我不是猪，不能窝在这里等着挨枪子！

黑豆扒在门缝向外望，借着桌子上微弱的煤油灯，他看见只有王公安一个人趴在一堆鸡骨头旁，狗毬早不知道哪里去了。闻着满窑洞呛人的酒味，再听着悠长的呼噜呼噜的鼾声，他知道这牛卵喝醉了。

跑！黑豆对自己说，傻熊才当冤死鬼哩。他爬在门轴跟前研究了一阵，然后掏出家伙在轴臼里撒了一泡尿，再把门轴慢慢地抬出来。这种双扇门其实并不重，只要卸下一面就行了。

钻出拐窑时，黑豆把掉在地上的那两个玉米粑粑揣进怀里，就不管不顾地向村外跑。

外面的天黑得瓷实，黑豆觉得呼出的气都能被夜色撞回来。但黑豆路熟，他就认准了出村的那条贴着北原的道，先跑出村子再说。跑起来的黑豆比马惊了还快，他甚至觉得自己是在飞，压根感觉不到还有腿——如果不是猛地被绊了一跤的话。

那一跤像有人冷不防给了他一个扫堂腿，黑豆的身体凌空朝前射出去，在这一瞬间黑豆想我的脑袋肯定要开瓢了，下面可是牛踩马踏得和石头一样邦硬的路面呀。但意外地黑豆扑倒在一堆软绵绵的东西上。他感激地摸了摸身下的垫子，这是什么东西呀，有胳膊有腿，有身子有头。

啊，死人！黑豆骇得差点跳了起来，但他没有能跳起来，脚下黏糊糊的什么又让他滑了一跤，这一跤下去他碰到了一个竹篮子，同时闻到了一股浓烈的酒腥气。这时候黑豆想到了什么，他爬过去摸了摸那死尸的鼻子，鼻孔里呼啦呼啦还有气哩。

狗毯！喝了多少酒，连道都走迷了，醉倒在村外面。

一认出是陷害他的狗毯，黑豆的血轰地涌上了头顶。这驴日的，怎么不掉下崖沟里摔死呢，崖沟就贴着北原边的道，有五十多丈深哩。黑豆咚咚咚地踢了醉鬼几脚，狗毯哼哼了两声，紧接着咕儿咕儿地吐出一摊腥臭。黑豆觉得踢几脚太不解恨了。“我叫你吐！”黑豆骑在狗毯的身上掐他的脖子，狠狠地掐，往肉里掐。“我让你再诬陷老子！我让你再踢人的屁股蛋！我让你再逼粮！我让你再睡人家的老婆！”

黑豆累得呼哧呼哧地喘粗气，但他喘得很舒服，他有一种报仇雪恨的痛快，也有一丝白捡了便宜的庆幸——幸亏喝醉了，要不他人高马大的，我打不过他哩。他想这是天赐良机，也是老天有眼，让他在逃离村庄也许是今生永不回头的时候碰上了仇人，而且是醉成死狗的仇人。嘿嘿，黑豆笑了，狗毯，你小子也有今天呀，也有犯在老子手里的时候呀。

还没等黑豆笑完，狗毯忽然在黑豆的胯下一掀一掀地拱起来。原来刚才狗毯被黑豆踢得吐了一摊，酒已经醒了几分，现在让黑豆这么一掐，他彻底给弄醒了——毕竟黑豆这两天连饿带吓，手上已没有多少力气，他与其说是掐，不如说是抠，是指甲剜肉的抠；他没有把狗毯掐晕，反而把他抠醒了。

黑豆这一下被吓得不轻，他知道如果让狗毯爬起来他肯定要被打个半死，于是整个身子扑在狗毯的身体上，拼命压住狗毯。醒过来的狗毯凭感觉知道自己遇到了性命交关的事，黑暗中他虽然看不清楚是谁，但对手恶狠狠的样子让他立即想到了劫匪，这家伙想置他于死地哩。黑豆平铺的身体给了狗毯反击的机会，他抱住对手的脖子，屁股一扭，就翻身把黑豆压在了下面。这一下轮到狗毯掐对手的喉咙了，他的手比黑豆强劲多了，黑豆当下就被掐得翻白眼。透不过气来的黑豆两只手在地上乱抓摸，情急之中他抠了一把细面土，朝狗毯的脸面上甩过去。

狗毯的眼睛一下子被迷住了，他立即松了手到自己脸上乱扑抓。趁这机会黑豆从狗毯的身下挣出来，他站起来后朝跪在地上揉眼睛的狗毯一脚踹过去，他不能给这家伙留出机会。这一脚把狗毯踹了个跟头，他在地上滚了几个蛋，就滚得不见了。

黑豆觉得奇怪，这驴日的躲到哪儿去了？约莫一阵后，他听见了好像从地底下传来的“咚”的一声闷响，这声音提醒了黑豆，脚跟前就是北原的崖沟。

黑豆当时吓呆了。

杀人了？我真的杀人了！

黑豆扭过身就跑，没命地跑。他的脚步在哑静的后半夜里夯出刺耳的响声，这响声甩出了远处黑暗中嘹亮的回音。黑豆并不知道这是声音的恶作剧，他只觉得后面有人在紧紧地追赶他，吓得他更是脚不沾地疯跑。

就在黑豆肠子快要跑断的时候，他忽然又停了下来。

他想到了那个竹篮。竹篮不能撂在那地方呀，那里可是大路，明天一早它就成了路标，指示人们就近寻找狗毬。狗毬的尸体一被发现，公安局就会追查凶手，那我还能跑多远？我不能让他们那么快就找见尸体。

黑豆又慌里慌张地往回跑，跑回原地他把那个竹篮也一脚踢下崖沟。

干完了这一切，黑豆心里才觉得有点踏实，他长长地吁了一口气。就在黑豆转身又想再跑的时候，他忽然觉得双腿一阵酸软，身子不由自主地扑塌在地上。我歇一会儿，他对自己说，我就喘一口气，喘一口气再跑。黑豆身子向后一仰，把自己平展展地摆在沟边的缓坡上。在向后仰倒的一瞬间完全浸透的衣服冰凉凉实沓沓地贴在他的脊梁上，激得他打了一个寒战，他的脑袋嗡一下清醒了。我还敢歇？再歇一歇天就亮了，天亮了我往哪里跑！趁着天黑跑吧，跑得越远越好。黑豆鼓了一股劲想要站起来，但他的双腿根本不听使唤了，两只胳膊也像柳条一样软软地撑不起身子来。黑豆本来就瘦得像一根麻秆，刚才跟狗毬搏斗时由于发狠，把自己憋了几十年的力气都榨光了，再加上高度的紧张和忘命地猛跑，他哪里还会有劲？黑豆想自己大概是饿了，人一饿就浑身稀松。他从怀里掏出那两块玉米粑粑，大把大把地塞到嘴里，由于吃得猛，噎得他咕儿咕儿地打嗝。两块粑粑下肚之后，黑豆想现在该满身是劲了吧。他饱饱地憋了一口气，果真猛地一下站起来了，黑豆高兴极了，他想我这就放开腿跑吧。但黑豆没有想到的是他的两条腿刚一叉开，身子立即像旋风中的草一样抖个不停，随即咚一声又坐在了地上。

黑豆哭了。

去死吧！你等着挨枪子吧！

这时候黑豆是一点办法都没有了。他把自己的脑袋搁在一条塄坎上，让身子稍微躺得舒服一些，以便急促的喘息能一口气接上一口气。一旦真的无可奈何了，黑豆就只能往宽处想：死吧，活人有毬意思呢，满村的人，除了狗毬，谁活得不跟猪一样，连猪都不如，猪还有一口青草吃哩，人都饿得猴瘦猴瘦的；狗毬活得好又怎样，还不是让我给报销了。这么想的时候黑豆仰脸看着天空，天空黑得像锅底，但星星月亮却贼亮。

黑豆的目光跟着月亮慢慢地爬，精神完全松弛下来了。人一松弛脑袋就可能活泛，这种迟到的活泛后来给黑豆带来了意外的生机：我还真的不能跑！我已经坦白了我要杀狗毬，人都知道了我想杀狗毬，狗毬现在真死了，我跑了不是坐实了人家的猜测？再说我能跑到哪里去？牛卵说过什么天网恢恢，疏而不漏，大概意思是说不管什么犯人都逃不过公安的眼睛。

那我就不跑了吧，黑豆想。其实我刚才就不应该跑出来，我是让鬼捏住了才跑出来！我不出来就不会杀狗毬，也就不会当杀人犯！黑豆后悔得恨不得自己也跳下崖沟里去。

但黑豆最后终于没有胆量跳下，而是回到了关押他的牢房里——他知道怎样弄可以让人相信他根本就没出来，只要把门扇照原样装上去就行了。

狗毬的尸体第二天就被发现了。崖沟下的野狗叫声做了狗毬老婆寻夫的向导。

人们都说是狗毬喝醉酒失蹄掉下了崖沟，摔死了活该，多少人没饭吃哩，他喝酒！但王公安是老手，一看就知道是他杀——摔死的人脖子上怎么会有掐痕?

王公安的事情又来了。他没想到这跳蚤大的村子恶人还真不少！在着手侦破新案之前，王公安觉得他应该先把旧案了结了。

狗毬暴死崖下，这事情让王公安觉得原先的案子整个好像出了毛病。狗毬不是黑豆杀死的，这毫无疑问——黑豆现在还在拐窑里锁着哩；他以前是不是杀过狗毬，现在看来也成问题：从现场的情况看，凶手跟狗毬肯定有深仇大恨——狗毬的脖子上不但有掐痕，还有抠痕，喉结差不多都快抠出来了，他一定是憋了很久才终于爆发的，他也一定是多次寻找机会最后才终于得手的，——为什么以前砸狗毬黑砖的人不会是他呢？这种可能性太大了！何况黑豆杀人的动机本来就很勉强，联系昨天有群众反映说砸人的事栽在黑豆身上是栽歪了，说话的人能证明黑豆那天晚上根本没看戏，他们几个人打扑克一通宵，黑豆后来也翻供了；就是黑豆不翻供，现在狗毬死了，也就死无对证，告到法院也扯不清。

王公安回来放黑豆。他心里暗暗庆幸狗毬死得真是时候，让他及时地纠正了一桩错案，否则，这案子报上去，局里的那帮混蛋又该幸灾乐祸了：这小子一点都没有下放错，什么毬水平嘛!

远远地听到王公安的脚步声，拐窑里的黑豆先是吓得直往角落里缩，把搁在那里的料斗、簸箕哐里哐啷地都拱了下来，他心想狗毬的事大概是暴露了吧。但随即他又给自己打气：不要怕，我根本就没有出去!

我没有出去，我没有出去……黑豆嘴里反复这么念叨着，直到王公安开了门，他依然神情怔怔地嘟嘟囔囔。这让王公安吃了一惊：难道这家伙已经疯癫了吗?

王公安朝里面吆喝了一声："别装神弄鬼了，出来！"

这威严的一声让黑豆打了一个哆嗦，他强撑着的精神彻底崩溃了。“我……我坦白，我罪大恶极，我不得好死……”黑豆的后背已经抵住墙面了，他还在往角落里蹭，蹭得墙壁上的浮土唰唰地往下落。

看到黑豆被吓成这个样子，不是神经也大概不远了，这让王公安不禁有点内疚。“你别怕，出来，没事了。”王公安慈眉善目地站在拐窑门口向黑豆招手。

“我不……不出来！”

“你愿意关在里面？”

“我……不不……”

“你出来不出来！要我把你拉出来吗？”王公安有点生气了，杀人案还在催着他哩，哪有工夫跟这鸡蛋贼磨嘴皮。

黑豆知道他是跑不了了。“我出来可以，你……你得答应我一件事。”

“什么事？”

“枪毙我……别用炸子……”黑豆这么说的时候已经眼泪兮兮了。

王公安哭笑不得。“谁说要枪毙你？”

“不毙了？”

“放了你！”

“你哄我！”

“你还啰唆，再啰唆我就锁门了！”王公安把拐窑门摇得哗啦哗啦响。

黑豆不得不出来了。他满头满脸的蜘蛛网，身上也挂满了横七竖八的麦秸秆。

“看你这熊样。”王公安想笑。

黑豆连身上的脏物也不敢拍，赶紧规规矩矩地坐在昨天审讯他的木桶上。

“还等什么呀，回家去！”

黑豆愣愣地，他不知道王公安是不是在耍他。

“还想等我再给你做荷包蛋吗？没有了！”

黑豆迟迟疑疑地站了起来。“真……真的没我的事了？”

“有一点事，偷鸡蛋，不追究了。”

“那……狗毯的事……”

“狗毯的什么事？”王公安愣了一下。这小子在拐窑里关着哩，他怎么知道狗毯的事？

“狗毯……狗毯他昨晚上喝酒了。”黑豆赶紧拐了话头。

一说到喝酒，就戳在了王公安的疼处。“走你的路，他喝酒关你屁事！”

黑豆慢腾腾地走出了牲口窑。外面的天气很好，白晃晃的阳光打在他头上，打得在黑暗中猫了两天的黑豆一阵眩晕。黑豆就这样晕晕乎乎地往前挪着，他不知道从今往后自己还算不算一个老实人？

眼看要走出饲养院的大门了，黑豆忽然又折回去找王公安。“我的斧头哩，我要我的斧头。”

“没收了。”

“你还给我。”

“你还想杀人吗？”

“杀人一定要用斧头吗？我掐都能掐死一个人！”

“你说什么？你……你掐死过人？”

“掐……没有，我没说。”

“料你也不敢，再胡说就把你逮起来！”

"我要笑哩。你给我斧头吧。"

"是一把好斧头。"王公安把斧头还给黑豆时又拿起它在眼前照了照，锋刃亮亮地还能照出他疲惫的面容。

杀　狗

有些事情不是人人都干过，比如说杀狗。

但我干过。

杀狗是在那一年的秋天。

那一年深秋的一天，我赶着生产队的大青马在北原犁地，那块地刚收完了玉米，垄塄里埋伏着许多残留的玉米根须，大青马拉起来有些吃力。但我是个急性人，我不管这些，我吆喝牲口的声音很凶恶，皮鞭甩出来的炸炮叭叭叭地悬挂在大青马的头顶上。大青马被我逼出了一身热汗，热汗蒸出白蒙蒙的雾气就像驾云，我觉得这样干活很畅快。地很快就犁了一半，我高兴得吼起了秦腔，因为队长给我说了，这块地今晌午就交给我了，迟早干完是我的事，看来这活儿半晌就可以撩过手，剩下的时间我就能找麻秆杀两盘棋。

麻烦就出在那块地只剩下两步宽的时候。犁忽然被一疙瘩玉米根绊住了，大青马的屁股撅成了锐角也拉不动，我恶毒地咒骂牲口，我几乎操到了大青马的太祖奶奶了它仍旧在原地刨蹄子，扬起的尘土唰啦唰啦洒了我满头满脸。我一时火起了，抡圆了鞭子朝大青马的耳朵根扫下去，这回我可是下了毒手，不是在空中放炮。这一鞭子下去唰地在大青马的耳根上切了一道口子，大青马在猛地一绷牵绳的同时扑沓一下卧在了地上。

这一下我慌了。“牛怕打滚马怕坐”，大青马四蹄折在身底下的卧相绝不是善茬。

后来就来了队长。“刘长腿！”队长抢过我手中的鞭子就抽我，我扔了犁把撒腿就跑，我知道我闯了大祸。生产队唯一就这一头高脚牲口，队长平时看它亲过他爸。我的腿虽然长，但没有队长的短腿抡得欢，我左遮右挡的还是挨了他两鞭子，其中一下也打在我的耳朵根上，幸亏我头发长，没有留下豁耳。队长骂道：“你还跑，我看你还敢跑！你赶紧去叫马疤子！”

我一口气颠下原坡，把马疤子拽了上来。马疤子刚给人骟了猪，满手血淋淋的就在大腿面上蹭了蹭。马疤子是一个劁猪阉羊的刀子客，顺便也捎带当兽医，方圆几十里也就这么一个人物。听说他脸上的那条龇牙咧嘴的大疤瘌就是一次他把手伸进一匹母马的产道里去揣驹——就是检查是否怀胎时——被不堪羞辱的母马一蹄子尥出来的。

马疤子围着耷拉着脑袋喘气吐白沫的大青马转了三圈，“是累的，这马生生是累散了架。”队长听了这话抡起鞭子又要抽我。“要说这也是老病了。”马疤子噌一声从大青马的脖子上拔下一根鬃毛，对着太阳认真地瞄，“慢性腿肘癌！我早几年就看出来了，给麻秆说过，他不信。”

队长不打我了，他接过马疤子的马鬃，也对着太阳瞄起来，太阳很晃眼，队长眯缝着眼睛瞄了半天，好像没瞄出个名堂来，他一把推开马疤子，站在他的位置上两手把马鬃绷紧了继续瞄，结果瞄出了一脸的疑疑惑惑。“啥……癌来着？”

“腿肘癌！给你们这些没文化的人说也听不懂，胃脱阳，知道吧，就是栓牢他爸得的那种病。”

队长的脸色一下子灰了，栓牢他爸去年已经死了。“能治吧？啊，我知道你手高，能治的。”

“那当然，栓牢他爸要是吃我的药，早就好了，就怪栓牢，不是个孝顺儿，硬说我是兽医，配的药只能喂牲口。”马疤子说着又习惯性地把手伸向马的尾巴底下，只可惜大青马是匹公马。

后来就决定杀狗。马疤子要给大青马灌狗脑浆糊汤。

狗是麻秆家的狗。

全村就这一只狗。那年月粮食短欠，人都没得吃，拿什么喂狗？麻秆家的狗是麻秆他姐出嫁时男方家送的迎亲礼，不受不行的。后来人们说麻秆是瓜熊，他姐夫一定是养不起狗了才转嫁危机的。但麻秆不这样认为，他说是他姐给他换回了一个保镖。麻秆瘦瘦的，没有力气，别人最爱欺负他——马疤子乐此不疲，他打不过人，就经常叫狗帮忙，那只狗贼凶，骨架大得像牛犊，一身灰白相杂的长毛，发怒时毛发直竖，像披了一张戳满锥子的铠甲，人见人怕，马疤子几次被它追得跑丢了鞋。麻秆给狗起了一个名字叫“麻钱”，跟他的名字连着。但别人不这么叫，别人都叫它“麻爸”，即麻秆的爹。这诨名跟马疤子很近，马疤子见了这狗就起火，后来我想这大概是他非要把它敲骨吸髓，而且是那样恶杀的唯一原因。

麻秆当然舍不得麻钱，但队长说了：“大青马喂出了毛病，你有的是责任，再说你们家是短款户，今年的口粮钱我可以考虑减免。”队长连哄带吓，麻秆只得答应了。麻秆是队里喂牲口的饲养员，这活儿是队长看在他身单力薄的份上照顾的，麻秆他爸一肚子的气管炎，撒一泡尿都喘得系不住裤子，因此他们家是生产队老鼻子的短款户，每年分口粮时都要挨队长的白眼。

马疤子对队长说：“狗是最难杀的，人常说狗命最长，你得多派几个劳力，还要给高工分。”队长说：“你少要挟我，你经常旷工到外边挣私钱，我还没有收拾你哩。刘长腿累垮了牲口，就罚他跟你杀狗，饲养员麻秆也给你打下手，至于高工分，你就别想望了。”

后来我们就开始杀狗。

马疤子说：“这杀狗可是有讲究的，咱要这狗的脑髓治马的胃脱阳，因此这狗不能见血，出了血就跑了阳气，药就不灵了。”

这就叫我们为难了。马疤子笑嘻嘻地说：“这活儿我干多了，有的是办法，麻秆你只管把你爸哄来就行了。”

尽管马疤子把麻钱说成了麻秆他爸，麻秆也只能用眼睛瞪瞪他，麻秆就这么个软蛋蛋。麻秆回家，一会儿就把麻钱领了来。

杀狗的屠场就在饲养室的院子里。

其实把这里叫饲养室已经不确切了，因为这里只剩下一孔喂马的窑洞，其他的牲口都早搬到了小河另一边新盖的瓦房去了。这里原先是村里大户张家的饲养室，并排十孔窑洞，后来断断续续塌了九孔，只因为人们长期以来叫顺口了，所以这里仍旧被认定是饲养室。后来我一直纳闷，既然这里已经塌了九孔窑，既然队长那么看重大青马，为什么不把它也弄到新饲养室里去？大概是那里只有一间大房子，里面喂的全是牛，牛马同槽，队长可能怕牛抢了马的好饲料。

麻钱不知死之将至，它来到饲养室后高兴得到处乱跑，这里闻闻，那里嗅嗅，还跑到大青马跟前舔大青马鼻沿上喷出的白沫。大青马自从那天被我们从原上抬下来后就一直可怜地趴在地上，麻秆给它面前放着一个食盆，它饿了就在里面舔两口。麻钱看见了那个食盆，也兴奋地把头伸了进去。马疤子拿起马槽上的拌料棍，在麻钱身上敲了敲，敲出了当当的响声，“这狗瘦得不如猴，煮不出来几两肉。”他已经琢磨狗的善后事宜了。

马疤子的几棍子也没有把麻钱从食盆里敲出来，他说：“麻秆，你就让你爸吃生产队的饲料，贪污和浪费是……是碾盘大的犯罪！”

我拿舀水的马勺从食盆里挖了一勺交给麻秆，“给狗吃饱，死刑犯挨枪子还要一顿好吃喝哩。”马疤子拿我没办法，只好说：“也行，兴许还能多长出二两肉哩。”

麻钱吧唧吧唧很快就把一马勺黄豆粉吃完了。马疤子说：“咱们动手吧！”

屠杀正式开始了。

按照马疤子的安排，我们要夹死这只狗。方法是麻秆把狗哄到饲养室的门跟前，然后由我跟他猛地拉门扇——饲养室的门是双扇门，夹住狗的脖子，把它活活夹死。马疤子说这法子十拿九稳，他就这样吃过 35 次狗肉了。麻秆又用马勺给麻钱挖了半勺黄豆粉，然后“喔喔喔”地把它往窑门外面哄，窑门半开着，仅留下一条能让狗头钻出去的缝隙，马疤子和我藏在门背后，手里紧紧拽着门环。麻钱不知大祸临头，兴冲冲地跑到门边，把头伸出门缝外，身子拼命往外挤，想吃门外主人手里的食物。就在麻钱脖子套进门缝的一瞬间，马疤子喊了一声“一二”，我们俩同时拉叩门扇，狗头被紧紧地卡在门缝里，就像古代给犯人戴木枷，它被勒得发出尖锐的叫声。我们没有想到瘦猴一样的麻钱竟然有那么大的力气，它拼命往回缩身体，想把脑袋抽回去，我们能听得见它的爪子在地上抠出的哧啦哧啦的响声，门被拽得我们几乎拉不住。但狗的力气毕竟有限，它敌不过两个壮汉子，渐渐的它的抓挠就有气无力了。

马疤子刚才累得呼哧呼哧的，现在缓上劲儿来了，他骂道："麻秆他爸，看你还能扑腾几下。"我也松了一口气，马疤子尽糊弄队长，其实这杀狗也挺容易的。但我们没有想到麻钱这时却拼命地扭起脑袋来，它的脖子就像伸进门缝的钻子，左拧右转地旋个不停，它脖项的毛一片一绺地被磨下来，很快就磨到了光秃秃的皮肤上。马疤子慌了，他高声吆喝："麻秆，赶快来，把你爸的头捺住，要不就磨出血来了！"麻秆早躲在了饲养室院中的大槐树背后，看也不敢看这边。他说："我不，我不来。"狗还在继续磨脖子，而且越转越快。"王麻秆，你来不来？"马疤子火急火燎地叫唤。我看见麻秆从树背后闪了闪脸，他带着哭腔回答："我不，我不！"

眼看着麻钱的脖颈已经变得涨红，马疤子无可奈何了，他说："撒手！"我们俩同时撇开了门环。麻钱腾一下抽回了脑袋，喉咙像打呼哨一样急剧地呼吸。它竟然还能直直地站住！

马疤子操起槽头的拌料棍就向大槐树冲过去，他一棍子敲在树干上，敲出了躲在树背后的麻秆，但没遮没挡的麻秆让马疤子傻眼了：他手里提着两块凶恶的半截砖！看到这阵势，马疤子嘿嘿笑了，"要哩，我跟你要哩，麻秆。"

麻钱看见从树背后走出来的麻秆，箭一般从窑里射到他跟前，躲在主人身后，蹭着他的腿杆委屈地呜呜叫，它的脖子鲜红的一圈，就像戴了一条红围巾。麻秆蹲下身子，手颤颤地抚摩着麻钱没毛的颈子，把刚才哄狗的半勺黄豆粉捧到了它跟前。麻钱埋下头去吃黄豆粉，大概是它的食道已经被我们勒坏了，不时咯咯地打着嗝，黄豆粉被扑扑地吹出来。麻秆走进饲养室，大概是从他的破被子上撕下了一块布条，小心翼翼地给狗缠脖子。我看见他的眼睛红红的。

马疤子从窑里拿出一条捆麦草的粗绳，对着麻秆抖动着说："省下布当孝布吧，我们要把他吊死。"麻秆白了他一眼，没有吭声，继续细心地给狗包扎。我呛了马疤子一句："你急什么？报丧去呀！"马疤子不敢催了，他蹲了下来，和我一起默默地看着麻秆给狗护理完。

后来我们把麻钱吊在了饲养室院中的大槐树上。

绳索紧紧地扣在狗的下巴上，即使如此，它仍旧能发出汪汪的叫声，四蹄在空中疯狂地抓挠。马疤子说："光这样吊不行，起码得三四天才能吊死它，队长要说咱们混工分了，给它灌泥水，呛死它。"他分配我去弄泥水，我到饲养室门前的小河里提了一桶水，拣了几疙瘩土块泡在里边，然后搅成泥糊汤。等我把这些弄好了，马疤子不知道从哪里找来了一块硬褙子纸，卷成了一个漏斗已经插进了狗嘴里。狗尖锐的叫声被堵住了，只是在喉咙里滚动着喑哑的哀鸣。我提着桶，马疤子站在凳子上用马勺舀水给狗灌，但狗的抓挠更厉害了，好几勺泥水都给打翻了。马疤子又喊麻秆出来帮忙，但麻秆就是不出来。我说算了算了，你就别指望他了，我放下桶，两只手分别攥住狗的四条腿，让它动弹不得。马疤子只好爬上爬下地自己舀水自己灌，他狠狠地骂道："麻秆这人，光挣工分不出力！"

一桶泥水灌下去后，麻钱的肚子膨胀得像一只皮球，眼睛被憋得暴凸凸的。但它没有死，它的身体仍一挣一挣的，随着身体的一弓一弹，它竟然晃晃荡荡的，就像打秋千。马疤子说："灌不进去了，等它一会儿屙尿了再灌吧，我说了这狗命长着哩，没哄人吧。"

后来下起了大雨。这是北方秋季常见的雷暴雨，它常常在午后袭来。雨急风大，饲养室的四周因为有围墙，院子很快就蓄成了涝池，我们被撵回了窑洞里。

灾祸就从这时开始了，但我们不知道。

我们在窑洞里下棋。我跟麻秆是对家，马疤子观战。我们下的是一种土棋，叫“狼吃娃”，在地上画一个网格线，就是棋盘，棋子更简单，一把草秸和几个石块，“娃娃”是草秸，可以有二十个，“狼”很少，只有三个。“娃娃”可以围死“狼”，让它无路可走，“狼”也可以一口一个吃掉所有的“娃娃”。麻秆是这种土棋的高手，我最爱跟他下棋，昨天如果不是为了腾出时间跟他杀几盘，我也不至于把大青马累得趴下。以往跟他下棋，我总是输多赢少，别看这小子瘦兮兮的，但棋招贼狠，当“狼”就是恶狼，当“娃娃”也是拼命的愣娃娃，我想他一定是把平日的委屈都蓄积在棋盘上了，杀谁谁死。但那一天的棋他下得心不在焉，我很轻易地就赢了他几盘。我觉得不过瘾，我喜欢人横，无论是打架还是下棋。

全是因为门外的狗叫。狗的叫声有点怪，既不是凄惨的悲鸣也不是愤怒的狂吠，而是发出一种尖尖的长啸，令人头皮紧紧地，好像它被什么东西吓得憋住了气。窑洞的门虚掩着，风不时地把它吹开又合上。麻秆的心不在棋盘上，他常常歪着头透过门缝向外张望。“看什么看，看棋！”我很不耐烦。

“好像有点不对，”马疤子说，“我劁过多少猪，也没有听过这种叫声。”他拉开门，雨呼地扑了进来，我们躲在窑檐下远远地看过去，只见麻钱挂在树上，被风吹得像乱了节奏的钟摆，身体一会儿朝外飞过来几乎挨到了树杈上，一会儿猛地又被拽回去“咚”地撞在树干上。“没事吧。”我说。

“灌水，灌水。”马疤子说，“这狗能叫得这么亮，肚里肯定没水了。”但这么大的雨，谁也不想出去。“这回轮也轮到麻秆了。”马疤子叫嚷着。我知道麻秆不会干，“你要是答应好好跟我下棋，我替你去。”我对麻秆说。

没想到麻秆这回去了。他头上扣了一顶破草帽，提着马勺走到了大槐树底下。狗在他的身边晃来晃去的，他踩上凳子，伸开胳膊抱住狗，稳住它的身体。狗不叫了，它也伸展四肢，扣紧麻秆的腰杆，他怎么挣也挣不开。麻秆没办法下来舀水。马疤子笑着说："麻秆，那是你……麻钱，不是你媳妇。"马疤子刚才被麻秆吓了以后，不敢再把狗说成是麻秆他爸了。

我过去给麻秆帮忙。我把地下的积水用脚搅浑了，然后舀了一桶泥水递给他。他吆喝我说："倒了，要清水！"我说："你给狗解渴呀？""你要想跟我下棋你就舀清水。"他说。我舀了一桶清水给他，他一勺一勺慢慢给狗灌，就像给病人喂汤药。狗很听话，它不叫也不动，任凭主人把一桶水给它灌完。

灌完水后，麻秆把他头上的那顶破草帽摘下来，给狗戴在头上，为了防止草帽脱落，他把系带绑在狗的脖子上。狗仍旧紧紧抱着麻秆，他解脱不了。我不耐烦了，衣服被淋得湿湿的，就一头扎进了窑洞里。马疤子说："看我的。"他抱头窜到大槐树下，一脚踹倒了站人的凳子，麻秆从狗的怀抱中跌了下来，"咚"地摔到了地上，衣服被狗爪子挂了几道口子。

麻秆从泥水里爬起来，提着马勺就要砸马疤子，被我拉住了。“行了，行了，马疤子不把你弄下来，你今儿就跟狗亲热一天呀？”

我们不知道狗是在救它的主人。危险已经临近了。

我们继续下棋。

这一次麻秆用劲了，我一盘一盘的溃不成军。但我很高兴，我输得痛快。

窑顶往下掉土了。开始是细土，掉在麦草上唰唰唰地响，像蚕吃桑叶，我们都没在意。后来时不时地就有鸡蛋大的土疙瘩砸在马槽上，叮叮当当的。马疤子首先发了毛，“这窑是不是有点不对劲？啊？”我瞅着麻秆，他白天晚上都住在这窑洞里，这里的事他最清楚。麻秆把他的狼排成三角阵势，恶狠狠地逼向我的娃群。“要塌早就塌了，一下雨就掉土，掉了几年了。”他说着一口气吃了我三个娃。

“不对劲，不对劲。”马疤子坐不住了。狗又开始了刚才的叫声，而且比前面的声音更怪。“我去看看狗吧。”马疤子拉开了门。我知道马疤子心里想的是什么，我最瞧不起这种人，一个响屁也掉魂，“别打幌子了，你就说你想跑得了。”马疤子本来是想跑出去的，我的话使他收住了跨出门外的一条腿。麻秆停住了棋，他指着马疤子说：“就你命贵，要说最该死的就是你，你这一辈子害了多少牲口！”

马疤子嘿嘿一笑，又掩上了门。“想走，我就是想看看狗，咱们不是杀狗的嘛。”

我跟麻秆仍旧下棋。马疤子不肯坐下，他像狗一样在窑洞里转悠，这里瞅瞅，那里看看，不时一惊一乍的，“哎呀，你看，你看，这里渗水了！”“这里有个缝！”我被他喊得也有些心虚，就打算过去看看，麻秆说：“没事，都是老病了，队长早就看过。”但我还是走了过去，马疤子拉着我的胳膊指着窑顶，“你看，就是那里。”“看你娘的腿！”我一把将马疤子推倒在麦草垛上。我已经被他弄烦了，走错了好几步棋。“闭上你的臭嘴，要不就滚出去！”

马疤子爬了起来，“我要走了，我要走了。”

马疤子慌里慌张地冲到门口，还没等他拉门，门“哗啦”一声被撞开了。

麻钱子弹一样从外面打了进来，它的忽然出现让我们都大吃一惊，马疤子吓得“嗷”一声躲到了门背后。狗是怎么从树上下来的我们当时都不知道，事后我想它一定是利用了身体在空中晃动的惯性，荡到了树干上，然后抠紧树干爬上了树杈，咬断了系挂它的麻绳。要完成这一系列高难度动作，对于已经被我们折磨得半死的麻钱来说是多么不容易的事！但我们当时来不及细想，因为麻钱已经扑到了我们跟前，虽然它脖子上挂着草帽的样子多少有点滑稽——显然是撞门时撞掉了，我们却笑不出来，它风驰电掣来势汹汹的样子把我们吓愣了，我们不知道它要干什么。

麻钱直奔着麻秆冲过去，一口咬他的裤腿，就把他撕了一个跟头。“疯了！这狗疯了！”马疤子惶恐地叫了一声，然后“噌”一下从门背后钻了出来，一头窜进了大雨中。狗扯着麻秆的裤脚，猛一下就把他往门口拖了一大截。我顾不得找家伙了，一脚朝它踹过去，把它踢得在地上滚了一个蛋。麻秆乘机爬了起来。“快跑！”我提着惊魂未定的麻秆，从窑洞里逃了出来。

“过来，快过来，狗要报仇哩！”马疤子已经逃到了饲养室围墙的大门外边，他从门框边上侧着半个脑袋向我们招手。

但麻钱没有追出来。

我们喘了一口气。然而就在这时，我们听见了窑洞里大青马“咴咴”的叫声。“它……咬……咬马哩！”麻秆颤颤簌簌地说。“咋办？啊，咋办？”

“抬，把马抬出来！”我招呼马疤子，但马疤子不过来，“狗疯了，疯狗咬死人哩！”我一肚子火气跑到大门口，他正想溜，被我提着脖后领揪了过来。

三个人来到了窑洞门口，谁都不想先进去，马疤子和麻秆都往我身后缩。我从地上拣了两块半截砖——就是刚才麻秆吓马疤子的那两块，我走在前面，他俩跟在我后面。说实话我当时心里也有点发虚，我这一辈子没有怕过谁，但那都是人，疯狗我还是第一次碰到。我双手举着砖头，撑着胆蹑手蹑脚地摸进了窑洞，窑洞的光线虽然昏暗，但我还是一眼就看到了奇迹！我大喜过望，回头就要告诉他俩，没想到那两人根本就没有进来！“你俩快进来看！”马疤子和麻秆在我的吆喝下躲躲闪闪地踅了进来，他们一见眼前的情景，都啊了一声。

大青马站起来了！

大青马在槽头左晃右闪，还不时地尥蹄子，抵挡着麻钱的进攻，有几个踢到了狗头上，麻钱被踢得“嗷嗷”叫，但它仍不屈不挠地扑上去撕咬马腿。大青马的奇迹让我想起了一句成语：狗急跳墙。任何动物，包括人，都有应激能力的，大青马一定是让凶恶的麻钱给吓起来的。这些当然是我后来明白的道理，当时我只是急着救马。“你们俩赶快解马缰绳，把它往外拉，我挡住狗！”

“我解马缰绳！”马疤子抢先挺身而出，因为解马缰绳隔着一道马槽，狗根本咬不着他。麻秆找来了两把武器，一把翻草秸的谷叉，一根拌料棍，他把锐利的谷叉扔给我，自己拿着拌料棍去马屁股后面赶马。他们俩前拉后撵，很快将马弄出了窑洞，我在后面且战且退也退出了窑门。

没想到麻钱这回真是急疯了眼，它追着我们咬，我挡都挡不住，榆枝做的谷叉也被它咬断了两根齿条。“快把马往大门外边拉！”我对魂不附体的马疤子、麻秆喊。马疤子转过身去把马缰绳背在肩上像纤夫拖船一样拉马，麻秆操着拌料棍在马屁股上乱抽。我把谷叉抡得呼呼生风，去年跟刘家凹的人打群架我也没有这么累，尽管如此，我的谷叉还是再一次地被狗咬住了。但令我奇怪的是麻钱并不是撕住谷叉要把它从我手中拽掉，而是使劲往前推我，它的劲贼大，把人高马大的我推得踉踉跄跄地止不住步，噔噔噔地后退，险乎跌跤。

就在我们退出窑洞五六丈远的时候，“轰隆”一声巨响，一股强劲的气流忽然平地而起，我像冷不防被人来了一个背飞一样，“啪”地仰面摔在地上，眼前一阵发黑。

窑洞塌了！

马疤子、麻秆当时肯定吓蒙了，他们也不知道来救我。他们没事，因为他俩在我前头，我的双腿已经被埋在了土里面，幸亏最外层的土都是细土。我挣扎着爬了起来，他们俩打着哆嗦，面无人色地仍站在那里。

他们瓷瓷地没有反应，嘴巴张得大大的就像被人打掉了下巴骨。

这时候我想到了狗。我应该想到狗。“麻钱——”

麻秆被我这一声唤醒了，“麻——钱——”他的声音带着哭腔。

我们冲到了土堆前，发疯地刨土。没有工具，我们就用手。我想我们当时肯定是疯了，窑背塌下来的土硬得像石头，我们愣是用手把麻钱抠了出来。一块碌碡大的土块压在“麻钱”的身上，麻秆哭哭泣泣地就去搬，马疤子也凑上来要给麻秆搭手抬，我喝了一声：“闪开！”我知道他俩都没有力气，弄不好还会把狗再砸一下。抱起土块我轻轻把它挪到一边。

麻钱的肚子被砸破了，肠子像绳索一样流了出来。它刚才被灌饱了泥水，鼓鼓圆圆的肚子经不起这沉重的一击。我想在土块砸在它身上的一瞬间一定有一声响亮的爆响，但这声音被铺天盖地的泥土掩埋了。

麻秆跪在麻钱跟前，哇哇哇地哭，他把狗脖子上的草帽解了下来，小心翼翼地盖在狗头上。

马疤子说：“哭啥呢，咱一天还没吃饭哩，煮狗肉吧，多放点盐。”

“叭！”麻秆给了马疤子一耳光，这一耳光打得非常干脆。

“你……你你……你也敢打人，这不是一只疯狗吗？”

“叭！”我也给了马疤子一耳光。

麻钱死了。

潜　伏

庵棚就在原野的正中央，是一个简易的A字形木屋，在A字的两条腿上搭一些麦秸秆挡风遮雨，在A字腰杆的横梁上架几块木板就是床了。这是队里看青人的住处，每到夏秋收获季节，晚上都要住人守护庄稼。说是为了驱赶野猪猹獾，其实主要是防贼，大家都吃不饱肚子嘛，盗窃是常有的。杨树庄守夜是轮流的，这活儿苦，白天出工累得半死，晚上还睡不了踏实觉，谁愿意去？只能挨家挨户轮流摊派。今夜摊到卓子家了。宝印叔说，大伙都别争了，就我去吧，我光棍一条，哪儿睡觉不是睡？再说了，野地睡觉还凉快呢。卓子觉得新鲜，也闹着要去，宝印叔说，行，真不愧是亲侄子，就算给我做伴吧。恰逢是个星期六，爹娘也就准了。

来到庵棚，宝印叔倒头就睡，卓子可睡不着，他的新鲜劲刚起来。要知道他长到十岁，还是第一次在野外过夜。他平展展地趴在床板上，把头从庵棚里伸出来，像蜗牛一样好奇地瞭望着初夏的夜空。

惊奇从这时候开始了。

月亮慢慢从东边拱出一个脑门来，卓子随即看见一抹黄色出现在遥远的地平线上，很细很薄，像一截缎带，被风张扬着，跳跃得厉害；

很快的，月亮越升越高，那黄色就像洇染似的，由线变块，由块变面，迅速地弥漫了开来；天际豁亮了，可是卓子却觉得有一股神秘的力量在远处积聚着，就像是为了印证他的预感。蓦地，平地里隆起一道阔长的脊梁，缓慢地在原野上拱动着。卓子听见声音了，隆隆隆——隆隆隆——像石磙碾压地面，也像狂风掠过林木。这种声音与其说是卓子听到的，不如说是他感到的，它很低沉，带着颤动，卓子全身都被震得麻酥酥的。

你可以说它是黄龙吧，是这家伙在原野上打滚，可眨眼它就成了变色龙——在它刚拱起的时候是金色的，扑腾几下身子就变成了淡黄色，再往前腾跃就成了乳白色，再后来就是灰白色……它离月亮越远，离卓子越近，颜色就越来越黯淡，等到了卓子跟前时，它就融入了一片稠黏的暗色中，根本看不见了。就在卓子片刻的疑虑中，忽然一阵排山倒海的气浪骤然而起，朝他扑过来。庵棚在这时剧烈地摇晃起来，搭在棚侧的麦秸秆受惊似的奓了起来，变成刺猬迎敌的样子。卓子还没来得及害怕，哗啦啦，麦浪就扑上床沿，麦穗像飞上甲板的小鱼在他身边活蹦乱跳，麦芒的毛刺挠着卓子的脸面脚心，活像小鱼嘬着舔着他一样，好痒痒哟。

卓子忍不住咯咯地笑了。

这就是夜晚的麦海，神秘莫测，动人心魄！此时此刻，卓子觉得自己真像是驾着一艘小船飘荡在辽阔的海面上，四周茫茫无际，船儿随波逐浪——万亩麦田中的这间摇摇晃晃的庵棚不就是小船吗？这种感觉既刺激又浪漫，既惊险又酣畅。

这一切白天不会有。白天庄稼地太坦荡了，没有神奇。

卓子的笑声打搅了宝印叔，他翻了一个身，嘟嘟囔囔地说，黑灯瞎火的，鬼胳肢你，傻笑！接着又睡。哪是黑灯瞎火？月亮多亮呀，比刚才亮多了，它已经升到了庵棚当头，整个世界都被浸泡在浓浓的乳白中，玲珑剔透，滋润绵软。卓子觉得宝印叔这么傻睡简直是糟蹋好时光，就摇晃他的胳膊，兴奋地说，宝印叔，看月亮，快看月亮！宝印叔只是哼哼，不起来，还说月亮有啥好看的，还不如烧饼好看呢。卓子说你就惦记着吃啊，他捉住一棵爬上床沿的麦穗，拿麦芒去挠宝印叔的脚心，宝印叔痒得受不了，嬉笑着爬起来，在卓子后脑勺上一巴掌，说，叫你这崽娃子闹！

宝印叔坐起来后也惊讶，这月亮亮得邪性啊！卓子说月亮亮了不好吗？宝印叔说不好。为啥？卓子不解了。太亮了，不能潜伏啊，宝印叔忧虑地说。什么潜伏？往哪里潜伏？卓子觉得好奇怪，他小心翼翼地问宝印叔，今晚上……我们要潜伏？宝印叔愣了一下，然后拍了拍自己的额头说，嘿，你看我，还当是在前线呢！

宝印叔是刚刚脱下军装的复员军人，他的奖章丁零当啷一大堆，卓子最佩服了。他说，宝印叔，讲一个故事吧，打仗的。宝印叔却打起了哈欠，想睡觉的样子，卓子缠着他，说这么亮的月亮，咋好意思睡觉呢，讲一个吧。宝印叔磨不过，说，好，就讲一个。他讲了一个在南方热带丛林潜伏的故事。

那时候宝印叔当班长，有一天晚上奉命带两个战士摸到敌方阵地下面的河边去潜伏。敌人在对面山上修筑了许多地堡暗道，我们一时找不到他们的火力点，不能贸然进攻。有情报说敌人每天晚上都派人下山到河里汲水，宝印叔他们的任务就是潜伏下来，伺机抓舌头，搞清敌人工事的准确位置。宝印叔说那天晚上的月亮就这样贼亮，他们爬在河边的灌木丛中一动都不敢动，唯恐暴露了目标。多亏热带都是阔叶林，枝繁叶茂，就是蚊虫太厉害了，咬得人脸上手上疙瘩摞疙瘩。到后半夜时，忽然一阵枪响，从山坡上哭着跑下一个女人来，她肯定是从敌人的地堡里逃出来的。可是河水挡住了她的去路，她不知道怎么办，惊慌失措中就扑进了河，但她不会游泳，眼看就要沉没。山上的敌人并没有追下来，显然他们知道她是逃不掉的。没有人救她。

你们呢？卓子问，你们是解放军，咋能见死不救呢！我们有任务嘛，宝印叔说。有任务也得救，敌人不是还没有下来嘛，等一会儿再抓俘虏也不迟！卓子着急地说。可我不会游泳嘛，宝印叔说。你真笨死了，连游泳都不会，有这样当解放军的吗？卓子急了。宝印叔说人不是神仙，哪有样样都会的？有些事情你一辈子也学不会。说到这里他用指头刮了一下卓子的鼻梁子，就拿你来说吧，我教你多少回了，你也学不会爬树？不过，宝印叔说，我们还是救她了。宝印叔说当他看见水面上只剩下姑娘的头发时，就忘了自己不懂水性，扑下河去打捞她。没想到他当即就被水冲倒了，幸亏河水不深，他抱着她挣扎了起来，也幸亏另外两个战士会水，他们跳下来帮忙，他们终于把她弄到了对岸。宝印叔倒驮着她脱水，然后口对口给她做人工呼吸，最后她终于醒来了。

好，最可爱的人！卓子想起了他们一篇课文的题目，使劲拍了宝印叔大腿一掌。

她走了，宝印叔说，走了几十米远，谁也没想到，她忽然向我们投掷了一枚手雷。轰的一声，我们都被炸伤了……

卓子不相信，他说，她哪里来的手雷？宝印叔说，是我的，她趁我给她做人工呼吸时从我身解下的。

她在我怀中猫一样温顺，长得又那么漂亮……她虽然听不懂我们的话，可她应该明白……她咋能炸我们呢？宝印叔喃喃自语。

宝印叔说就这样他犯了错误，火线入党申请书也白写了，直到复员也没有解决组织问题。

卓子知道复员军人在部队入不了党是很丢人的，村里人会说，你看他当兵三年五载的，连个党员也没闹上，白受罪了，窝囊废嘛！因为只有入了党才能当村干部，只有当了村干部才能吃香的喝辣的，有人就是为了这个才参军的。不过宝印叔现在已经是预备的了，刚刚才宣布的，村里还准备让他当民兵连长呢。前几天卓子家盖新房，支书王大巴掌来喝上梁酒，喝高兴了就说，宝印眼下可是双喜临门，新房一起新媳妇就进门，预备党员也闹上了。可我给你们提个醒，预备还不算是正式的，不能犯错误，哪怕是一丁点，别人一提意见就完蛋了。他拍了一下宝印叔的肩膀，压低声音说，我可是有意培养你，你得给我长脸。最后临走时王大巴掌还对卓子全家人说，你们大伙都要盯着他，盯他不是害他，是帮助他进步呢，一人入党全家光荣！

宝印叔这时说，卓子，叔可是有了教训了，你以后也多给叔提个醒，对那些坏人绝不能心软！

卓子点点头，我们课本上也是这么说的，阶级敌人狡猾着呢，还会化妆成美女，你就是碰上美女蛇了。话虽这么说，不过凭直觉卓子想宝印叔还会犯这种错误的，因为他这人心太善了，别人稍微对他好点，他就磨不开面子了。他把这意思告诉宝印叔，宝印叔说，不会了，以后绝对不会了！卓子对着他笑，这一笑让宝印叔有些气虚了，他说，小狗才会……起码最近不会！

卓子相信宝印叔最后这句话，因为他现在正处在特殊时期呢。不过他还是激了宝印叔一句：不要说大话哟，就怕临场你又软了！

卓子这么激宝印叔是有他自己的小算盘的。他一直喜欢枪，喜欢得着了迷，用泥巴捏过枪，用木头削过枪，可那些都是假的嘛。每次村里民兵训练，他都像尾巴一样跟着人家，就是想伺机摸一把那些真家伙，可不幸都被人呵斥住了，特别是那个腰挎盒子枪的麻脸连长，总是神气活现地吆喝他：小心走火，找死呀你！如果宝印叔真能入党，那他铁定是新任民兵连连长了——麻脸到公社当武装干事去了。宝印叔要当了民兵连连长，不要说摸一摸那些真枪，就是那把盒子枪我也可以挎一挎的——挎上盒子枪那才叫威风呢！

在入党这个事情上卓子比宝印叔还急，他唯恐宝印叔有点闪失被别人揪了小辫子。

夜静极了，一轮麦浪涌过去，另一轮麦浪还没有鼓起来，麦海就有了风平浪静的间隙。卓子听见了一种美妙的声音：喳……喳……吱——喳……喳……吱——，像从紧绷的弓弦上弹出来的，又细又尖，带着金属颤动的高亢和悠扬。蝈蝈！卓子惊喜地叫了起来。

胡说，晚上哪有蝈蝈，蝈蝈是太阳晒烫了身子才叫的。宝印叔不信。卓子说，你听，你听！他们都竖起了耳朵，蝈蝈却不叫了。宝印叔揪着卓子的耳朵说，你这个小鬼头，蝈蝈跟你一样也是夜猫子吗？快睡觉。

宝印叔又犯迷糊了。这时蝈蝈的歌声再次响了起来。卓子觉得这个蝈蝈一定是个了不起的家伙，别的蝈蝈是白天唱，它大概身强力壮，精力过剩，白天没有唱过瘾，晚上还要接着唱。我要逮住这个家伙！卓子兴奋了。

每年的夏季，村里的孩子们都要养蝈蝈。他们或者自己去逮，或者是父母在田里劳动时顺便逮，逮住了就装进用麦秸秆编成的笼子里，挂在太阳底下暴晒，晒得蝈蝈脸红脖子粗，亢奋地扯着喉咙高声唱歌。孩子们还把各自的蝈蝈拿来比赛，跟斗蛐蛐一样，不过不是比赛打架，而是比赛唱歌，看谁的蝈蝈嗓子亮，赢了的人高兴得像考试得了一百分。卓子知道自己今年铁定是第一个逮住蝈蝈的人，而且铁定得冠军！

可是谁陪他去逮呢？这深更半夜的原野上，他有点怕，不是说有野猪猹獾吗？叫宝印叔吧，他肯定不愿意，他不相信有蝈蝈，即使相信，那也是孩子玩的把戏，他累了一天，愿意陪一个小屁孩去逮蝈蝈吗？

卓子很快就有主意了。他推了推身边已经扯了鼾声的宝印叔，说别睡了，别睡了，我们该去巡逻了。宝印叔呼的一下爬起来，顺手到庵棚壁上捞了一把，紧张地说，我的枪呢？我的枪！卓子笑了，他知道宝印叔又误入前线了。卓子一笑，宝印就回过神来了，他拧了一下卓子的耳朵，说你捣什么乱啊，我都困死了。说完他倒头又睡，卓子不依不饶，他把宝印叔的脑袋往起搬，说我们真的要巡逻，看青不到地里转转怎么行。宝印叔迷迷糊糊地说，巡……巡什么逻，谁规定要……巡逻。卓子说，嗨，你还想当民兵连连长呢，就这么没有责任心？宝印叔揉揉眼睛爬了起来，说贼亮的月光，白昼一样，掉根针也看得见的，还要巡逻？卓子说，那不一定，远处呢？河滩那边呢？我们可要提高警惕，麦贼说不定就藏在那儿呢。

宝印叔给卓子屁股一巴掌，说带你这个小鬼头来，算我倒霉。他从庵棚的床上跳下来，顺手拿了一根防身的枣木棍。

夜深了，月亮已经越过了庵棚，挂在西崖那边的杨树上，真像一个明晃晃的灯笼，给卓子照着蝈蝈呢。可那蝈蝈好像真的成精了，知道卓子要逮它，就跟卓子捉迷藏，叫声忽东忽西，忽远忽近，逗卓子呢。卓子就拖着宝印叔满世界地转悠。宝印叔困劲儿正盛着呢，根本听不见蝈蝈声，只是唠唠叨叨地说，还走……还转啊，老鼠都没一个。

后来他们就转到了河滩上。从庵棚那儿是看不见河滩的，因为汹涌的麦浪挡住了视线，并不宽阔的渭河河道被淹没在漫山遍野的麦海里，就像人身上一道毫不起眼的皱纹。宝印叔一屁股坐在河岸上，说困死了累死了，让你这崽娃子拖上瞎毬转。渭河现在是干枯的，因为这是旱季，上游的牛头岭水库早就关闸蓄水了。卓子能看见河床里一坨一坨的蓬蒿和大小不一的鹅卵石，河那边的村庄掩映在茂密的杨树里，只能看见朦胧的房屋轮廓。石桥就从村庄那边伸过来，一直到他们身边，因为河里没水，大家现在都不走石桥了。

卓子忽然发现了情况。他看见河床西边远处有隐隐约约的灯光。确实是隐隐约约的，因为距离太远了，而且是在这样明亮的月光下。卓子捅了宝印叔一下，警惕地说，你看那边！宝印叔打了一个激灵，立即就进入了状态，呼地站起来，双眼圆睁，枣木棍也像枪一样端了起来。哪里？他问。卓子指了指西边，宝印叔凝神望了一会，揪着卓子的耳朵说，大惊小怪，牛头岭水闸上的。卓子说，不对吧，半夜三更的，他们干啥呢？宝印叔说，大概要放水了，检查闸门吧，这么旱的，该浇地了。谁知道呢？不管它，反正不在咱们队的地界里。

这时卓子又听见蝈蝈的叫声了，他高兴地说，原来你跑到这儿了！河岸边因为靠近水，这里的麦子长得特别旺势，蝈蝈是吸麦浆的，那里麦好就往那里跑。宝印叔忽然醒悟了，他给卓子后脑勺一巴掌，把我当傻瓜！卓子哈哈地笑了。

宝印叔忽然一把捂住了卓子的嘴。他在卓子耳边轻轻地说，你闻。卓子深深地吸了一口气，香啊！是稠黏甘甜而又略带泥土腥味的香，这是麦香，是接近成熟而尚未丰盈的麦香，含蓄而不张扬，弥散而不喧腾。吸一口卓子觉得五脏六腑都像被清水淘洗了一样舒坦。

卓子觉得宝印叔才大惊小怪呢。麦香！他说。

宝印叔说你再闻，卓子把鼻子揉了揉，使劲地闻，依然是弥漫的麦香。宝印叔悄悄地说，还有另外的香味。他把卓子按在河岸边，说，有情况！待在这里，别动。他举着枣木棍，分开田垄上的麦子，朝里面摸了过去。

显然，麦田里有潜伏！卓子怕宝印叔吃亏，在河滩上拣了两块鹅卵石掂在手里，跟在宝印叔后头。少先队的大队长，危险时刻怎么能躲闪呢！

他们悄悄地摸到了麦田中央的低洼处，还没等卓子看清楚是怎么回事，宝印叔已经扑过去按住了一个人，他大声吆喝卓子，快，解下你的裤带，绑人！卓子高兴地答应，是！他真佩服宝印叔，不愧当过解放军，谁这么愚蠢呀，竟然在他眼皮底下玩潜伏。

没想到的是，那人还敢大声喊叫，宝印哥，是我。卓子和宝印叔都愣了：女的！她说，是我，青娥！

见鬼了，怎么会是她。卓子知道青娥是宝印叔的女朋友，他未来的婶娘，那间新房子就是给她盖的。尽管这样，宝印叔还是很生气，他说你这是干啥！卓子也看清楚了，青娥刚才是躺在麦田里的，高高的麦子遮蔽了她，身边有一个印花布口袋，里面鼓鼓囊囊的，再看周围的麦子，已经变成了秃头，麦穗上的颗粒被人搓走了。

他们三人从麦田里走了出来。卓子和宝印叔都气鼓鼓的，可青娥好像没事一样，甚至还有一丝好奇，她问，你们是咋发现我的？我藏得好好的嘛。卓子这阵子才闻见了青娥身上的雪花膏味，淡淡的，香香的。宝印叔的鼻子比警犬还厉害。

说，你这是干啥！宝印叔生气地问。青娥笑嘻嘻地说，不干啥，捋点新麦嘛。

那……那可不行！宝印叔说。咋不行，别人都捋的，天天晚上都有人这么干。青娥说，我就是瞅准了今晚，是你守夜嘛。

你你你……宝印叔不知道说什么好。哟，你看你那张脸，拉得多长啊，卓子，青娥对卓子说，你看你叔叔的脸多难看啊，像驴脸。卓子哼了一声，不理她。犯得着嘛，青娥说，看你们认真的，现在青黄不接的，谁家不偷着点，要饿死人的。

宝印叔说，就不能等收割了，现在糟蹋！青娥说，收割了？收割了就全交公粮了，能剩多少！

卓子知道青娥说的是实情。她咄咄逼人的，宝印叔好像还理亏了似的。卓子帮腔了，他说，不管咋说，偷集体的东西就不行！卓子这句话既是说给青娥的，也是说给宝印叔的，提醒他别磨不开面子。

青娥笑了，她说，哟，你这个小屁孩，就多你这张嘴。

宝印叔说，那……就是不行。

青娥用胳膊肘拐拐宝印叔，笑着说，不行咋的，还把我送到生产队去？

那就不劳驾你们了，我自己去，啊！青娥说着背起那个口袋，春风摆柳一样地走了。

宝印叔瓷愣愣地站在那里。卓子望着他，他望着卓子。卓子说，她走了？宝印叔说，走了。卓子说，她走了！宝印叔说，走了……好。

卓子大声说，她怎么就走了呢？宝印叔！

宝印叔噢一声，好像睡梦被惊醒了一样。他腾腾腾地追了上去，卓子也跟着。在石桥边，他们追上了青娥。

青娥说，看你们，还送啥？我不怕走夜路的，这么亮的月光。

宝印叔说，我们……是……他吭吭哧哧的，把青娥的那条口袋拽了过来。青娥说，不重的，我背得动。

卓子为宝印叔着急，他咋就说不出一句囫囵话呢。卓子自己说了，他说，青娥姑，我宝印叔是要把你……留下的。卓子一说完，也恨自己，他本来要说“扣留”的，结果舌头一拐弯，就丢了一个字。

青娥问宝印叔，你要把我留下来过夜么？那可不行，我们还没有正式结婚呢。再说，她瞟了一眼卓子，还有这么个小灯泡。

宝印叔一跺脚说，咳，看你说到什么地方去了。

这一下青娥不高兴了，她虎着脸说，孙宝印，你到底要干啥，说，痛快点！

宝印叔这下也豁出去了。他说，青娥，你不能走，你得跟我一起到队里讲清楚。

嗬，真要大义灭亲了，青娥扑哧笑了。她说，说实话吧，这麦子不是给我吃的，是给大嘴爷的，大嘴爷病得快不行了，他说他娘生他那年正好新麦下锅，现在他快死了，就想吃上一顿今年的新麦面，这辈子两头都算是赶巧了，到阴间也不亏欠……

大嘴爷在村里那可是德高望重，他早年当民兵打过鬼子，儿子是抗美援朝的烈士，老伴在1960年闹灾荒时为了不给新社会抹黑，宁愿饿死不讨饭，后来真的饿死了。他现在是五保户，大伙儿特别敬重他。他老人家要吃一口新麦面，谁能舍不得呢？

宝印叔又没话了。

卓子也没话。可他觉得这里好像有点不大妥帖，青娥已经看出卓子的神情了，她说，卓子，你人小鬼大，不长个子光长心眼了，小心以后可吃不到我的枣糕饼！枣糕饼是去年卓子跟着宝印叔相亲时在青娥家吃的，香得卓子差点连舌头都咽到肚子里去了。

可卓子现在觉得枣糕是枣糕，麦子是麦子，两个不杂拌的。于是他还是说话了，他说，青娥姑，大嘴爷吃麦子可以跟队里要嘛，没必要让你黑夜来……捣鼓。

青娥说，他是来要了，我的我爹。

宝印叔惊讶地说，你说是王书记……让你来的？不可能，不可能！宝印叔摇摇头。

青娥说，不信你明天可以问我爹。他说大嘴爷想吃新麦应该给，可队里有制度呀，给了他别人也要怎么办？别人也会编出许多理由来。他后来就想到了这个招儿，叫我趁你守夜的机会来捣鼓。

宝印叔和卓子面面相觑。

青娥说你们没话了吧。她把印花口袋从宝印叔的肩膀卸了下来，宝印叔半信半疑的样子，可也得给。你们也不累，睡觉去吧，青娥说，她还捏了捏卓子的小脸蛋。

青娥走了。

过了好一阵子了，宝印叔闷闷地说，走，咱们睡觉去吧。

他们沿着河岸往回走。月亮已经西沉了，压在了牛头岭的山峁上。由于贴地的缘故，月光明得耀眼。他们都不说话，夜静极了，蝈蝈也无踪无影。卓子觉得走在清亮的月光下就跟走在清澈的河水中一样，每一脚下去都能溅起涟漪，他甚至可以听见月光被脚步划动时发出的哗啦哗啦声。卓子有些疑惑，他闹不清疑惑什么，只觉得心里毛毛乱乱的。多明亮的月光啊，在这样的月光下一切都应该是透亮的嘛。

宝印叔说，卓子，你咋不说话了，一个晚上就你闹喳喳的。

卓子说，我在想月亮。

月亮有啥好想的，你这傻小子。

想你们那次在月光下潜伏，救了一个女人……

宝印叔停下了脚步。他说卓子，你是不是提醒我别上坏人的当？

卓子没有吭声，只是望着他。

可你青娥姑是坏人吗？宝印叔问。

卓子摇摇头。虽然他知道坏人不会在脑门上刻着字，可他一点都不怀疑青娥姑是好人。她得过不少奖状呢，那次和宝印叔到她家相亲时看见过，墙面都贴满了，"优秀共青团员""学大寨积极分子""植棉能手"……再说了，不是好人宝印叔能看上她吗？

可她做的事儿呢？

那是为了大嘴爷，王大巴掌同意的。宝印叔说，没错儿，她蒙不了我的，我是谁，老侦察兵！

卓子说，我看有点玄，王大巴掌会同意吗？他可是老书记了，铁面无私的，那一次他孙子黄毛拔了学校学农园地的一根萝卜带回家，他揪着黄毛耳朵把他和萝卜都交给了校长，我亲眼看见的！

宝印叔说，要是他真同意了呢？

是啊，要是他真的同意了呢？卓子琢磨，人都有犯糊涂的时候嘛，况且这犯糊涂又不是为他自己，是为了五保户大嘴爷。不过……不管怎么说，卓子总觉得偷集体的东西是不对的，偷就是偷，为谁偷都一样。他是书记也没有权力纵容女儿偷麦子！

可还没等卓子说话，宝印叔忽然一拍脑门，嘿，我差点上当了。他转过身子就往回跑。他是考验我！王大巴掌是变着法子考验我呢！他边跑边喊。

卓子有些糊涂。王大巴掌为什么要这么做？宝印叔不是就要成为他们家的姑爷了吗？他女儿不是马上就要嫁过来了吗？事情都到这地步了难道他还不相信宝印叔吗？卓子觉得大人们的事情也太复杂了吧，复杂得像鸡兔同笼的那道算术题。不过就凭这一点，他也挺佩服王大巴掌的，怪不得都传说他马上要当公社书记了。

为什么呀？卓子在后面追着宝印叔问。宝印叔说他怕我是个没原则的人，以后坏他的事嘛！宝印叔蹦得比蝈蝈还快，一眨眼就从麦田的边缘消失了。当卓子气喘吁吁地跑到河边时，他看见宝印叔和青娥拉拉扯扯地从石桥上过来了。青娥差不多应该是快到村里了吧，又被宝印叔追了回来。青娥显然抗拒着，宝印叔又推又拽的。卓子赶忙往桥边跑去，他要帮宝印叔一把。

他们终于把青娥弄过桥头了。青娥这次哭了，她哭得很伤心。她把印花口袋狠狠地砸向宝印叔，然后扑通一下坐在地上，像小孩一样蹬腿甩胳膊地哭。宝印叔没办法了，他抱着印花口袋傻傻地站着。卓子觉得青娥好不害羞，哭得鼻涕眼泪的，跟撒娇的娃娃一样。他悄悄地给宝印叔说，你哄哄吧，哄哄她。卓子知道小孩伤心的时候需要大人哄，哄哄就不哭了，

——他自己就是这样的，大人伤心的时候也该哄一哄吧？

怎么哄？宝印叔小声问。卓子对着宝印叔的耳朵说，抱抱，抱抱。——哄小孩都是这么哄的嘛。宝印叔把印花口袋交给卓子，就弯下腰抱青娥。青娥还是闹，又推又搡的，宝印叔就使了蛮力，呼一下把她托起来了。好奇怪，这一下她不闹了，头还贴在宝印叔的肩膀上，只是鼻子还一抽一抽的。不知道她在宝印叔耳边嘀咕了句什么，宝印叔就抱着她朝河滩走了下去。

卓子也跟了过去，宝印叔却说，你别过来，就在那儿等着！可是卓子还是跟过去了。宝印叔好像着了魔似的，翻脸就不认人了。他说，你给我站住，到河岸上去，最好回庵棚去，再过来我就揍你！

卓子生气了，腾腾腾地退回河岸上。他在心里骂宝印叔不识好歹，不是怕你有闪失，谁愿意跟你！宝印叔抱着青娥走到了河滩中心，这已经离卓子够远的了，可他们似乎还要躲他。月光这么亮，河滩这么平，看他们往哪里躲！卓子故意站在河岸上，昂首挺身地逗他们。卓子没想到宝印叔把青娥抱到了石桥下，一弯腰钻进了桥洞里。卓子现在真的看不见他们了。

卓子觉得好笑，人哄人嘛，谁没见过，有必要背过我吗？不就是拍拍背，揉揉胸，再说一些热乎的话，有好吃的东西拿出来甜甜对方的嘴。——噢，莫不是宝印叔有水果糖要给他媳妇吃，怕我跟她抢？那他也太偏心了吧。

气归气宝印叔，不过卓子还是坚守在河岸边，他牵挂着宝印叔呢。宝印叔一见女人就心软，说不定就会吃亏的。他还说他要吸取那次潜伏的教训呢，没出息！

可是时间过去很久很久了，宝印叔还没有出来，看来青娥真是太能撒娇了，不好哄。卓子终于熬不住瞌睡，躺倒在河岸上。

睡梦中卓子看见了大海，金黄的宽阔的大海，海浪哗哗地涌过来，淹没了他的腿，打湿了他的衣服。他一点都不惊慌，他知道那是麦浪，漫山遍野的麦浪。麦浪涌上庵棚的床沿，麦穗像调皮的孩子一样正挠着他的脚心呢。

其实卓子的双腿现在就泡在河水中。牛头岭水库在卓子梦见大海的时候开闸放水了，汹涌的河水一泻而下，瞬间就淹没了河床……

白　馍

文举走上河岸时绝对没有想到会有一个女人在等着他。

当时他脑子都塞满了白馍，热腾腾软乎乎的细面白馍。文举在一所高中寄宿读书，学校离家很远，要沿着这条小河走十几里路。那时候文举十九岁，正是能吃的节口，饭量很大，学校每天定量供应的两顿饭根本吃不饱，所以他每个星期都必须回家背一次干粮。

这是青黄不接的农历五月，燥热的太阳烤着岸边的柳树和麦田，植物的叶子痉挛似的扭成了卷，知了撕破喉咙吼叫，仿佛这样才能把肚里的火气喷出来。在这样的时候走路是很乏味的，而且容易疲劳，文举只能用眼睛四处搜寻来给自己制造一点乐趣。文举看见了麦田里墨绿的麦穗，棱柱状的麦穗上悬挂着雪花一样的麦花，麦花又薄又轻，微风掠过，它们滴溜溜地晃荡。这情景让文举想起了他家近旁的那座有名的法门寺宝塔和塔上的一串串风铃，他仿佛听见了风铃摇出的叮叮当当的乐音。这缥缈的乐音对文举有无限的诱惑力，他情不自禁地又想到了刚出锅的暄软的白馍。

现在文举背上的粗布口袋里装的全是玉米面馒头，它们硬得像石头，硌得他背疼，文举相信如果把它们扔出去，肯定能砸得死野狗。文举在学校吃的是粗粮，回家拿的还是粗粮，在这青黄不接的季节里只能如此。雪白的细面馒头对文举来说不单是一种现实的口腹之欲，更重要的是它预示了一种前程。文举一直牢记着小学一年级时语文老师在课堂上领他们背诵的一首歌谣：

念好书，

上大学，

喝糖水，

吃白馍……

在文举的印象中，吃白馍就等于乡下人过年，而他对城市最大胆的想象就是那里的人天天都在吃糖水泡馍。歌谣描绘的情景一直激励着文举刻苦发愤，就像在狗的前头拴了一根骨头吸引它狂奔一样，文举现在就奔到一个关口了，农历六月高考，能不能一辈子吃白馍，就全在此一举了。

文举念书是很珍惜光阴的，今天回家背干粮就是趁上午放学到下午上课之间的空隙。文举走出家门时正是乡村午饭之后的歇晌时分，在这种时候，别说是人，就连狗和鸡也躲在树荫下或墙角里打瞌睡。文举知道在从家里到学校的这差不多两小时的路程中他是不会碰见任何人了，这种预计让文举多少有些害怕，他不由自主地想起了两句农谚：晌午端，狼撒欢。农谚提醒了文举，他因此对路边厚实的麦田和幽深的蒿草产生了怯怯的警惕。

后来的事实证明文举那天的判断是错误的，就在他因害怕而脚步有点慌乱的当儿，一个女人正徘徊在这条小河的一座石桥上，这座石桥就在他前面，他不可避免地要与这个女人碰面。这条小河以及石桥上的那个女人注定将改变文举一生的命运。

文举后来甚至怀疑那天发生的事情是自己的意念所致。烈日下步履匆匆的文举有一种在荒原上跋涉的孤独感，他强烈地希望能看到一些活物，当然最好是人。他的眼睛一直在四处瞭望。麦子默然与爆热对峙着，时不时晃动一下身体以示不屈。河边的柳树在给文举带来断断续续的阴凉的同时也断断续续地掐断他远望的视线，这使得接下来发生的事情显得猝不及防。

拐出一片树荫之后文举猛的接近了那座桥。这是一座青石砌成的双孔桥，它与文举在这条小河上已经路过的其他桥没有什么两样。文举本来没打算对它多看几眼的，但出乎意料的，那里一个亮点抓住了他：一个人，一个穿红衣服的女人坐在桥沿上！这忽然出现的视觉刺激让文举一阵惊喜，终于看见人了！更吸引文举的是那个女人独特的坐姿，她背对文举坐在桥沿，双脚悬空在水面上，而且前后交替晃荡着，就像模拟游泳时的双脚划水。这种几分顽皮但又很危险的姿势让文举有点担心，因为河水很大，她的身体前倾在水面上，脚距水不过尺把左右。文举的脚步不由得放轻了，他唯恐这个女人忽然受惊而发生意外。但明显地，这个女人已经感觉到了身后的动静，她在文举轻缓的脚步中慢慢地转过身来，她的双腿也随着身体的扭动从水面挪到桥面上。在文举的印象中那个女人当时的动作就像舞台上的旦角出场时由背身转向正面一样优雅而余味无穷。

当那个女人终于面对文举时，文举在匆忙地扫描中贸然断定她是一个新媳妇。因为她扶着桥沿的双手上戴着银镯子，并排搁在桥面上的双脚上穿着鲜艳的红缎面绣花鞋，在文举的家乡，没出阁的闺女是不会有这样的盛装的。文举走得更慢了。十九岁的小伙子已经到了爱看女人的年龄了，更何况是在这样一个空旷的时分出现的这么一位漂亮的新娘子。当文举怯生生的目光刚溜到她身上时，他腾一下脸红了，因为这当儿她也笑眯眯地瞅着他。刹那间的目光对撞让文举一阵心慌，他的脚步因此凌乱得像扭秧歌。但也就在这短暂的一瞬间，石桥的女人给文举留下深刻的印象：她白馍一样细嫩的瓜子脸，一条粗黑的大辫子绕过脖子垂在胸前，用一条花手绢绾着。这个印象从此像刀刻一样嵌进文举的心中，它在以后的岁月里常常搅得他心神不宁。

文举慌慌张张越过桥头。但他不甘心，桥上的新媳妇伸出一只无形的手拽着他，他每走一步都要偷偷回头瞟她一眼，而每次回头时，他都看见那个女人总是盯着他，这让文举有一种做贼时被人当场抓住的感觉。他走得更快了。就在文举的不断回头中，他发现那个女人的身子随着他的远离又在慢慢转动，好像他牵着一根绳子拖着她旋转。当他走过石桥十几步时，她正好回复了刚才的坐姿；而且文举同时发现，他每走一步，那个女人脸上的笑容就减淡一分。当文举要走得更远的时候，他忽然听见身后“喂”的一声，这是那个女人那天唯一的招呼。文举不由得再次转过头来，他看到的是她脸上怪诞的表情：她面部的肌肉由放松到抽紧，又由抽紧到放松，好像想笑笑不出来，想哭又隐忍着。她含义不明的招呼和莫名其妙的表情不但未能使文举停下脚步，反而让他走得更快了。他觉得在这个人迹寥寥的时分忽然冒出来的这个举止诡异的女人是很不正常的，乡间传说中的狐狸精好像就是这样。文举的心里一阵发毛。这是比狼更可怕的东西。

就在文举要撒腿逃跑的当儿，他听见身后“扑通”一声，这是什么东西掉进了河里。文举最后一次转过身来，他发现桥沿上的女人已经不见了。文举的目光在河面上惶然的搜索，一瞬间后浑浊的河水中冒出了一绺黑发和一双胡乱扑腾的手，手腕上的银镯子反射着赤白的阳光，刺得文举晃眼。文举“啊”一声惊叫，扔掉了背上的干粮袋，一边沿着河岸追赶一边高声呼喊“救人”。

在这种危急时刻文举当然应该跳水救人，但他不会游泳，他所能做的只是拼命地呐喊和无望地沿着河岸奔跑。这样的歇晌时分当然不会有人，文举的呐喊只引来一阵阵空洞的回音。情急之中文举想到了应该折下一根柳枝让那个女人拽着它爬上来，但柳枝十分柔韧，它是编箩筐的材料，文举一下子怎么也折不断一根。

当文举终于折断一根手臂粗的树枝时，河中的女人已经漂远了。文举提着树枝拼命追赶，就在他狂奔的过程中，他看见那个女人不时地冒出水面又不时地沉溺下去，他甚至看见那个女人在冒出水面的一瞬间对着他凄然地微笑……

那个女人在文举的视线中渐渐消失了。文举的呐喊最终变成了嘶哑的号啕，当他再也跑不动了时，他颓然地坐在地上大哭起来。

没有人知道那天发生的事，只有小河无言地接纳了一个冤魂。但文举怎么也忘不了它，因为这毕竟是他长到十九岁第一次看见一个美丽的生命在他眼皮底下无助地死去，他无法保持内心的平静。在后来的日子里他曾做过种种自我排遣，比如说那个女人是决计要死的，只不过她不想死得无声无息，她希望有人看见她的死并把它传播出去，以此对某些人构成一种威胁或送去一种谴责，即使那天她侥幸碰见一个会游泳的人，把她救了上来，她最终还会找别的方式自尽，因此她的死与救不救她无关。这个推论让文举轻松了一段时间，但很快的他就从这个似乎天衣无缝的假定中看出了破绽：一个决计要死的人他只管会去死，绝不会在意别人是否看见，而一个千方百计要让别人看见他死的人其实是不想死的，他只不过是把寻死作为一种极端的手段使用而已。这个破绽把文举无情地抛进了痛苦的自责中，他不得不另找借口为自己解脱。经过几天苦思冥想后，他终于又为自己找到了一线生机：那个女人那天所等的人肯定不是非他莫属，她只不过是把死演出给随便一个路过此地的人，如果那个人碰巧也和他一样不会游泳，那她不也是非死不可吗？因此她的死活只能取决于她的运气，而不取决于是否遇见了他。这个推理应该无懈可击了吧，但文举最终还是无法安宁，因为他不能回避这个事实：她那天碰见的偏偏就是他！

一连串的假设和推断贯穿在文举紧张的高考复习中，挥之不去的阴影弄得他神情恍惚。坐在教室时，文举总是提醒自己：马上就要高考了，忘掉它吧，谁也不知道这件事。但他一打开课本，那个新媳妇凄然的笑容就叠印在书页上，活像一张张曝光不足的照片，固执而幽怨地盯着他，让他心惊肉跳，他根本没办法专心致志。

高考是在距文举家三十里外的县城举行的。那天黎明下过一场暴雨，文举走进考场时凉风习习，这是北方暑伏里难得的好天气。当文举按照自己的座号找到座位坐下时，他当即大吃一惊：她怎么会在这里！高考都是单人独桌，就在文举前面的桌子上背坐着一位姑娘，她身穿红衬衫，粗黑的大辫子垂在脑后，用一条花手绢绾着。这不就是文举在小河的石桥见到的那个背影吗？

文举的心一下子全乱了。难道她真的缠上我了？文举不由得想起了他读过的《聊斋志异》，那些荒唐的故事本来是不大可信的，但文举今天不得不信了。文举很想看看她的脸，到底是惨白的、猩红的，还是青面獠牙？这本来是很容易的事，只要跟她打一个招呼即可，但文举最终没有这样的胆量，他想，万一她真是那样，我该怎么办？

试卷发下来了，第一堂考语文，这是文举平时最拿手的科目。但是今天他的大脑却像被野猪啃倒的玉米地，里面横七竖八乱糟糟的，那些熟悉的题目雾气一样在他眼前飘过来拂过去，他就是抓不住。这本来已经够让文举恼火的了，没想到后来发生了更严重的事：那个姑娘大概嫌辫子垂在脑后背靠桌子时夹得难受，竟把它甩上了桌面！那条油黑乌亮的辫子随着她身体的摇晃在文举的面前蜿蜒游动，在文举的眼里，它简直就是一条黑色的蛇！文举惶恐地盯着它不知所措，他试探着用笔杆把它拨下去，几次快要挨上它时又吓得缩了回来。

语文考试在惊恐慌乱中结束了，文举交了试卷，逃离试场后，长叹一口气，完了，十几年的辛苦算白糟蹋了。我怎么这样混账呢？文举使劲揪自己的耳朵，他爹惩罚他就是这么做的。他两只手各揪一边，像拔草一样。揪着揪着，揪得自己委屈起来，我不是不想考好呀，我就是摆脱不了她！

文举在学校各门功课都是很好的，复习阶段虽然受到了一些影响，但还不至于一塌糊涂，因此，在今天走进考场之前他还是很有信心的。文举把揪疼的耳朵揉了揉，自己安慰自己，一门课考坏了或许不大要紧，高考是算总分的，关键是后面的课要全部考好。但要考好后面的课，文举知道他无论如何得摆脱她。

如何才能摆脱她呢？文举想来想去，唯一的办法是调换座位，但座位是按考号编排的，他能以什么样的理由向监考老师提出这种要求呢？

这么想的时候文举正沿着考场前的一条长着疙瘩老槐树的胡同走向县城的街道。下一堂考试是在两小时以后的下午，他必须到街上去找些东西吃。文举的思索就像这条胡同一样悠长，他怎么也想不出一个调换座位的充足理由来。就在文举被弄得心烦意乱的当儿，他听见身后“喂”一声。

文举一回头，看见那个红衣服长辫子的姑娘就跟在他身后。“你……你怎么……又来了？”这个幽灵似的女人让文举很惊慌，他一边腿软软地往后蹭一边紧张地环顾四周。有稀稀拉拉的考生也走在这条胡同里，他们神态各异，有兴高采烈地与人交换答案的，也有自个儿垂头丧气的，有些人走过别别扭扭的文举他们身边时，还好奇地瞅瞅他们，这让文举多少胆壮了一些。

“我们是邻座，认识一下吧。”她笑吟吟地向他逼近。

“你是……河岸上的……”文举仍向后退着。

“河岸？不，我家在原上，我叫桂兰。”

“你不是……那个河岸……的人？”

“我们那里全是旱原，一条河都没有。”

文举现在才敢看她了。她的脸既不白也不黑，而是日头晒出的黝黑。她的脚上穿的也不是绣花鞋，而是一双烫着胶皮补丁的白塑料凉鞋。

文举心里还是不很踏实，他不敢跟她多搭讪，放开腿大步走路。她就在后面跟上。走出胡同就到了街上，当路过一个饭馆时，她说：“大哥，咱们就在这儿吃点东西吧。”

“不用了，我……这里有亲戚，我到他家去。”

“咱们是一块儿的，还是……一搭吃吧。”

她站在饭馆的砖头台阶上，神情很恳切，并且伸出一只手，看样子是想拉住文举。

文举撇下她走了。他在街上转了很久，最终找见了一个茶水摊。他花了 2 分钱买了一杯热茶，然后从兜里掏出一块玉米粑粑，把它掰碎了泡进茶水里，让它慢慢软着，趁着这个工夫，他拿出数学书，一边复习一边磕他妈给他带来的煮鸡蛋。

文举在县城根本就没有亲戚。他身上只有 5 毛钱，3 毛钱是他回家的路费，剩下的 2 毛钱要支撑他在县城两天考试的全部花销，他哪里敢上馆子？

就在文举坐在茶水摊前刚剥好鸡蛋皮时，她不知道怎么又找见了他。她在文举跟前的另一张小矮凳上坐下来，打开一条手绢，里面包着两个还冒着热气的细面白馍，她拿出一个递到文举面前说："大哥，吃一个吧。"

馒头的香味像细软的头发挠着文举的鼻孔，他的胃也一勒一勒的，但文举忍住了。"我有这个。"他用鸡蛋挡回了白馍。

"那你就别吃这个了吧，"她指着茶杯里已经泡成稀糊汤的玉米粑粑。"这个好吃。"她把馒头几乎塞到文举的鼻子底下了。

文举觉得这个女人好奇怪，为什么非要他吃她的东西，是要显示她比他阔绰？文举有点不高兴了，他把她的馒头推了回去。但她不依不饶。就在这推推让让中一只馒头掉在了地上，她赶紧捡起来包回手绢里，又拿出另一个。她几乎要哭了，她说："大哥，你就吃我一个馍吧，你不会白吃我的东西的，我有事要求你，你帮我一个忙吧。"

看见她可怜兮兮的样子，文举不得不接住她的馒头。"我能帮你什么忙呢？"

"大哥，我是一个老考生了，前两年没考上，家里死活不让考了，我不死心，今年又偷偷溜出来参加了复习班。我爹知道了打我，往死里打，我娘给我找了婆家。我现在家都不敢回了，靠给人当保姆藏身，今年要是再考不上，我……我就没一点指望了……"

她的眼泪嘀嘀嗒嗒掉下来，淌过黝黑的脸蛋，滴在塑料凉鞋上，又从鞋面滑到脚趾头上。文举看见她的趾头很粗糙，磨出了厚厚的茧皮。

她抹了一把眼泪，把文举的手推向嘴巴，“你吃吧，大哥，咬一口吧。”文举咬了一口，馍很软很甜很韧很香，这种感觉过年时有过，现在已经很遥远了。“我知道我很笨，我求大哥你帮帮我。”

“我也不行。”

“你们应届生总比我们复习生好。”

文举吃完了一个白馍，问她：“我怎么帮你呀？”

她把另一个馍拿出来，用手绢擦了擦，正想递给文举，想了想又把馍的皮一块一块剥下来，自己吃了，再把它往文举手里塞，文举坚决不要，说他吃饱了。

她说：“其实很简单，你就坐在我后边，你只要把你的试卷往前方一侧推一推就行了，我一回头就能看见。”

文举很长时间没有吭声，最后他站起来说：“我……想想吧。”他知道那是违犯考试纪律的事，不敢轻易答应。

就在她眼巴巴的目光中，文举走了。文举走了几步回头时，看见她把那个剥了皮的白馍三口两口地塞进嘴里。文举觉得她怪可怜的。

下午的考试开始后，文举的心里平静多了，他不再害怕她了。但这种好心情没有维持多久，就被接下来发生的事打乱了：她不断地扭回头，用乞求的目光望着他。文举当时很矛盾，要不要帮她？不帮吧，他已经吃了人家的白馍，落了她的人情；帮她吧，这是一种冒险，万一被监考老师抓住了怎么办？那肯定要牵连到他自己。在紧张的权衡之后，文举采取了一种折中的办法：他把试卷稍微向右前方推了推，这种位置没有明显的犯规嫌疑，她转过头也能看到，但她要做到这点就必须很大幅度地扭动身体。

让文举奇怪的是，她有时几乎整个身子都转向他了，也不见监考老师来干涉。两位监考老师，一个坐在讲台桌前双手撑着下巴打盹，一个站在教室后面对着墙壁上的一摊奇形怪状的痰迹出神，仿佛那是一幅名画。后来文举才知道，这些监考老师都是本县的，为了本地的升学率，在这种场合他们向来是睁只眼闭只眼的。

她被人抓住是那堂考试进行了大约半小时之后。一位胸前佩戴着“高考巡视员”小红牌的胖老头在她又一次面向文举时忽然从外面冲到她的座位前，他大概是透过玻璃窗早就在外面发现了她明目张胆的举动。胖子没收了她的试卷，操着外地口音当场宣布取消她的考试资格，并限令她立即离开试场。

文举看见她的试卷被拿时她无声地哭了，她的身子打着战，泪水吧嗒吧嗒掉在桌面上，这是很重很重的泪珠。她是在胖老头的呵斥下离开座位的，她的腿晃荡得厉害，每走一步都像是要摔倒的样子，她不得不摸索着扶住身旁的桌子。文举一直呆呆地注视着她，当她走到教室门口时，她忽然转过身来，最后看了看考场，也直直地看了看文举。这一眼让文举心里很刺疼，那是一脸很难让文举说得清楚的表情，泪水泡湿的目光中似乎有留恋、有感激、有怨恨、有绝望，还有很多很多……文举不敢与这样的目光对视，他羞愧地低下了头。

后来的考试文举一直神情恍惚，前面的那个空座位就像一口深井，他时不时就会掉下去。他知道这样不行，他甚至不断地偷偷从口袋里捏出一撮撮辣椒面塞进嘴里，这是他怕考试时犯困特意准备的。辣椒蛰得他舌头麻疼，他哧溜哧溜吸着气，眼睛涩涩的直想流泪。他的举动把胖老头惹到了跟前，胖子警惕地盯着他，以为他在搞什么小动作。即使有辣椒的刺激也不行，那口深井对文举有强烈的吸摄力，他眼睁睁地又滑了进去。他在里面轻飘飘地飞翔，前面就是她，她红色的衣襟迎风鼓荡就像一对红翅膀，她的长辫子荡悠悠地飘在身后像一根绳索牵着他，他老是追不上她，不远不近地看去，她的脸上变戏法似的不断地变换遮饰物，一会儿是血红的红盖头，一会儿是惨白的遮尸布……

那一年高考文举落选了。

这个结局出乎所有人的意料，同学和老师在惋惜之余都劝文举去上补习班，认为一时的失误算不了什么，以他的聪颖，来年一定没有问题。但文举淡淡一笑，收拾铺盖回了家。

文举觉得一切都是命定，人力无可奈何。河岸上的事和考场上的事都是精心设计的圈套，他一直是诚心诚意地步入陷阱。为什么学习成绩很好的他在高考前一个月偏偏会在河岸上碰见她，为什么试场上出现的她偏偏跟河岸上的她那么相像，为什么她一定要请他帮忙，为什么她在或不在试场他都心神不宁？谁把这一切安排得如此丝丝入扣、天衣无缝？

不可知的东西无法抗拒。

回家后不久，文举当了村里的民办教师。

学校就坐落在原底的一条小河旁，文举当年就是在这里上的小学，如今又回到这里当老师，这个曾经度过他少年时光的地方让他倍感温馨。白天文举忙着上课和批阅作业，晚上备课困倦时就踱步到河岸上散心。河岸上长着许多高高低低的柳树，柳条飘飘拂拂的，像女人散乱的头发，文举常常站在柳树下对着小河出神。

有月光的夜晚，小河上蒸出一层薄厚不匀的雾气，四周的景物时隐时现，就像有一道幕布时开时合，幕布的背后总是有着让人难以捉摸的演出。没有月光的晚上，小河铁板一样严实凝重，文举似乎能听见河水与河床摩擦时发出的嘎嘣声。

对着小河站久了，文举有时心里就会倏然一阵隐痛，觉得有某种东西在招惹他又在刺疼他，他往往就是在这种无可名状的惶惑中走回宿舍睡觉。

作为一名刚从教的老师，文举只能从一年级教起。文举对这些七八岁的小家伙是很有耐心的，课堂上他从一举一动开始训练他们当学生的规矩，放学后还要护送他们回家。特别是这后一项，在这所学校里还是创举。每天放学后，文举都要把学生按不同的自然村分成队，很整齐地列队回家，对于要经过小河的那一队，他还要亲自护送，直到他们走完那段路他才放心。

校长对文举的做法很赞赏，多次在教师会议上表扬文举有责任心，文举对此反应淡淡，他觉得这似乎与责任心无关。

文举的这种举动渐渐变成了一种癖好，以至于每天放学后他如果不去河岸上巡视，就觉得浑身不自在。这种癖好的进一步升级表现在他后来已不满足于只护送自己的学生，还热心地管理其他班的学生。每一次放学后，文举都像一位身肩重任的警察，虎视眈眈地督察在河岸上，一旦发现有学生靠近或企图靠近河边，他就厉声呵斥或把他们驱赶回去。

这种癖好终于有一天给他惹来了麻烦。那是一个初春的中午，放学后文举照例站在河岸上。河岸的柳树招摇着嫩绿的小手，毛茸茸的柳絮在暖风中淘气地嬉闹。这是一个危险的季节，文举特别担心，因为总有一些调皮的学生会爬上河岸边的柳树上去攀折柳枝做柳笛。文举班上的学生很听话，他们排着一溜长队规规矩矩地走了过去，但其他班的学生就乱哄哄的，炸了窝的蚂蚁一样在河岸上乱窜，有些果然就往河岸边的柳树下跑。文举大声吆喝他们，但他们根本不怕，因为文举不是他们班的老师。文举很恼火，他跑前跑后把他们从河边拖回来，个别顽劣的他不得不扇几个巴掌。

就在文举刚把两个已经爬上树的男孩揪下来的当儿，他忽然发现不远处有一个小女孩正跪在河边摘一朵花，那是一种名叫鸡蛋花的金黄色的花朵，它长在河岸下侧潮湿的地方，小女孩几乎是折下半个身子去够它。文举噔噔噔几步抢到她跟前，拽着她的后衣领把她呼一下提起来，像拎小鸡一样拎到河岸里侧，由于用力过猛，小女孩站不稳，摔倒在地上。“不想活了，你！”小女孩被文举恶狠狠的样子吓傻了，愣了一下“哇”地哭了。

文举不知道他就要挨揍。就在他把那个小女孩提向空中的时候，一个手拿粪铲肩挎粪筐的中年男人正朝他奔来。他就是小女孩的父亲，一个名叫胡羊的光棍，他老婆早死了，剩下他和女儿相依为命，他每天都要到这个河岸上来拾粪顺便接女儿回家。

在那个小女孩刚哭出第一声的时候，文举当胸挨了一拳。这一拳打得很突然，文举当即后退几步。不容他退得更远，一只沾满牛粪的大手劈胸抓住了他的领口。

“你……你干什么？”

“揍你这个牛蛋！你要再敢动我女儿一指头，看我不拿粪铲把你剁了！”

“她……”

“她要摘那朵花，关你屁事！”

文举气得说不出话来。当时的情景很狼狈，很多学生都来围观，那些刚才被文举收拾过的家伙在一边幸灾乐祸地起哄。

胡羊松开了文举，“要不是看你是个老师，今天饶不了你！”

他给女儿拍拍土说：“走，爹给你摘。”他爬在河边，用粪铲小心翼翼地把那朵鸡蛋花连根带土挖了出来，交给女儿。小女孩破涕为笑，把花栽在他爹粪筐的牛粪里。他们和一大帮学生高高兴兴地走了。

文举委屈地站在河岸上，弹了弹粘在胸前的臭烘烘的牛粪。

那一年的秋季在淫雨中长着霉斑，同时发霉的还有地里成熟的庄稼。一个阴雨刚停的下午，学校接到上级通知，要求学生抽出时间去帮助农民收棉花。

文举带领他的学生去了一个名叫双庙的生产队。学生们都是农学子弟，知道庄稼的艰辛，过了不大一会儿，他们每人都摘了满满的一篮子棉花。文举把他们集合起来，提着篮子回生产队入库。

在他们回去的路上，横亘着一条铁路，这就是有名的陇海线。文举让学生在远处站定了，他先去路口观察，看到两边都没有来车的迹象，这才让学生快速通过。

他们刚过铁道不久，就发现迎面的道路上有两个女人远远地一前一后朝他们奔来，她们的速度很快，就像百米赛跑。文举和学生们都莫名其妙。

当她们越跑越近的时候，文举看清楚了前面的是一位年轻媳妇，后面的是一位中年妇女。前面的跑得很麻利，她甚至连一只鞋都跑丢了；后面的却跑得很吃力，两腿别别扭扭的。她们的距离在渐渐拉大。就在前面的年轻媳妇即将和文举照面时，后面的中年妇女忽然带着哭腔喊道：“你们快……截住她，她……要钻火车！”

就在这瞬间，文举明白了这是怎么回事，婆媳打架寻死觅活在文举家乡是常见的事。他立即扔掉棉花篮子，伸开胳膊横在路心。那个年轻媳妇很机灵，她看见前面有障碍，就猛地拐下路基，从旁边的闲地里闪过文举继续狂奔。文举当即也拐下路面，朝她追了过去。

被雨水泡透了的土地很滑溜，文举脚下不时打着趔趄。但那个年轻媳妇却跑得很稳当，她的另一只鞋也被烂泥粘掉了，光脚跑起来似乎更轻快。文举追了一阵气喘吁吁地抬头时，他看到了事态的严重性：远处一列火车正缓缓向这边移动，它呵出的白烟在铁路防护林的梢头上越扯越长。

文举也甩掉了鞋拼命奔跑。一种类似于恐惧的东西紧紧地勒住了他，他知道今天无论如何也得拦住她。

解脱了鞋的胶带，文举的速度明显加快了，但他仍与前面的猎物有几步距离。那个年轻媳妇这时已经跑到了田地的尽头，从田埂上一跃跳进了铁道边的隔离沟，钻进了防护林。文举紧随其后，防护林不是很宽，他眼看就要抓住那个年轻媳妇的后衣襟。这时火车已经迫近了，排山倒海的震动让地面都在颤抖，但也就在这时，文举不幸被防护林的树根绊倒了。他眼睁睁地看着那个年轻媳妇攀上路基，做出扑向铁轨的冲刺姿势。

文举当时是顾不上爬起来了，他在地上一个鱼跃，这是应激状态下的爆发，他竟然跃出了三四米远，一把拽住了那个年轻媳妇的一只脚。几乎就在同时，火车挟带着灼热的空气呼啸而过。令文举惊讶的是那个年轻媳妇并没有挣扎，她静静地伏在路边，专心致志地望着不断晃过的火车轮子，好像是在默默记数。她爬得离铁轨很近，文举也仅仅只是抓住了她的脚后跟，而且她的脚上还沾满了滑溜溜的稀泥，她只要略微一挣，或者是把头往前一伸，就可以如愿以偿了。

但她没有。

火车过去了，文举依然抓着她的脚，他没有想到要松开。更让文举没有想到的是，这时她竟然回过头对他嫣然一笑，好像是捉迷藏的游戏终于有了一个完满的结局。

文举撇开她爬了起来。他从防护林的杨树上摘下几片树叶擦了擦手上的泥巴，带着雨水的树叶凉飕飕的，给跑出满身热汗的文举一种透彻的舒适。文举走出防护林时抬头看了看远处的高原，原边的柿子树上点燃着火炬一样的柿子，在土黄色的背景中红得耀眼。一行大雁从原沟里滑下，嘎嘎的鸣叫在滋润的原野上十分柔韧。

文举的心情多年来第一次这么轻松。

他赶到他的学生跟前，接过他们为他拣回的鞋子，说：“咱们唱支歌吧。”

我是公社小社员啦，

手拿小镰刀呀身背小竹篮。

……

绣花鞋

那天早晨发顺家的公鸡大概是做了春梦，激动得颠三倒四的，竟然比往常早叫了几个时辰。它一叫，邻居的公鸡给惊醒了，以为误了职责，也慌里慌张叫起来。

事情的差错就从这里开始了。

长歌短吟的鸡叫把发顺他婆吵醒了，老太太从炕上爬起来时眼睛涩得像抹了糨糊，往常鸡叫时她没有这么困，凭感觉她料想好像哪里出了毛病。老太太摸黑走到院子里，她要参考一下月亮，平常月亮的阴影攀上西墙根下的那垛柴火堆上时，就是发顺上学的时间。但那天早晨偏偏是个阴天，没有月亮。

发顺就在这时被他婆喊醒了。发顺是个中学生，他的学校在七里地外的镇上。北方的冬天夜长天短，学校为了弥补时间，早操早读上得很早，往往是第一节课都上完了，天还没有大亮。发顺家离学校远，他因此更要早起。

发顺走出家门时大概是后半夜时间，如果有钟表的话，也就是凌晨四点左右。但发顺家没有，全村只有大魁家有一只马蹄表，因为大魁他爹是队长。起早赶夜路，发顺一个人是没有胆量的，平时他都是与同村的永智、大魁结伴同行。

发顺家和永智家住得很近，他几步就赶到了这里。往常他叫永智时永智都很磨蹭，今天天气很冷，他不想在外面干冻着，因此他喊永智时就带了些恶作剧的成分，“永智，快一点，我们要迟到了，迟到了又要被老师罚扫操场！”以前他们都挨过那样的惩罚，偌大的操场扫完后把人累得腰酸背痛。永智果然慌里慌张地从家里跑了出来，棉袄还没有系上扣子，两面衣襟扑闪扑闪地像乌鸦的翅膀。他双手在腰间摸索着系裤带，脚下趿拉着鞋。看着永智的狼狈相，发顺真想笑出来。

本来他们还要去叫大魁。往常他们起床的顺序都是这样的：发顺因为有他婆，老人瞌睡少，她负责叫醒发顺，发顺再去叫醒永智。永智不但没有他婆，就连父母也没有，他哥哥嫂子都是嗜睡的年轻人，根本靠不住。最后他们去叫大魁，大魁是这个村的娃娃王，他理直气壮地享受着多睡一会儿的特权。大魁家比较远，他们要经过一段布满破窑洞的崖边小路，那些破窑洞即使白天也一副龇牙咧嘴黑乎乎的凶相，到了晚上更是阴森恐怖。发顺、永智刚提心吊胆地走了几步，忽然听见了从破窑洞的崖畔上传来的夜猫子叫声，这种凄厉的声音在沉寂的冬夜里尖细嘹亮，像惊夜的婴儿哭声一样急迫刺耳。

两位少年当即感觉头皮发紧，再也不敢往前走了。夜猫子的叫声是恶鬼勾人的传说他们早就听说过。惊慌当中两位少年小声商量了一下，决定不去叫大魁了。反正他家有马蹄表，到时候他会醒来的。

他们迎着干冷的寒风到了学校。

校园里黑咕隆咚的，他们去班主任老师的门口拿来了教室钥匙。这把钥匙平时是用一根细绳拴在老师房门外面的手柄上，谁到得早谁拿去开门。

打开教室门，发顺拉开了日光灯，灯管一闪一闪的。永智知道这是启动器接触不良，就在课桌上架了一把凳子，然后攀上去扭动启动器。扭了几下，灯光大亮，永智一下子被罩在了灯光中。

就在这时，站在地上的发顺忽然惊叫起来："永智，你快看你，你穿了一双什么鞋呀！"

永智低头一看，当即傻了：他穿了一双绣花鞋！一双红缎面绣着黄花绿叶的女人鞋！

永智脸腾一下红了，他猛地跳下桌子，像火烫了脚一样急忙把鞋扒了下来。地面十分冰冷，永智的脚很快就像针扎一样麻痛起来。

"怎么办？我怎么办？"永智把那双绣花鞋一会儿塞进抽屉，一会儿又掏出来攥在手中。"很快就要来人，我怎么办呀？"永智没有了主意，他焦急地向发顺求救。

发顺说："你总不能光着脚上操上课吧，我看还是向建成借一双鞋吧。"建成是他们的同学，他爸爸妈妈都是这个学校的老师。

发顺的主意救了永智。他们一起去敲开了建成家的门，借了建成的一双黄军鞋。建成还给永智一张旧报纸，让永智把绣花鞋包起来。发顺和建成都答应为永智保密。

事情是后来从大魁那里败露的。

那一天放学后，在回家的路上大魁拦住了发顺，责问他："为什么今天早晨不来叫我？"

大魁这家伙有些横，当然，他是生产队队长的公子嘛。他块头大，比同龄的发顺、永智他们几乎高出一个脑袋，打架是不要命的主儿。一个小不郎当的娃娃，成年人的坏毛病全学会了，敢欺负女学生，小姑娘们见了他都远远绕道走。敢抽烟，抽起烟来能吐出各种花样的烟圈来；

有一次他正躲在屋里偷抽他爸的纸烟，他爸进来了，他急中生智把拿烟的手塞进被窝佯装暖手，结果把被子烧了一个大窟窿，招来他爸一顿狠揍。即使他爸把他的鼻血都揍出来了，他也不哭。他现在手里正杵着一根纸卷的“大炮”，对着发顺戳戳点点的。

大魁在同村少年中享有至高无上的威望，谁也不敢惹他。他现在对发顺说：“你是不想跟我好了，是吧？”这是一句威胁的话，不跟他好了就意味着不顺从他，作为娃娃王，大魁不允许有这种人存在。大魁有一种本事，他能在放一个屁的瞬间把他看不顺眼的人孤立起来，让全村的孩子都跟这个人断交。

发顺害怕了，他结结巴巴地说：“我……夜猫子……”

这件事本来与永智没有关系，因为大魁知道叫人是发顺的事。但永智那天早晨因为鞋的事有些生气，又加上发顺为他帮了忙，他不知怎么就大着胆子为发顺说了话. 他说：“大魁，你家不是有马蹄表吗？怎么老让发顺叫你，再说你今早晨也没有迟到嘛。”

大魁绝对没有想到竟然会有人跳出来为发顺帮腔，他训斥某个人时别人向来是不敢多嘴的。大魁瞅了秋永智，忽然嘿嘿笑了，阴阳怪气地说：“哈，你小子今天穿新鞋了，还是黄军鞋，怪不得胆子这么大。”

大魁一提到鞋，永智不由得一愣，他下意识地把夹在胳肢窝用报纸包着的绣花鞋紧了紧。他这个动作让大魁看见了，大魁冷不防一把将纸包抢了过来，“你小子这里还藏着什么呀？”

永智当下急了，扑过去就抢，他这种火急火燎的样子让大魁很开心。大魁把纸包高举在头顶上，永智绕着他一蹦一跳地转圆圈，就是够不着。永智的着急逗起了大魁的好奇心，他非要看这个纸包不可了，凭借着比永智长一截的胳膊，大魁在半空中撕开了报纸。

绣花鞋羞涩地露了出来。

大魁和围观的学生们一下子都愣住了，他们谁也没有想到纸包里竟然包的是这种东西！

“绣花鞋！”大魁激动地喊，“大家都快来看呀，永智今天穿绣花鞋了！”

永智快要流泪了。

但大魁仍不放过他，他笑嘻嘻地问：“永智，你说，你这绣花鞋是从哪来的？是你嫂子的吧？”

“对，是他嫂子的！”

“新媳妇的嫁妆！”

很多人跟上起哄，他们都是大魁的跟屁虫，娃娃王的身边少不了这样的喽啰。有这么多人响应，大魁更来劲了，他四顾周围，与围观者交换了得意的眼神，然后带着邪笑问永智：“你昨晚肯定是睡在你嫂子的炕上吧？”

“大魁！”

永智忽然大吼一声，他终于爆发了，这一声把大魁吓了一跳，他吃惊地后退几步，但永智爆发的仅仅是急促涌出的眼泪，他并没有扑去和大魁拼命，他知道自己不是大魁的对手，从心底里他还是很怯大魁的。

永智蹲在地上号啕大哭，他既哭那双绣花鞋，也哭自己的怯懦。

大魁根本没有想到永智竟敢骂他，而且是当着这么多人的面，按他的脾气，他是要揍人的，但是那天他却没有动手，当他看见永智那副一把鼻涕一把泪的熊样子时，他失去了动手的兴趣。大魁向来是吃硬不吃软的，他觉得打这样的窝囊废太没有意思了。但他又不想栽了面子，失了身份，于是他指着永智说：“你骂我？你敢骂我！你不骂我的话，我就把绣花鞋还给你，现在我不还了，我要把它漂了高翘。”

漂高翘是沿河的学生们在往返学校的路途上常玩的把戏。这种玩法是找来一根玉米秆或高粱秆，把它们根部最末一节掰开，形成一个夹口，再找来一块石头、半截砖头或瓦片，将它嵌进夹口里，然后将这种装置扔进河中。由于秸秆的浮力与下面重物坠力的相互作用，这种桅杆式的东西就直直地竖在河里，随波逐流，一晃一晃的，很像正月十五闹社火时的高翘。

一听说要漂高翘，而且是用绣花鞋漂，很多人都乐得屁颠颠的，有人很快从河岸边的玉米秆垛中抽出了两根又粗又长的秸秆，交给大魁，大魁接过另几个人拣来的石块，两驾高翘很快就做成了。

大魁把两只绣花鞋分别挂在两根高翘的顶头上，把它们小心翼翼地放进了河水中。

就这样，一群恶作剧的孩子们在一条无名小河上创造了一个奇异的风景：远处是黄褐色的高原，近处是光秃秃的柳树，天空堆积着厚硬的乌云，河面上漂浮着惨白的碎冰，就在这四周一片压抑阴沉之中，两只血红的绣花鞋横空出世，就像两只燃烧的火把，融化了天地间的凝滞，给冬天一股灼人的热流。

大魁和他的同伙们沿河岸蹦蹦跳跳地追逐着高翘，把伤心流泪的永智远远地抛在后面。

永智从此变得非常孤僻。

若干年以后永智从大魁他们的视线中消失了。这一拨人都中学毕业了，他们在所有的升学考试中都名落孙山，只有永智考上了一所中专学校。

乡下的劳作不计日月，几年后大魁磨炼成了一个身强力壮的好劳力。成年后的大魁懂事多了，与当年简直判若两人，他孝敬父母，扶助乡邻，和同龄的年轻人，比如发顺他们相处得很好，在村里是数得着的好后生。

大魁常常为自己少年时期的任性胡为后悔不已，一旦这么想的时候，他就会记起永智。如果永智现在还在村里，他肯定会去向他道歉。但永智走了，他没有给过他们这伙人一丝音讯，他们都不知道他现在在哪里，做什么事。大魁也不好意思向永智的哥嫂打听，因为自从绣花鞋事件发生后，永智一家人都厌恶他，他几次借故和永智的哥嫂搭话，想缓和关系，都碰了冷脸。

在以后的岁月里，虽然永智的事时不时会冒出来刺蜇大魁一下子，但随着时间的流逝，这种刺蜇越来越轻微乏力了，大魁要做的事情很多，他不可能永远惦记着这件事。

眼下大魁正忙着结婚。作为一个很殷实的农村家庭，大魁的父母想尽早把他们这个独子的生活安排妥当，赶在同龄人前头结婚生子，这是炫耀门楣的最好方式。大魁的婚期选定在端午。

这是一个吉祥的日子，随着这一天的临近，大魁的心里就像塞满了初夏的麦芒一样刺痒，他浑身都突突突地跳动着。大魁就盼着这一天。仿佛在熬煎了二十个燥热的干旱季节之后，大魁急待着饱满的清水滋润。

可是结婚也是一件累人的活计，大魁以前根本没有想到。婚前的打制家具，粉刷房子，杀猪宰鸡，磨面买油，以及请厨师，搭帐篷，盘锅灶，借餐具等等，这些准备工作都得由他亲手操持。结婚那天他更是担纲主演，迎亲、拜堂、招待亲友……当新婚之夜送走最后一批客人后，大魁已是累得腿都打晃了，尽管如此，大魁还是拼着力气和新娘子在炕上做了那件神圣的事。一切的忙碌都是为了这一刻的欣喜，大魁觉得全身充满了疲劳的舒畅和舒畅的疲劳。

第二天是挨家挨户拜谢本家，承受一拨又一拨人闹洞房的骚扰。

第三天是新媳妇回娘家，新女婿回拜老丈人。老丈人对自己亲自选定的女婿很满意，翁婿之间很投机，大魁不知不觉就多喝了一些，晚上回到家时有些昏昏沉沉。新媳妇打来热水给他洗了脚，他身子一歪就靠在被子上迷糊了。

就在这时，发顺一伙来了。他们跟大魁都是同学，平时也称兄道弟的，大魁再困也得撑着。这伙人闹腾了新娘子一阵后，就叫大魁去镇上看电影。

大魁不想去。发顺说："看，看，刚娶了媳妇就要跟弟兄们断交了？"

大魁急忙解释。发顺说："噢，我明白了，我知道你这么早上炕想干什么，那我们就不打搅了。"说完他望着大魁和新娘子挤眉弄眼地笑，其他人也装出恍然大悟的样子，怪模怪样地笑起来。

新娘子的脸腾地红了，大魁也被弄得不好意思，他只得强打精神说："走，看电影去。"

发顺说："这就对了，镇上大半年才放一场电影，咱们兄弟们好不容易才乐一回，媳妇娶进门了天天有得睡，怕什么？"

临出门时，发顺嬉皮笑脸地对新娘子说："嫂子，别着急，夜长着呢，等一会儿我们就把大魁给你还回被窝。"

大魁就这样被发顺一伙拖到了小镇上。

这个小镇就是大魁他们当年的中学所在地，它是一个很破烂的地方，根本没有什么影剧院之类的娱乐场所。幸亏镇上有个小火车站，车站为了活跃职工的文化生活，一年当中会放几场露天电影。这一天因为小站被它的上辖铁路段评上了先进，他们决定庆贺一下。

每当这个小站放映电影，对周围十乡八村的农民来说就是一个盛大的节日，他们扶老携幼都涌到这里观看。平常的放映场地是车站的小广场，现在因为那里正在翻修，到处挖得大坑小坑的，所以不得已改在了车站的月台上。反正这是一个末等小站，晚上没有列车停靠，月台是空闲着的。

因为发顺他们在大魁家闹腾了一阵，所以等他们赶到时电影已经开始了。银幕是挂在候车室的房檐下的，观众把月台都挤满了，发顺他们只得坐在最后面的铁轨路基下。这里虽然远一些但地势却比较高，是一个视觉效果挺不错的地方。

那一夜演的是《少林寺》，这是发顺他们盼望已久的武打片。他们一坐下就傻了，少林寺那帮不念经专打人的大小和尚拿捏住了他们，他们就像几只伸长脖子的呆鹅。

他们不知道身边的大魁发生了什么事。

大魁本来对武打片也是挺感兴趣的，开始他看得很专心，但渐渐地眼睛就花了，一个接一个的哈欠把银幕冲得摇摇晃晃的。连续几天都没有睡好，下午的酒劲也还没有散去，他身子一软一软的，就慢慢地向后面倒下了。正巧他的身后就是铁道的碎石路基，这种坡状的斜面给他提供了恰如其分的倚靠。大魁就这样迷迷糊糊地睡着了，他不知道他的头正好枕在铁轨上。

一列火车在大魁入睡后不久由远而近徐徐驶来。这是一列特快客车，它不在小站停靠，但按铁路上的规定，列车经过小站时必须减速行驶。

这是一个阴差阳错的事故。电影银幕挂在候车室的房檐下，火车司机老远就看见了，因为慢速前进，司机对银幕上的影像看得很真切。恰巧这位司机也是一个功夫迷，他不愿放弃枯燥旅程中的这点难得的享受，他的头一直伸在窗外，并随着列车的前行不断地转动，直到火车驶离了小站，银幕再也看不见时，他才恋恋不舍地收回脑袋。

那列火车第二天早晨到达了它的终点站，司机也要在这里交班，那位司机就是属于这个总站的机务段。

按照规定，火车完成了一个运程之后要进行例行检修，检修总是从车头开始的。那天的检修工是一个刚由学徒转正的青年人，他的工作很负责任。他钻进车头底下，手拿丁字锤到处敲敲打打，就像一只一丝不苟的啄木鸟。最终这个青年人在车头右侧的前驱动轮上发现了已经被尘土和油泥遮盖得很模糊的血迹，他用手抠了抠，还从轮口的凹槽处抠出一些毛发。青年人从车底下钻了出来，吆喝尚在驾驶室里收拾东西的火车司机："永智，你下来一下。"

那个名叫永智的火车司机穿着油腻腻的衣服，脸上粘满黑黑的煤屑，他一手提着四只鸡，一手提着一网兜鸡蛋走了下来。这些都是他沿途停靠时买的便宜货，火车司机就有这个职业便利。这些从外地和乡下买来的东西常常比城里便宜许多倍。

"你出事故了。"检修工对他说。

永智不信，检修工把他拉到车轮跟前指给他看那些血迹和毛发。

"压死了一头猪嘛，"司机说："算什么事故？"

检修工说："猪毛这么细软吗？你可是火车司机学校毕业的，人毛猪毛应该能分得清的。"

如果真的是事故，火车司机是要受惩罚的，轻则罚款，重则调离工作岗位，甚至要负法律责任。

那位名叫永智的司机把手里的鸡分出三只，塞到检修工手里说：“小林，你老婆坐月子了，清炖母鸡是最好的补品。”那个检修工还要说什么，司机那手里的鸡蛋也塞给他：“猪也有细毛的，比如猪崽子。”

检修工说：“那……就是一头猪吧。”

浇花记

王明照第一次见到陈水娥是在一个星期日的晚上。那晚上是连绵秋雨的一个间歇，大家带着一身霉味和两脚泥泞聚集在会议室里等待每周一次的例会，已经到了往常开会的时间，校长却迟迟不肯驾临。王明照抽着劣质烟和人闲聊，一阵后就尿急了，就叼着烟走了出来。小学校的院里没有路灯，王明照踮着脚跨上四年级教室的房檐台，走到尽头的露天水泥乒乓球台旁，撕开裤子就方便了。

这不是什么让人羞耻的事，只要不是大便，王明照以及李双喜、刘栓福、胡满仓、郑百锁等几个年轻教师晚上都是这样随便射击的，他们把这种行为叫作“浇花”——他们是教师，教师不是被人美誉为园丁吗？园丁当然是要浇花的。校园里经常被他们搞得骚哄哄的，校长为此跟他们翻过几次脸，他们也只是一笑了之。

王明照正在撒尿的时候有个黑影刚好沿着乒乓球台一侧的便道向他走过来，这条便道正对着校门，黑暗中王明照看不清楚，他对那个黑影也不在意，反正这个学校没有女教师，就是校长看见了也无可奈何。他很坦然，还哼着歌。

王明照的烟头在黑暗中一闪一闪的，那个黑影就渐渐地接近了他。

等那个黑影一开口说话，王明照就吓了一跳。

“请问……校长的房子是哪间？”

女声！

王明照赶紧拉闸，哗哗哗的声音太响亮了！憋尿憋得王明照一时说不出话来。那个黑影见对方没有回答，以为王明照没有听清楚，就继续往他跟前走，王明照慌忙往后退，边退边把露在外面的东西往裤口里收，手忙脚乱中一股没有憋回去的液体热乎乎地浇在了裤裆中，幸亏隔着乒乓球台，对方看不清他在干什么。

“嗨，问你话呢，怎么不吭声？”对方的声音提高了些。

“啊？”王明照这才开了口，叼在嘴里的烟头掉在地上“吱”地熄灭了。“那个……那个，就是那个亮灯的那个。”他胡乱地指着亮着灯光的一排宿舍。

王明照说完了，急急忙忙跨上房檐台就走。那个黑影在原地愣了一会儿，在后面招呼他：“喂，你等一下，那里的窗户都亮着灯哩，到底是哪一个？麻烦你带我去一下吧。”

王明照只好走慢一些，等她跟了上来，把她带到了校长门前。在此过程中王明照始终没有看清她，因为她一直跟在他后面。

王明照一走进会议室就对李双喜几个说：“怪了，怪了，晚上学校院子怎么会跑女人呀，以后可不敢随便浇花了。”

那几个人一听说女人就来了劲，都急巴巴地问：“谁呀？什么样的女人？”

校长就在这时候走进了会议室，他身后跟着一个女人。大家的眼睛顿时大了一圈，感觉会议室的灯光猛得有些灼人。校长介绍说：“这位是新来的陈水娥老师，我们今天晚上的会迟开了一会儿，就是等她。她是刚毕业的高中生，大队决定让她来当民办教师。”

陈水娥从校长的背后走出来，微笑着朝大家点点头。王明照这时候看清楚了，她细高身材，剪着齐肩短发，长得说不上漂亮，也不算难看。

陈水娥跟大伙见过面了，就找坐的地方，会议室的凳子都是按人数预备的，她转了一圈也没找到座位，胡满仓殷勤地把自己的凳子让给她，说：“你先坐这个吧，我回宿舍再搬一个来。”

陈水娥说了声谢谢就坐下了。这个座位紧挨着王明照，王明照立即觉得浑身不舒服，裤裆里黏糊糊的冰凉。他真想臭骂胡满仓一顿，都娶了媳妇的人了，见了女人还这么犯贱。

会议快要结束时，校长宣布陈水娥任四年级的算术老师，跟王明照合带一个班。校长给她说：“王老师是咱们学校唯一的师范毕业生，教书是很有办法的，你要跟他多学习。”

陈水娥从座位上站起来，很惊讶地说：“你就是王老师呀，我还以为是一位老教师哩，早就听说了。我真有运气啊。”她热情地朝王明照伸出手，王明照淡淡一笑，撮起指尖捏住她的手晃了晃，但他就是没有站起来——他当然不能站起来，裤裆的湿疤还没有捂干哩。

第二天早晨的第一节课是语文，王明照走进教室时觉得学生有点异样，都探头探脑地往后看。登上讲台，他发现了陈水娥坐在教室最后一排。王明照让学生先唱一支歌，在歌声中他走到陈水娥跟前，小声问她这是干什么，陈水娥说她是来听课，向王明照学习。王明照说咱俩上的不是一样的课，陈水娥说主要是学习教学方法，不在乎什么课。王明照想了一想说，那你随便吧。

其实就在这一刻，王明照已经想到了一个主意，他决定调换这节课的教学内容。

走回讲台桌后，王明照说："同学们，这一节我们上作文课。"他拿起粉笔唰唰几下在黑板上写了作文题目：我们的新老师。

王明照写完了，笑嘻嘻瞅了陈水娥一眼，陈水娥根本没有精神准备，当下有些愕然。

王明照请陈水娥到前面来，和同学们见过面，然后说："我们欢迎陈老师介绍她的先进事迹。"

学生们热烈地鼓掌，陈水娥有点慌了，她对王明照说："我……没有先进事迹呀。"王明照笑着说："陈老师，你不要太谦虚了嘛，你的先进事迹多得很。"

陈水娥说："没有的，真的没有的。"

王明照说："同学们，大家看到了吧，英雄人物都是这样的，他们做了好事就是千方百计不让人知道，我们的陈老师就是这样的人；也许是陈老师的先进事迹太多了，多得一时都不知道该说哪个好了，干脆我先给大家介绍一件吧。去年冬天，陈老师还在读高中，当时天气很冷，学校怕把学生冻坏了，就把陈老师那个班级教室窗户上的破玻璃全换了，陈老师看到后很气愤，当下就识破了这是一个阴谋，毛主席号召青年人要在大风大浪中锻炼成长，校方却企图把学生捂在温室里霉坏，他们的居心何其不良！陈老师立即发动同学砸玻璃，全教室一共有 120 块玻璃，陈老师一个人就砸了 80 块。他们的班主任赶来阻挡，陈老师连他家的玻璃也一块砸了，说是解放老师的孩子们。后来天下了大雪，同学们在教室里冻得打哆嗦，陈老师就领着大家朗诵高尔基的《海燕》，不过词有些改动，最后一句是'让暴风雪来得更猛烈些吧！'陈老师反对资产阶级教育路线的举动在全县引起了轰动……”

陈水娥愣住了，她不知道王明照在说些什么。“没有的，没有这种事。”她打断了王明照绘声绘色的演讲。

这当然是没有的事，王明照很清楚他是在胡编乱造。

不过这次作文学生们都写得蛮好的，王明照很满意，他的批阅也很认真。

有学生写道：“我们的陈老师很有斗争精神，像一头好斗的公牛。”

王明照眉批曰：以牲口比喻人，形象生动，很好！但牛其实还是很温驯的，不如换成骡子，骡子爱踢人；另外还应该注意性别，陈老师是女的。又注：用狗也可以。

又有学生这样描写：“我们的陈老师长得细细高高的，我一看见她，就想起了毛主席著作中的一句话：墙上芦苇，头重脚轻根底浅；山间竹笋，嘴尖皮厚腹中空。”王明照眉批：活学活用，很好，但要注意感情色彩。

王明照挑了几篇好作文，精彩的地方用红笔勾出，贴在教室后墙的“学习园地”里，让全班学生观摩。陈水娥后来上课也常常能看见。

很显然，王明照是在恶作剧了。他一开始就不怎么喜欢陈水娥，与这个女人第一次见面就害他尿一裤裆，好多天身上都骚哄哄的，一想起这事他就窝火，有触了霉头的感觉。这肯定是王明照对陈水娥没有好感的原因之一，不过还有另一层原因，王明照自己也未必意识到，那就是他当时正在谈恋爱。热恋中的男人排斥多余的女人。

王明照的女朋友是邻村小学的一个名叫刘桂琴的老师，他们是师范学校的同学。

那一阵王明照的恋爱闹得紧，刘桂琴那边一没课，就跑过来找王明照。她一来，王明照该上的课就不上了，给学生布置一大堆作业让他们自习，自己关起房门在屋子里跟刘桂琴谈恋爱。

陈水娥是刚刚进校的，起先并不知道这件事。她与王明照是隔壁，那阵子经常在自己屋里会听到一些奇怪的响声：床板嘎吱嘎吱，有人像老牛上坡一样呼哧呼哧喘粗气，还有人像被馒头咽住了一样呜呜地呻唤，她一直找不到原因，吓得她以为自己的屋子闹鬼，直到有一天李双喜到她屋子时，她才知道了邻居在干什么——李双喜与王明照同住一屋，王明照在宿舍里恋爱时他就到别人的房子闲蹭。

从那一天开始，王明照的恋爱就谈得很不安宁。一旦他们钻进房子，时不时总有学生来敲门请教问题，搞得王明照什么动作也做不成，王明照只得速战速决，抓紧间隙时间办事。有次一个学生刚走，王明照赶紧拖着刘桂琴上床，他们心急火燎正在兴头上，忽然门外又来了人，王明照不想理睬，但敲门声不屈不挠，而且越敲越响，王明照害怕惊动了校长，暴露了他擅自停课的问题，只得开门。这样的事闹多了，刘桂琴就不肯跟他配合了，有时他软缠硬磨把她弄到床上，临阵时他自己却心惊胆战的，好歹鼓不起劲来。

王明照很恼火，他怒气冲冲来到教室，严厉宣布：以后自习时间，谁也不准找老师，违者罚抄全书课文三十遍！

这样的禁令确实吓住了学生，他们再也不敢去捣乱了，王明照因此有了一段得心应手的时光。但十几岁的孩子正是胡闹的节口，终于有一天闹出了大事。那天上午王明照正跟刘桂琴孵爱，班上有两个学生打起架来了，人高马大的女生段铁锤把给她书包塞青蛙的男生周狗剩一板凳砸晕在地上。段铁锤她爸是铁匠，她常帮她爸爸抡大锤，这一板凳她抡得还不算太狠，周狗剩的脑袋只鼓起了拳头大的青包好歹没有开瓢。学生炸了窝一样跑去敲王明照的门，而且把校长也找来了。

这件事惹了大麻烦。周狗剩脑震荡住了医院，双方的家长到学校闹了几次，王明照因此被校长狠狠地收拾了一顿。如果不是看在他当大队书记的叔叔面上，王明照肯定要被开除了。

从此以后王明照再也不敢放肆了。刘桂琴过来的次数也减少了，而且即使来，也多在晚上。

初冬的一天晚上，天刚下过一场小雪，刘桂琴踏着薄薄的雪花来找王明照。王明照看见脸蛋冻得像红柿子一样的刘桂琴，心里很是感动，他把火炉捅得旺旺的，让刘桂琴坐在跟前，然后拿出几块红薯放在炉子上烧烤。这是他专为刘桂琴准备的，能藏到冬天的红薯很不容易找到。王明照的一位朋友家里有地窖，藏了一些红薯准备过春节时吃，他利用星期天帮人家脱土坯，换了些红薯回来。王明照想象在冬天的晚上围着温暖的火炉和刘桂琴边烤红薯边谈爱是很有情趣的。

红薯刚刚烤出了一丝清香，外面就响起了敲门声。一听见敲门声，王明照就有点紧张，他已经落下了毛病。他慌慌张张打开门，原来是陈水娥。

陈水娥走进屋，跟刘桂琴打了招呼，然后问王明照有没有药锅。王明照说你要熬药吗？

陈水娥笑笑说：“不是我，是你。炉火旺旺的，熬起来很方便。”她从衣兜里掏出一个纸包，放在桌子上。“专治打呼噜的，很灵验。”

王明照很惊讶：“我打呼噜吗？”

陈水娥说：“房架的尘土都震得唰啦唰啦往下落，你还装着不知道？”

刘桂琴有点吃惊地望着王明照，王明照赶紧分辩：“那就一定是我吗？我们这屋里还有李双喜呢，他那么胖。”

陈水娥说，“我连你的声音都听不出来吗？”

陈水娥然后跟刘桂琴坐在一起，搂着她的肩膀说：“你可要催促他吃药呀，我这药可是家传秘方。我爸是赤脚医生。我上高中的时候，一个宿舍挤好几十个人，有几个打呼噜的搞得大家都睡不好，后来他们吃我这个药都好了。打呼噜虽说不是病，但很烦人的，我前几天在报纸上看了这么一篇文章，说外国有一位呼噜大王到世界各地表演打呼噜，还带着妻子，有一位记者问他妻子：你丈夫打呼噜这么响，你晚上怎么睡得着呀。她说，不要紧的，我总睡在他左边，因为我的右耳已经震聋了。”

说完了，陈水娥捅了一下刘桂琴，咯咯咯地笑着锐：“看你以后怎么办，要震坏右耳还是左耳？”

刘桂琴脸红了。

陈水娥说：“我走了，不打搅你们了。”站起身后她又叮嘱王明照：“药可一定要吃哟，它是我星期天上山采来的。”说着，她把裤腿往上一提，“你瞧，我摔了好几个跟头呢。”

王明照瞄了一眼，陈水娥的腿粉白粉白的，细皮嫩肉上果然有几块青痕。

“我领情了，我领情了。”王明照做出送客的样子。

陈水娥走到门口，忽然又停住了，问王明照：“噢，我差点忘了一件事，上次打架的事怎么处理的？”

王明照笑了，说：“很麻烦的事，拖了很久，想不到后来很简单地了结了。段铁锤家付了周狗剩住院的全部费用，周狗剩家说我儿子被打傻了，以后找不到媳妇谁负责？段铁锤的家长说，放心吧，把我女儿嫁给他不就得了。”

陈水娥也笑了，她说：“王明照，我恨不得也砸你一板凳。”

王明照瞪大眼睛：“你还想打我？”

陈水娥笑着瞟了王明照一眼走了出去，王明照赶紧关上门，就在他刚要拴插销的时候，陈水娥又在外面敲门，王明照打开门说：“你还要干什么呀？”

陈水娥将头从门缝里探进来叫刘桂琴：“桂琴，你别误会啊，我可不是关心王明照，我是担心我的耳朵，怕哪天就会被震聋了。”

刘桂琴本来没有多想，陈水娥的话却给她提了个醒，她当下有些疑惑，把王明照瞅了半天，问：“你……她是什么意思？”

王明照说：“不要理她，她就是这样，疯疯癫癫的。”

王明照的恋爱拖泥带水的，李双喜不耐烦了，他对王明照说：“冬天我到别人屋里去烤火，春天我到野地里看油菜花，现在夏天了，你还要我到外面去晒太阳？”

王明照笑着说：“好兄弟，就再委屈你几天吧，七一我们就结婚。其实你这不光是帮助我，也是为了你自己呀，你想想，我恋爱成功了要结婚，学校就得给你另分单间房，你就不用跟人搭伙计了。”

一个月亮很低的夏夜，王明照约刘桂琴来学校商谈结婚的事。那天晚上很闷，校园里的槐树枝条纹丝不动，蟋蟀很生气地大喊大叫。王明照穿着短裤背心，扑哒扑哒地给刘桂琴扇扇子，他们很具体地筹划着结婚事宜，打什么样式的家具，做什么款式的衣服，请哪些人来做客，等等。

正说着，陈水娥来了，她向王明照要了四年级教室的钥匙——各班级门上的钥匙都是班主任保管的，然后对他说：“我请你帮个忙，咱们班的事。”王明照看着刘桂琴，陈水娥对刘桂琴说：“桂琴是很通情达理的，不会把你管得那么死的。桂琴，我向你借一阵王明照，可以吧？”

刘桂琴不好说什么。

王明照跟着陈水娥走出来，陈水娥回到她的屋子提了一桶水，到了四年级教室门前，开了门。

王明照问：“到底什么事，晚上给教室洒水？”

陈水娥说：“其实不是班上的事，是我个人的事，天气太热了，我想在里面洗个澡，请你在外面帮我看住人。”

王明照差点跳起来了，他说：“这种事我怎么好帮忙！你不会在自己屋里洗吗？”

陈水娥说：“我屋里巴掌大的地方，一桶水就变成涝池了。”

王明照说：“那你就在教室里洗吧，谁会看呢？”

陈水娥说：“你们那帮人一个个都贼眉鼠眼的，谁不想看？”

王明照笑着说：“那你就不怕我看？”

陈水娥说：“正因为我相信你，才叫你来的，你想想，我一个姑娘家，这种事我敢轻易相信谁？”

听了这话，王明照心里刹那间有些异样，但他没有吭声。

陈水娥说：“你要是实在不愿意就回去陪刘桂琴吧，我不勉强的。”

陈水娥这么一说，王明照还真是不好推脱了，他说：“那我……给她打个招呼吧？”

陈水娥笑笑说：“你怎么给她说，就说我洗澡你给我看人？”

王明照也笑了。

陈水娥说：“就一会儿，你牺牲一点吧。”

陈水娥进了教室，闭上门，在里面哗啦哗啦地洗起来。王明照就在门外，这是一个很撩拨人的位置。里面的水一下一下都好像浇在他身上，他很快就浑身湿淋淋的。一嘟噜一嘟噜的汗水像毛毛虫一样在他身上爬，搔得他皮里肉里痒痒得难受。王明照几次想从门缝朝里看一眼，这是很容易的事，但他还是忍住了。

陈水娥说是一会儿，但这一会儿很长。王明照心里很着急，他惦记着刘桂琴，怕她万一等不及了出来撞见了。他在外面催陈水娥，陈水娥说我好久都没有洗澡了，你让我多洗一会儿吧。王明照没奈何，只得在教室外边的拐角处躲起来。

大约过了很大一阵子，陈水娥忽然在教室里尖叫起来："王明照，你快来呀！"

王明照不知道里面发生了什么事，教室里经常会钻进蛇的，学生好几次早晨来都打死过，陈水娥是不是碰上蛇了？王明照急忙跑到教室门前，就在即将推门的一瞬间，他又缩回了手。陈水娥现在在里面可是光着身子的，这事真让刘桂琴发现了怎么办？就在王明照犯难的当儿，陈水娥的喊叫一声高过一声，这让王明照既恼火又害怕，她要是这样再喊几声，真是要把刘桂琴喊来了。王明照不敢再犹豫，猛地一推门，门竟然没插。他冲进教室，借着窗外清亮的月光，看见陈水娥披头散发地躲在一张桌子后面，身子半掩半露的，月光照在上面，泛出一片白光。王明照不敢走到她跟前，远远地问："怎么啦？"

陈水娥带着喘息说："什么东西，凉飕飕的，从我的……脚面上爬过去。"

王明照操起门背后的扫把，借着月光在地上四处寻找，找了一阵子什么也没有。他说："别洗了，我出去，你赶快穿衣服出来吧。"

王明照走出教室后吐了一口气，他在院子里稍微停歇了一下，让自己静静神，等乱跳的心有了节奏后才回到了屋里。

刘桂琴问他："你忙完了？"

王明照笑笑说："班上的一点小事，很烦的。"

刘桂琴忽然说："我走了。"

王明照觉得奇怪，他说："天还早着呢，我们的事还没说完呀。"

但刘桂琴执意要走，王明照拦也拦不住了，只得送她走。在路上，王明照明显地感觉到刘桂琴在生气，他心里毛毛的，不知道为什么。

"你以为我不知道呀，我出去找你，听见她喊你，你……"刘桂琴说着说着哭了。

"我……我没做什么……"

"骗我！"

"桂琴，你听我说！"

"我不要听你说，你还要骗我吗？你……不要跟着我！"刘桂琴哭着，沿着小路跑走了。王明照呆呆地站在原地，望着刘桂琴的背影，直到小路把她卷入麦田的墨绿中。

王明照慢慢地走回学校。他反复回味今晚上的事，怎么想也觉得这好像不是巧合。进了校门后他径直朝陈水娥的房子走过去。他的脚步越来越快，快到门口时他几乎是飞跑了。

王明照一脚踹开陈水娥的门，门板哐的一声碰在墙上。陈水娥正坐在灯下备裸，门扇过来的风刮起了桌面上的稿纸，也刮起了陈水娥吃惊的脸。王明照脸色铁青，牙齿咬得咯嘣咯嘣响，他恶狠狠地盯着陈水娥。陈水娥说："你疯了，干什么呀？"

王明照一把揪住陈水娥湿漉漉的头发，另一只手的指头像匕首一样戳着陈水娥的额头，大声吼道："你干的好事！"

"我干什么了？"陈水娥的头在王明照的手下摇晃着，她的两只手使劲掰王明照抓头发的手。

两个人的大喊大叫惊动了别的教师，他们过来拉开了王明照。

被揪得像乱毛狮子一样的陈水娥现在哭了，她边用手梳理凌乱的头发边对王明照大吼：“王明照．有什么了不起的，我赔你，你听好了，我会赔你的！”

那天晚上之后，刘桂琴再也没有来过。王明照对陈水娥恨之入骨，俩人见面谁也不理谁。四年级班上有什么事实在要商量了，他们也是通过学生互相传递纸条。

本来这种沉默的对峙可能会持续下去，起码在王明照的心里，他是不打算原谅陈水娥了。可没有想到的是很快学校里就发生了一件令人啼笑皆非的事，这件事把他们猝不及防地推到了出乎意料的结局中。

这件事是这样的：那一学期当中，刘栓福被推荐去上师范学校，虽然这跟王明照一样也是“社来社去”，毕业后仍旧当民办教师，但这毕竟是去专门学校深造，以后很可能受到重用。王明照一伙青年教师决定为刘栓福饯行。大家一块混久了，很有些感情的。

饯行是在王明照的屋子里举行的，那天晚上参加的人有李双喜、胡满仓、郑百锁等几个人。摆在桌子上的菜肴是非常丰盛的，一盒饼干、一盘花全米、一碟凉拌黄瓜、一瓶红苕酒。这是每个人凑出一元钱置办的。一元钱对他们来说是一笔庞大的开支，因为民办教师挣的是工分，国家每月只给他们四元钱的津贴。

宴会刚刚开始，大家的酒只喝了一杯，这时陈水娥忽然推开了房门，探进头来说：“我……能不能也给刘老师送送行？”她的话是问大家的，但眼睛却怯怯地望着王明照，因为这是王明照的房子。

王明照头也不抬，把喝空的小酒盅当陀螺在他面前的桌面上转来转去地玩。刘栓福说："快来吧，我们还怕请不动你呢。"

胡满仓很高兴，他向陈水娥招手说："来来来，男人喝酒女人就是菜。"

陈水娥走了进来，但这里又没有她的座位。胡满仓见门背后有一张搁脸盆的方凳，就过去要把脸盆挪开，一直没有吭声的王明照忽然开口了，他说："不要动我的脸盆，你的手上有脚气。"

胡满仓笑嘻嘻地说："你以为你干净呀，尿尿从来不洗手的。"他说着已经把脸盆搬了起来。王明照这次提高了声音："放下，叫你不要动就别动。"

王明照的面皮抽紧了，胡满仓闹了一个没趣。

"我回屋去搬我的凳子。"陈水娥低声对胡满仓说。她回去搬来了凳子，胡满仓把李双喜往一边挤了挤，让陈水娥挨着他坐下了。

陈水娥从衣兜里掏出一把糖，说："我不知道大家要给刘老师饯行，也没有准备什么。这点糖是我的同学结婚送我的喜糖，我没吃完，就借花献佛了。"

糖就那么几颗，刚好给每人发一颗，发到王明照时，王明照没有接，她把糖放在了他面前的空酒盅里。

大家都把糖剥了含在嘴里，王明照却把盅里的糖拣出来，眯起眼像行投壶酒令那样远远地一抛，咕咚一声扔进了门背后那盆脏水中。在座的人都有些愕然，含糖的嘴不动弹了。只有胡满仓不管这些，咯嘣咯嘣几声就把糖嚼完了，然后舌头舔着嘴唇很陶醉的样子，说："你的糖真甜，再给我吃一块吧。"

陈水娥有点脸红了，她说："很不好意思，就这几块糖，都发完了。"

然后她想了想，把自己的那块糖拿出来咬成两半，把半截给胡满仓。“给你半截吧。”

“好！”李双喜猛地拍手叫道：“大家看，陈水娥和胡满仓合吃一块糖，这是闹洞房的保留节目，叫分享甜蜜。”

大家都拍手起哄，胡满仓把那半截糖捏在指尖上，嘴巴撮得长长的，像吃奶一样吧滋吧滋地咂。咂完了，他嬉皮笑脸地问陈水娥：“你愿意跟我分享甜蜜吗？”

“愿意，”陈水娥也笑着说，“只要你媳妇没意见。”

大家闹哄哄地又喝酒。胡满仓高兴得连喝三杯，陈水娥拽了拽胡满仓的胳膊说：“你别光顾了喝酒呀，我的糖你也吃了，也该给我办点事了。”

胡满仓说：“我很乐意为你办事，这里人多，你看咱俩单独办行不行？”

陈水娥说：“还没有到那个份上，以后吧。听说你很会看手相，给我看看吧。”

胡满仓涎着脸说：“没问题，不过我看了，你给我什么报偿？”

陈水娥说：“我跟你喝交杯酒。”

“好！”李双喜又叫了起来。“越来越近乎了，胡满仓你小子艳福不浅啊。”

“我要先喝交杯酒，”胡满仓说，“这杯酒喝了，别说是看手相。你让我看你身上什么东西都行。”

陈水娥分别倒了两杯酒，然后把胡满仓的胳膊勾过来，胡满仓乐得酒杯都端不稳，颤颤索索地洒了下来。

刘栓福一惊一乍地说：“今晚上怎么搞的，给我饯行却搞成了陈水娥、胡满仓的结婚宴席了。”大家都笑得前仰后合。

唯独王明照不笑，他把花生粒吃得嘎嘣响，吱溜吱溜独自喝着小酒。

喝完交杯酒，陈水娥把手伸给胡满仓。胡满仓把它捧在眼前细细地瞧，就像鉴赏一件名贵玉器。“你这手粉嘟嘟的，根本就没有掌纹，我得先搓搓，才能搓出掌纹来。”胡满仓用他的熊掌把陈水娥的小手夹在中间，揉面一样捏来捏去的。陈水娥的手都给揉红了，她也不抽出来。

胡满仓激动得脸上冒出一层油汗，屁股在凳子上一颠颠的，恨不得把陈水娥白嫩嫩的手揉成一汪水吸进肚子里去。就在胡满仓舒坦得心迷神醉之时，王明照忽然站了起来，他把酒盅往桌面一磕，说：“你们都走吧，我要睡了！”

大家正在兴头上。这是陈水娥进校以来第一次演出，她的风骚和放纵让大家看到了一种很别致的风景，但是这个很难得的节目硬是让王明照给搅和了。几个人都很不乐意，但一看王明照那张黑沉沉的脸，只好停止了闹腾。

大家离开房间时，胡满仓把剩下的半瓶酒捏在手中说：“这点酒我拿走了，后天我儿子满月，到时候还能喝几盅。”

王明照“叭”一下将酒瓶按在桌子上，说：“不行，大家的酒凭什么你拿走！”

这一下胡满仓脸上很不好看了，他说：“王明照，你今晚上是怎么了，老扫别人的兴，大家的酒？大家谁还要喝？”

“你怎么就知道大家不喝？”

“好，我现在就问。”胡满仓一一问过几个男人，他们都说不喝。其实民办教师平时是没钱喝酒的，酒量都小得可怜。再说了，即使能喝他们现在也不会给王明照帮腔，他今晚上太可恶了。

“你听见了没有？”

“没人喝？没人喝我就是把它倒了也不能让你拿走！”

“王明照，我什么时候招惹你了，你这不是欺负人吗？我今天可是铁了心了，这酒我非拿走不可！”

“我就是看你不顺眼，骚狗一样轻狂，这酒让你喝了还不如倒进茅坑，有本事你今晚从我手上把这酒拿走！”

两个人就这样在桌面上角起力来，胡满仓使劲拽酒瓶，王明照死命往下按，脸上累得涨红。大家开始还是看笑话，觉得好玩，后来渐渐感到不大对劲，他们真上了火，这样闹下去说不定要打架了，于是都来劝解。刘栓福说：“今晚上是为我饯行，不要把好事搅成坏事，看在我的面子上，你们都算了吧。”

胡满仓说：“不行，王明照太欺负人了，他不是说有人要喝这酒吗？除非他把这酒喝了，否则，我一定要拿走！”

王明照嘿嘿冷笑着说：“你以为我喝不了？老子今天就是喝死也不让你拿走！”

“好！”胡满仓把手一松，“老子今天就看着你死。”

其实王明照刚才的闷酒已经是喝多了，他本来也不过是三两盅的酒量，现在赌气说了大话了，他只得豁出去奉陪到底。王明照把刚才胡满仓抓过的瓶口部位用衣袖抹了抹，然后对胡满仓说：“睁大你的狗眼瞧着，老子喝不死你小子就会气死。”说完，把酒瓶一扬，就要朝嘴里灌。

就在这个时候，谁也没有想到，陈水娥忽然一把将王明照的酒瓶抢了过来。“你们怎么不问我喝不喝呢？”她笑着说，“女人的酒量有时会吓死男人的。”

这是一个突然的变故，大家还没有反应过来，陈水娥就把酒瓶竖起来，咕咚咚咚一口气喝完了，就像渴急了的人喝凉水一样痛快。

所有的人都瓷愣愣地望着陈水娥，陈水娥把空酒瓶往胡满仓手里一塞，说："空瓶子拿回去给你儿子玩吧。"她朝大家笑一笑，慢慢走出了房子。

大家相互瞅了瞅，一声不吭地各自走了。

王明照有点头晕，他呆呆地坐在桌前，一动不动的。过了一会儿，隔壁忽然传来了剧烈的呕吐声，还夹杂着"哐啷""噼啪"的响声，好像什么东西被撞翻了，什么东西摔碎了。

李双喜说："王明照，你应该过去看看。"

王明照说："我看什么？我为什么要去看看？"

李双喜说："你小子怎么这么不近人情，她那半瓶酒是为谁喝的？"

王明照想了想，犹犹豫豫地走了出去。他来到陈水娥门前，窗户亮着灯，但门却反锁着。他敲门，里面没有动静，他小声呼唤，里面死一般哑静。

这下王明照慌了，他使劲砸门，门仍不开，情急之中，他只得一拳砸碎窗户上的玻肩，手伸进去拨开了门上的暗锁。王明照一推开门，屋里浓烈的酒味扑了出来。

陈水娥和衣屈体面朝墙躺在床上，双腿悬在空中。王明照赶紧跑到她跟前，当他俯下身子观察陈水娥时，发现陈水娥胳膊交叉着紧紧抱着胸前，身体一抽一抽地颤动。陈水娥在哭，眼泪一滴一滴滚下来，滴在洁白的枕巾上。

"陈……水娥，你……没事吧？"

陈水娥不应声，她自顾自地哭着，王明照连问几声都是这样。

王明照不知道该怎么办才好，他把陈水娥的鞋脱下来，将她悬空的腿小心翼翼地搬到床上抚平放好。陈水娥仍旧不理他。王明照觉得他现在还应该再做点什么，这样他心里才能轻松一些。他拿起扫帚和拖把，将屋子的呕吐物打扫干净，然后把撞翻的脸盆、衣服架等一一扶好。

等这一切忙完，实在找不到活可干了，他就像罚站的学生一样，规规矩矩地站在陈水娥床边。

大约过了很久，陈水娥终于说话了："你走吧。"

"你……没事吧？"

"我……不关你事。"

"我……"

"你走吧，别说了，走吧。"

王明照只得往外走，当他快到门边时，陈水娥忽然喊住了他："你到抽屉给我拿片药吧。"

王明照赶紧来到桌前，打开她的抽屉，就在这一刹那间他一下子愣住了：满抽屉全是"胃舒平"的药瓶子，空的满的都有。

"你有胃病？"王明照的心里一阵抽紧。陈水娥强挣扎着要从床上爬起来，王明照赶快把她扶起来。在王明照把药给她服下的一瞬间，陈水娥的眼泪猛地又涌了出来。她说："王明照，我说了，我要赔你的，我……要赔你……"

王明照把她轻轻放下来，为她擦干泪水，盖好被子，让她睡好，然后自己拉过一把凳子来，静静地坐在床前，一直到陈水娥睡着了，他才离开了屋子。

那一夜王明照回来后一直没有睡着，他躺在床上，支棱着耳朵在黑暗聆听隔壁的动静，那边即使有一个翻身，也让他揪心扯肺。

第二天早晨的头节课是算术，王明照拿了一本四年级的算术课本走向教室——他是代陈水娥去上课。尽管他的头像针扎一样疼，但他还是能感觉出外面的好天气，经过门口的槐树时，几瓣槐花落下来撞在他的脸上，有一丝凉凉的香味。